「거기 하얀 머리의 당신.」

멜레아가 거리를 걷고 있을 때, 문득
뒤에서 누군가가 그를 불러 세웠다.
머리에 새하얀 베일을 뒤집어쓴
신비로운 차림인데도 불구하고
주위 사람들은 아무도 눈길을 주지 않는다.
하얀 베일 안쪽에서
비슷한 색을 띤 머리칼이 드리운 게 보였다.

백마의 주인 ←6→

Lord of the Misfits

<사신>
네크로아

<검제>
엘마

<권제>
살만

<염제>
릴리움

<폭제>
마리사

<백신>
멜레아

「과거의 시체를 밟고 가라

──싸우자, 멜레안.」

〈술신〉플런더 크로우.

한때 세계 최강의 술사로 불린 남자가 막아섰다.

Lord of the Misfits

백마의 주인

6

아오이 야마토
Yamato Aoi

영상출판
미디어㈜

LORD OF THE MISFITS

CONTENTS

6

무제그 왕국

바질리아

3개국

마왕들 현재 위치

레뮤제 왕국

행상가도

토트 공화국

sea

린드홀룸 영산

네우스-가우스 공국

CHARACTER

▶ NAME

〈마신(魔神)〉
멜레아 메아

▶ **SKILL**

플런더 크로우의 마안
반 에스터의 여섯 날개 등.

▶ **CHARACTER**

병으로 죽어 이세계에 다시 태어난 청년. 환생
전에도 병원에서 지내는 날이 많았기에 세상 물
정에 어둡다. 원통하게 죽은 영령들의 능력을 계
승했다.

▶ **NAME**

〈검제(劍帝)〉
엘마 엘르이자

▶ **SKILL**

마검 크리슈라

▶ **CHARACTER**

술식을 찢어발기는 힘을 가진 〈마검 크리슈라〉
를 쓰는 용병. 전장에서 오랜 세월 몸담아 집안
일을 못하고, 연애 쪽 내성이 없다.

NAME
〈천마(天魔)〉
아이즈

SKILL
천마의 마안(魔眼)

CHARACTER
먼 곳을 보는 힘을 가진 천마 일족의 소녀. 힘을 악용하지 않으려고 사람들과의 접촉을 최소화하며 살아왔다. 그 탓에 성격이 소심하고, 남들과 말하는 걸 꺼린다.

NAME
〈염제(炎帝)〉
릴리움

SKILL
진홍의 명염(命炎)

CHARACTER
특수한 불꽃을 사역하는 비술 〈진홍의 명염〉을 가진 소녀. 모 도시국가의 유명 학원에 재학했었다. 명석한 두뇌와 술식으로 동료들의 싸움을 지원한다.

NAME
〈연금왕(錬金王)〉
샤우 주르 샤우드

SKILL
연금술식

CHARACTER
자타가 공인하는 돈의 망령. 세상에서 돈을 가장 사랑하고, 잦은 농담 때문에 동료들에게 혼난다. 하지만 상인 재능은 최고.

NAME
〈폭제(暴帝)〉
마리사

SKILL
폭제의 분노

CHARACTER
허리에 단검을 차고 싸우는 메이드. 멜레아와 아이즈를 주인으로 인식하고 있다. 샤우를 대하는 태도가 신랄하다.

NAME
〈권제(拳帝)〉
살만

SKILL
마권(魔拳)

CHARACTER
팔에 술식문양이 있는 청년. 배려심이 많아 성가신 일을 떠맡는다. 사서 고생하는 체질.

NAME
〈수왕(水王)〉 **리나**(언니)
〈빙왕(氷王)〉 **미나**(동생)

SKILL
수왕술식, 빙왕술식

CHARACTER
꼬마라 해도 과언이 아닐 만큼 어린 쌍둥이. 장난꾸러기. 살만을 가지고 논다. 언니가 조금 더 활발하고, 동생은 언니를 의지하는 구석이 있다.

NAME
세리아스 블러드 무제그

SKILL
마창 클루타드, 염마의 회염

CHARACTER
강국 무제그의 제1왕자. 마왕들로부터 힘을 빼앗아 힘을 늘리고 있다. 혼자서 1개 여단의 전력에 필적한다는 평가를 받는 전란의 부산물.

NAME
미하이 란젤리크

SKILL
흑검, 시제의 마안

CHARACTER
세리아스의 오른팔. 멜레아 일행을 추적하는 무제그의 군인. 세리아스에게 숭배에 가까운 감정을 품고 있다.

표지 · 본문 일러스트
마로

프롤로그【4왕 회담】

"그럼, 지금부터 제2회〈4왕 회담〉개최를 선언하겠다."

흔히〈철강의 나라〉라 불리는 필라르피아 왕국의 왕성. 묵직한 금속의 광택이 여기저기 눈에 띄는 벽을 등지고, 필라르피아 왕〈파살리스 필라르피아〉가 선언했다.

"뭐야, 갑자기 왜 딱딱하게 구는데, 파살리스. 좀 편하게 가자고."

그리고 파살리스가 선언하기가 무섭게 분위기를 흐리는 자가 한 명. 색소가 적은 금빛 장발을 군데군데 땋아 늘어뜨린 부드러운 인상의 남자——크샤나 왕〈뮬란 키르 크샤나〉였다.

"그건 네가 항상 너무 경박한 거다, 뮬란. 그 모양이니까 '바보'라는 야유나 듣지. 혁신적인 일을 앞장서서 하는 사람들이란 대개 천재거나 바보거나 둘 중에 하나인데, 평소의 태도가 그 둘을 가르는 기준이 되는 법이야."

"뭐야, 나도 왕이 된 뒤로는 제법 진지하게 하고 있다고. 기술 개발에 들이는 시간은 예전의 반 정도로 줄였고, 여자들이랑 노는 것도 어느 정도 자제하고 있어.〈술기왕(術機王)〉이라고 불리게 된 뒤부터는 나름대로 체제를 갖추는 데도 신경을 쓰고 있고."

"닥쳐라, 뮬란. 네놈이 끼어들면 이야기가 옆길로 새잖아."

연극적으로 어깨를 으쓱하는 뮬란을 향해 날카롭게 날아든 목소리가 있었다.

"우와, 왜 평소 같이 않게 신랄한 소리를 하고 그래, 키리시카? ──오오, 그렇게 살벌한 눈으로 노려보지 마. 주름 생기잖아, 주름. 옆에서 하심이 보고 있다고."

목소리의 주인은 무릎까지 닿고도 남는 짙은 감색 장발을 지닌 아름다운 여인이었다.

"네놈을 그 허리춤에 매달려 있는 거창한 술기의 제물로 삼아 주랴?"

왕년에 인류 사상 최강의 개인 전력으로 불렸던 마왕──〈염신(炎神)〉 풀럼 브랜드를 배출한 흑색의 나라, 〈즈리아 왕국〉의 현 여왕 〈키리시카 루카 즈리아〉였다.

"진짜 살벌하네……."

키리시카는 날카롭게 째진 눈 속에 살벌한 빛을 깃들인 채, 그러면서도 뮬란에게는 눈길도 주지 않고 다른 인물에게 말을 걸었다.

"그나저나 긴급한 용건이라는 게 뭐지, 쿠드? 아니, 이제 우리는 서로를 그런 식으로 부를 수 있는 사이가 아니겠지."

키리시카는 잠시 쓸쓸한 표정으로 시선을 내렸지만, 곧 자세를 가다듬고 말했다.

"말을 고쳐야겠군. ——〈백왕(白王)〉하심 쿠드 레뮤제. 〈3개국〉의 왕들을 강제로 소집할 만큼의 의미가 있는 이야기겠지?"

키리시카의 시선 너머에 있던 것은, 예전보다 머리가 많이 자란 하심이었다. 어디에나 있을 법한 엷은 갈색 머리칼. 하지만 그 바다색 눈동자에 깃들어 있는 빛은 그 자리에 있는 어떤 왕보다도 매서웠다.

"그래, 물론이지."

하심은 키리시카의 물음에 가볍게 고개를 끄덕였다. 그리고 크게 숨을 들이쉰 다음, 말을 이었다.

"흑국(黑國) 무제그가 사이살리스 교국(敎國)에 선전 포고를 했어."

순간, 강철로 뒤덮인 대형 홀의 공기가 빠직 하는 소리를 내며 순식간에 얼어붙었다.

"이제 곧 너희 밀정들도 같은 정보를 갖고 돌아올 거야. 무제그 왕이 선전 포고를 뜻하는 흑기(黑旗)를 사이살리스의 영지에 꽂았다고."

"웃기 힘든 농담이군."

그렇게 말하면서, 키리시카는 이미 한 손으로 이마를 부여잡고 있었다.

"선전 포고는 언제였지?"

"어제 낮이야."

"네놈 정보망은 대체 어떻게 돼 먹은 거냐. 어제 네놈은 이 필라르피아 왕국으로 오는 길에 있었을 텐데."

"정보의 중요성에 대해서는 지난번 무제그의 조우전 때 뼈저리게 느꼈으니까 말이지. 두 번 다시는 뒤처질 수 없어. ——뭐, 정보를 가져다준 밀정은 아마 며칠 동안 몸져눕겠지만."

"사람 너무 막 부려 먹는 거 아니야?"

뮬란이 뻣뻣한 미소를 지으며 말했다.

"백성들이 죽는 것보다는 나아. ——그건 그렇고, 너희들은 이 무제그 대 사이살리스의 싸움이 우리 〈4왕동맹〉에 어떤 의미를 지니는지 알고 있겠지?"

"당연하지."

하심의 물음에 대답한 것은, 지금까지 생각에 잠긴 듯 묵묵히 눈을 감고 있던 곰 같은 거구의 사내——〈철강왕〉 파살리스였다.

"만약에 무제그가 사이살리스를 함락시킨다면, 동대륙은 멸망이야."

중간 과정을 모조리 생략하고 말하자면, 결론은 그렇게 된다. 무제그 왕국은 동대륙 최북단에 있는 대국인데, 현재 그 무제그 왕국의 남방 침공을 이웃 나라인 〈3개국〉이 견제하고 있는 형국이다. 지난번에 벌어진 무제그 대 레뮤제 간 조우전의 영향이 다분히 존재하긴 했지만, 구 〈3왕 동맹〉에 의한 3국의 방어력도 무시하기 힘든 수준이다. 그러나——.

"동대륙 남부에 위치한 사이살리스에 무제그의 원정 거점이 마련되면 양면 공격을 당하게 돼. 〈3개국〉뿐만 아니라 동대륙의 그 어떤 도시국가도 양방향에서 덮쳐드는 포위 공격을 물리칠 만큼의 힘은 없어. ……그놈들, 배로 동쪽 바다를 우회할 꿍꿍이인가."

"그게 아니야. 이미 우회했다고 하는 게 정확해. 무제그는 레뮤제와 조우전을 벌이는 시점에서 이미 북대륙, 그리고 그 사이에 있던 〈해적도시〉를 수중에 넣었어. 항로를 이용한 광석 수출 산업이 활발한 북대륙 국가들은 조선 기술이 엄청나게 발전해 있지. 원양 항해 기술도 마찬가지고. 세리아스 블러드 무제그가 예상치 못한 부상을 당했을 때, 그 아버지인 무제그 왕은 이미 사이살리스 침공을 준비하고 있었다는 이야기야."

"꼼꼼하기도 하군. 피도 눈물도 없는 놈들이야. 도가 지나친 합리주의자에게 풍부한 수단을 주면 진절머리가 날 만큼 효과적인 수를 쓴다는 걸 증명하는 좋은 예야. 그나저나 세리아스가 부상을 당했는데도 그걸 돌볼 생각 따위는 없는 건가 몰라."

"없을 거야. 만약에 세리아스의 팔이 낫지 않았더라도, 무제그 왕은 눈 하나 깜짝 안 하고 침공 준비를 갖췄겠지."

"역시 그랬군……. 응? 아니, 잠깐, 방금 그 비유 좀 이상한 거 아니야?"

뮬란은 하심이 한 '만약에'라는 단어가 마음에 걸렸다. 하심의 말은, 마치 세리아스의 팔이 이미 나았다는 뜻처럼 들린 것이다.

"이미 다 나았어. 게다가 새로운 힘까지 부여된 상태로. 무제그에는 〈원형만유술식(原型万癒術式)〉이 있으니까."

"악몽이군……. 아니 잠깐, 새로운 힘이라는 건 뭐지?"

"무제그는 〈악신(惡神)〉의 몸을 모으고 있다나 봐. 사상 최악의 마왕으로 불리던 그 괴물의 몸을."

예전에 〈악덕의 마왕〉으로 불리던 태고의 마왕들 중에서 가장 악랄하고, 그러면서도 세계를 저주하고 싶을 만큼 강력한 힘을 지닌 마왕이 있었다. 〈악신〉으로 불리던 그 마왕은 몇 명의 〈영웅〉들에 의해 토벌되었지만, 그 몸은 무슨 수를 써도 소멸되지 않았다고 한다.

"옛날이야기 속에나 나오는 거 아니었어……?"

"애석하게도 그건 아니야. 세리아스는 〈악신의 왼팔〉을 자기 팔에 깃들게 해서, 늘 그렇듯 적절하게 휘두른다더군. 무슨 실험이라도 하듯이 북대륙 서쪽 끝에 있는 도시국가 세 개를 멸망시켰지."

"그 녀석도 이제 인간의 경지를 뛰어넘었군."

뮬란이 그렇게 중얼거렸을 때, 그 자리에 있던 모든 이들의 뇌리에 인간의 경지를 초월한 힘을 지닌 또 한 남자의 얼굴과 이름이 떠올랐다. 한 개인으로서 괴물 수준의 전력을 보유한 인간이 하나 더 있었던 것이다.

"하심, 멜레아는 뭘 하고 있지? 바질리아에서 요란하게 한바

탕했다고 들었는데. 〈바질리아의 움직이는 예술〉이라는 거창한 이름까지 붙은 유명인사가 됐다지?"

세 사람의 시선을 받은 하심은 잠시 침묵에 잠겼다.

그리고 세 사람의 눈을 하나씩 쳐다본 다음, 무거운 입을 힘겹게 열었다.

"그 녀석은 바질리아에서 귀환하는 도중에 쓰러졌다나 봐."

하심 스스로도, 멜레아가 그런 상태에 빠질 거라고는 예상도 하지 못했었다.

"눈에서 '금색의 눈물'을 흘리면서 말야."

◆ ◆ ◆

멜레아가 쓰러진 것은 바질리아에서 귀국하는 도중에 지난 도시국가, 〈제약도시 타르트〉를 떠난 지 채 하루도 되지 않았을 때였다.

〈마왕의 지갑〉의 수장으로서 〈마왕연합〉의 재정 관리를 맡고 있는 샤우의 제안에 따라 제약도시에서 교역품을 수집하고 난 후, 그들은 서둘러 도시를 빠져나왔다. 이렇다 할 말썽도 없이, 샤우의 교묘한 언변에 의해 충분한 교역품을 얻어서, 도시 외곽의 숲속에서 노엘에 올라타고 다시 내달렸다.

냇물을 뛰어 넘고 황야를 한달음에 내달리면서 마왕들이 저마다 대화를 나누던 때, 멜레아는 자기 몸에 뭔가 이상이 발생

했음을 깨달았다.

——뭐지?

노엘의 머리 위에 책상다리를 하고 앉아서 처음 보는 풍경에 들떠 있던 멜레아는, 문득 시야에 비치는 풍경에 대해 위화감을 느꼈다.

——방금, 식이 보였던 것 같은데…….

고속으로 흘러가는 풍경 한쪽 끝에, 마치 〈플런더 크로우의 마안〉으로 술식을 보았을 때처럼 '식의 단편'이 보인 것 같았다.

——아.

직후, 멜레아는 가슴속의 불길한 고동을 느꼈다. 손끝과 발끝으로부터 사지가 저려 오고, 뇌수가 타는 듯 뜨겁게 달아올랐다. 그리고 그 다음 순간에는,

"윽."

눈에 보이는 풍경 가득, 무시무시하게 막대한 규모의 식이 펼쳐졌다.

"멜레아 님?"

멜레아는 재빨리 노엘의 머리 위에서 뛰어내려서, 뒤에서 멜레아의 모습을 빤히 바라보고 있던 마리사 곁에 착지했다. 노엘도 멜레아의 갑작스런 도약에 놀란 기색이었지만, 당사자인 멜레아는 그런 것에 신경 쓸 여유가 없었다.

——뭐야, 이건?

눈에 보이는 모든 것에 꿈틀꿈틀 움직이는 식이 보였다. 막대

한 정보의 유입에 두뇌가 비명을 지르고, 배 안 깊은 곳에서 구역질이 솟구쳤다.

——눈이 뜨거워.

눈에 위화감이 느껴져서 반사적으로 손등으로 비볐더니, 뭔가 액체 같은 것이 그 손등에 묻어나왔다.

"아, 멜레아 님!"

손등에는 별가루처럼 작은 광채를 내뿜는 금색 눈물이 묻어 있었다. 멜레아의 이상을 알아챈 마리사가 비명을 지르고, 마왕들의 시선이 일제히 쏠렸다. 멜레아는 그들의 얼굴을 보고——

그리고, 더는 참지 못하고 구토했다.

"그만 해!!"

그게 누구에게 한 말인지는 멜레아 스스로도 알 수 없었다. 하지만 동료들의 얼굴에 비친 『식』을 본 순간, 멜레아 안에 막연한 불안감과 공포, 그리고 그것을 본 자기 자신에 대한 혐오감이 들끓었다.

"아악……!"

그것은 분명 **보아서는 안 되는 것**.

멜레아는 그 사실을 알 수 있었다.

그래서 반사적으로 눈을 감으려 했으나——.

"붙잡아! 마리사!!"

멜레아의 의식은 눈꺼풀이 닫히는 것과 동조하듯 천천히, 그러면서도 깊숙이 어둠 속으로 곤두박질쳐 갔다. 노엘의 등에서 떨어지지 않도록 자신을 부축하는 마리사와, 이름을 부르는 살만의 목소리가 마지막으로 멜레아의 귀에 들어왔다.

제1막 【금색의 눈물】

"릴리움에게는 이미 전달했겠지, 샤우?"

"네, 풍조(風鳥)를 날려 보냈어요. 아직 답신은 안 왔지만, 다른 분도 아닌 릴리움 님이니까요. 이미 정보 수집에 나섰을 겁니다."

예술도시 바질리아에서 세 명의 새로운 동료를 얻은 〈메아네사이아〉의 마왕들은, 레뮤제까지 한나절 거리에 해당하는 곳을 이동 중이었다.

"대체 뭐가 어떻게 된 거야? 갑자기 쓰러지다니."

흔들리는 시야 속에서, 〈권제(拳帝)〉 살만이 머릿속을 벅벅 긁었다. 검은 〈지룡(地龍)〉 노엘의 등 위는 쾌적하다고는 하기 힘든 환경이었지만, 그것보다도 더 거칠게 노엘의 가슴속을 뒤흔드는 것이 있었다.

"멜레아 님, 멜레아 님, 아아……."

살만이 문득 뒤를 돌아보니, 그나마 가장 진동이 적은 노엘의 등 한가운데서 메이드복 차림 미녀의 무릎을 베고 있는 백발의 남자가 보였다.

"진정해, 마리사. 우리가 지금 할 수 있는 일은 다 했어. 네가 한탄해 봤자 상황이 호전되지는 않아."

메이드복 차림의 미인――〈폭제(爆帝)〉마리사 카타스트로프의 무릎에 고이 잠든 자는, 힘없이 눈을 감고 있는 〈메아 네사이아〉의 수장 멜레아 메아였다.

"저도 알아요. 하지만……."

"괜, 찮아. 멜레아 군은, 강하니까."

멜레아를 안은 채 평소에는 절대 보이지 않는 나약한 표정을 짓고 있는 마리사에게, 엘마와 아이즈가 위로를 건네고 있었다. 그 둘도 동요가 없는 건 결코 아니다. 하지만 항상 누구보다 다부지게 구는 마리사가 가장 당황해서 어쩔 줄 몰라 하는 것을 본 덕분에 오히려 이성을 유지할 수 있는 것 같았다.

"딱히 피곤해 보이지도 않는 상황에서 쓰러졌어. 눈에서 정체불명의 금색 눈물도 흐르고 있고. 그렇다면 역시 〈마안〉에 관련된 증상이라는 건가?"

살만이 멜레아 쪽으로 다가가서 냉철하게 분석했다.

"――나도 뭐가 뭔지 모르겠어. 아무리 솜씨 좋은 의사라도 모를걸. 〈플런더 크로우의 마안〉 같은 희소한 능력의 이상에 대해 아는 건, 같은 눈을 갖고 있었던 〈술신〉밖에 없어."

"그러게 말이에요……. 저도 마안을 갖고 있긴 하지만, 원인이 뭔지는 짐작도 안 가요……."

마리사의 어깨에 손을 얹고, 마찬가지로 걱정스러운 눈길로 멜레아를 쳐다보던 또 한 명의 미녀가 말했다. 예술도시 바질리아에서 멜레아의 도움을 받은 마왕━━〈매마(魅魔)〉줄리아나 베로나였다. 마리사의 어깨를 다정하게 어루만지는 손과는 다른 쪽 손으로 바람에 나부끼는 하늘색 머리칼을 붙잡는 그녀 역시 당혹감을 감추지 못하고 있었다.

"어쨌든 섣부르게 움직이지 않는 게 좋을 거야. 딱히 호흡이 거칠어지지도 않았고, 눈에서 금색 눈물이 나오는 것 빼고는 위험한 증상도 없는 것 같으니까."

"레뮤제에 도착하는 대로 하심 폐하에게 알현을 신청하는 게 좋겠네요. 뭔가 알고 계실지도 모르니까요."

"그래야겠군……."

샤우의 제안에 살만이 고개를 끄덕였다.

마왕들은 등 뒤에 있는 심상치 않은 기운을 느끼면서, 한시라도 빨리 자신들의 거점으로 돌아갈 수 있기를 기도했다.

레뮤제 관문을 넘은 마왕 일행이 개선가도 없이 서둘러 〈성수성(星樹城)〉 문으로 들어선 것은, 그날 심야였다.

"릴리움 있어?!"

성 안에 들어서기가 무섭게 살만이 언성을 높였다. 원정을 떠났던 마왕들의 귀환을 기다리던 동료들 역시 이미 멜레아의 상태를 알고 있었던 모양이었다. 살만 일행이 돌아오자마자, 곧바로 멜레아를 그의 방으로 옮겨 갔다.

"당연히 있지. 그렇게 소리 안 쳐도 다 들릴 만큼 가까이에."

그런 가운데, 성수성 대형 홀에 있는 나선 계단 위쪽에 릴리움의 모습이 보였다.

"뭐 좀 알아냈어?"

"알아냈다면 오자마자 손을 썼겠지. 모르니까 이렇게 머리를 싸매고 고민하는 거잖아."

릴리움은 약간 야윈 기색으로 계단을 내려왔다. 붉은 장발은 여기저기 삐죽삐죽 뻗쳐 있고, 눈 밑에는 다크서클도 보였다.

"하지만 지금 멜레아의 상태만 보자면 당장 생명에 지장은 없을 것 같네. 금색 눈물도 멎었고, 호흡도 안정돼 있으니까. 정체를 알 수 없는 눈의 이상만 빼면, 그냥 피곤해서 잠든 것과 다를 게 없어 보일 정도야."

"역시 마안의 이상인가 보군."

"그렇게 생각할 수밖에 없는 상황이긴 해."

"하심은 어디 있지?"

"지금은 레뮤제에 없어."

"무슨 소리야?"

"〈3개국〉 왕들과 회담하러 갔어. 돈의 망령이 날린 릴스가 도착하자마자 그 녀석의 밀정단을 통해 글을 보냈으니까, 지금쯤이면 멜레아가 쓰러졌다는 소식이 전해졌을 거야."

"그 녀석이라면 뭔가 알고 있을지도 모른다고 생각했는데……."

"하여튼 지금은 우리 힘으로 어떻게든 해 보는 수밖에 없어. 먼저 무난하게 의사의 진찰을 받아 보자."

"우리 중에 의사가 있었던가? 레뮤제 시내에는 있을지도 모르지만, 어지간한 의사들 실력으로는 제대로 알아내기 힘들 것 같은데."

"실력 좋은 의사가 한 명 있어. ──정확하게는 최근에 들어온 거지만."

릴리움이 두통을 참듯이 손가락으로 관자놀이를 꾹꾹 누르면서 툭 던지듯 말했다.

"너희들이 바질리아에 가 있는 동안에, 이쪽에도 〈마왕〉 몇 명이 찾아왔어. 물론 멜레아가 없었으니까 정식으로 〈메아 네사이아〉에 가입시키지는 않았지만, 그래도 일단 이 성에 머물게 해 두긴 했어."

그러고 보니 아까 성수성 대형 홀에 처음 들어왔을 때, 그 자리에 있던 마왕들 중에는 낯선 얼굴이 몇몇 보였었다. 어쩌면 레뮤제에서 보낸 하심의 가신들일지도 모른다고 생각했었는데, 그게 아니었던 모양이다.

"〈의왕(醫王)〉, 〈도왕(盜王)〉, 〈수신(樹神)〉, 〈공제(空帝)〉, 〈환왕(幻王)〉, 〈도왕(刀王)〉, 〈혈신(血神)〉, 〈시마(時魔)〉, 그리고 그 마왕들이 신변 보호를 위해 거느리고 있던 도적단과 용병들도 같이 딸려 왔어. 방이 부족해질 지경이라 고민하던 중이야."

"그것 참, 잘 됐다고 해야 할지 성가시다고 해야 할지 애매모호한 상황이군. 믿을 만한 녀석들이냐?"

"적어도 내가 보기에는 그래. 그치만 제일 좋은 방법은 멜레아한테 보여 주는 거야. 평소에는 좀 나사 빠진 구석이 있지만, 중요한 상황에서 멜레아의 판단만큼 날카로운 건 없으니까. 그러니까 한시라도 빨리 눈을 뜨게 해야 해."

릴리움은 그렇게 말하면서 다시 계단을 오르기 시작했다.

"어서 가자. 이미 〈의왕〉을 멜레아 방에 대기시켜 뒀어. 마왕들이 다 그렇듯이 좀 괴짜긴 하지만, 실력 하나는 확실하다구."

◆ ◆ ◆

살만과 릴리움이 멜레아의 방으로 가 보니, 이미 방 주위에 사람들이 모여 있었다. 린드홀름 영산(靈山)에서부터 멜레아를 따르기로 한 '최초의 21인'은 물론, 처음 보는 얼굴도 눈에 띄었다.

살만과 릴리움은 그 인파를 슥슥 헤치고 간신히 멜레아가 잠들어 있는 침대에 도착할 수 있었다. 멜레아의 침대 주위에는 엘마, 마리사, 아이즈를 비롯해 바질리아 원정에 동행했던 마왕들의 모습이 보였다. 그리고 그 가운데 하나, 자기 키보다 훨

썬 긴 새하얀 가운을 입은 소녀가 있었다.

"우햐하—! 뭐야 이 사람 끝내준다! 뭐가 끝내주는 건지 정확하게 설명은 못 하겠지만 하여튼 끝내줘! 반짝반짝 쾌광! 하는 느낌!"

어깨까지 자란 검고 곧은 머리칼. 얼굴의 3분의 1쯤은 가리는 게 아닐까 싶을 만큼 커다란 검은 뿔테 안경. 목소리는 소녀 같지만 어쩐지 소탈한 느낌도 섞여 있었다.

"뭐야 이거, 이 사람 심장 어디 있어? 어라? 내장 위치가 좀 먼 거 아니야? 그보다 근육 밀도가 엄청 높잖아. 우와, 면역계도 장난아니게 발달했네. 이 정도면 평생 병 걸릴 일은 없겠는데?"

헐렁한 가운을 걸친 소녀는 한껏 들떠서 멜레아의 몸을 마구 만져 대고 있었다. 틈틈이 "우햐하~!"라는 독특한 웃음소리를 내긴 했지만, 그러면서도 은근히 익숙한 손놀림으로 멜레아의 몸을 쓰다듬었다. 그리고——.

"응! 아무 문제도 없어!"

"원인을 모른다는 거냐?! 아무 짝에도 쓸모없잖아!"

살만은 결국 참지 못하고 태클을 걸었다.

"우와오, 언제 이렇게 사람이 많이 온 거지? 정신이 팔려서 전혀 모르고 있었어!"

흰 가운 차림의 소녀는 쓸데없이 긴 앞머리를 양손으로 가르면서, 살만 쪽을 보고 호들갑스럽게 놀라는 시늉을 했다.

"어이, 릴리움."

"……그래, 얘가 바로 〈의왕〉. 좀 기다려, 살만. 무슨 말을 하려는 건지는 알겠지만 다들 똑같은 생각이니까 굳이 말 안 해도 돼."

외모는 소녀. 헐렁헐렁한 가운이 이 소녀를 한층 더 수상쩍어 보이게 만들고 있었다.

"그리고 외모로만 판단해서 나도 모르게 그냥 '애'라고 했지만, 이래 봬도 이 사람은 우리보다 연상이야. 아마 돈의 망령보다도 더."

"거짓말하지 마."

"거짓말이 아니라구~. 이래 봬도 나는 나이를 먹을 만큼 먹었다구~. 젊어지는 혈자리를 매일 누른 덕분에 이렇게 탱글탱글한 것뿐이라구~."

"이유는 잘 모르겠지만, 엄청나게 이 녀석 이마를 한 대 쥐어박고 싶어지는데. 자국이 남을 만큼 연속으로 쥐어박고 싶어. 절묘하게 사람 열 받게 하는 녀석이야."

살만이 머리를 싸쥐고 천장을 우러러보며 말했다.

"버릇없는 소리! 내가 너보다 열 살은 더 많아! 원래는 내가 네 무례한 발언에 격노해서 메스로 배를 갈라서 내장을 줄줄이 꺼내도 무죄일 정도라니까! ……아, 상상했더니 좀 흥분되는걸."

"맛이 간 녀석이잖아……."

넌덜머리를 내는 살만의 태도에 맞추어 다른 마왕들도 저마다 반응을 드러냈다.

"거기 당신."

그때, 그 와중에도 유일하게 조금의 동요도 보이지 않았던 마리사가 흰 가운 차림의 소녀에게 말을 걸었다.

"정말 멜레아 님의 몸에 아무런 이상도 없다는 건가요?"

"응, 없어. 적어도 내가 보기에 이 사람 몸은 건강 그 자체야. 신체 조직의 구성이 일반인과 완전 딴판인 부분이 있어서 내 경험에 의해 보완해야 하는 부분도 있긴 하지만, 나는 〈의왕〉의 후예로서 이 사람의 건강을 보증할 수 있어."

"그럼, 왜 눈을 뜨지 못하시는 걸까요?"

"모르겠어. 내가 진단할 수 있는 건 주로 육체의 이상에 대한 거야. 정신 쪽에 대한 것도 어느 정도는 진단할 수 있지만, 고도의 술식에 대한 이상이나 마음속 깊은 곳에 뿌리박혀 버린 이상일 경우라면 나도 그냥 보기만 해서는 뭐가 잘못된 건지 알 수 없어. 이야기를 할 수 있으면 상담을 통해 어떻게 해 볼 여지가 있겠지만, 애초에 눈을 뜨지 못하는 상황에서는 어떻게 해 볼 수가 없는걸."

흰 가운 소녀는 한숨과 함께 "난감하게 됐는걸."이라며 어깨를 으쓱했다.

"어떤 원리로 인간의 몸 상태를 판단하는 거지?"

"이걸 통해서 하는 거야."

살만이 신기한 듯 물어보자, 흰 가운 소녀는 얼굴에 끼고 있던 큼직한 뿔테 안경을 벗었다. 두꺼운 렌즈 너머에서 드러난 것은, 술식문양이 새겨진 진녹색 눈이었다.

"마안이군."

"그래. 소개가 늦었네. 나는 〈나탈리아 쯔바이우드〉. 〈의왕〉으로 불리던 괴짜의 후예고, 바로 2주일 전에 무제그의 감옥에서 도망쳐 온 용기 없는 도망자야."

"무제그에게 붙잡혔었다고?"

"실수를 좀 해서 말야. 도망치는 데 성공한 건 운이 좋았──아니, 악운이 강했어. 솔직히 나도 어떻게 이렇게 도망칠 수 있었던 건지 아직도 신기할 정도지만, 아마 무제그 사람들이라고 생각이 다 똑같은 건 아닌 모양이라서 말야."

"무슨 소리지?"

살만이 물었을 때, 별안간 방 밖이 수런거리기 시작했다. 방 안에 있던 마왕들이 일제히 입구 문 쪽을 쳐다보았다.

"내가 설명하지."

방 밖에 있던 마왕들을 헤치고 다가온 자는 바로, 이 레뮤제 왕국의 현임 왕, 하심 쿠드 레뮤제였다.

하심은 약간 지친 기색으로 웃옷을 벗으며 방 안에 들어오더니, 잠들어 있는 멜레아를 슬쩍 쳐다보고 멜레아의 집무용 책상 모서리에 걸터앉았다. 하심 뒤에서는 시녀 아이샤가 검은 밀정 복장으로 서 있다가, 하심의 웃옷을 받아 들고 익숙한 손짓으로 개기 시작했다.

"당신, 설마 벌써 필라르피아 왕국에서 돌아온 거야?"

"그래. 덕분에 기진맥진했어."

"그게 물리적으로 불가능한 일이라는 걸 알고 하는 소리야?"

릴리움은 하심이 레뮤제를 떠난 시각을 알고 있었다. 고작 며칠 전이었다. 아무리 레뮤제가 〈3개국〉과 인접해 있다고 해도, 그리 쉽게 돌아올 수 있는 거리는 절대 아니다.

"일반적으로는 안 되지. 그래서 당연히 특별한 수단을 쓴 거고. 내가 이렇게 지친 데에는 그 이유도 있어. ……뭐, 그 점도 궁금하겠지만 먼저 멜레아의 용태와, 방금 이 〈의왕〉이 이야기한 무제그 안에도 다양한 의견이 있다는 점에 대해서 설명하지."

하심은 목 근육을 풀듯이 머리를 좌우로 흔들며 말했다. 그 과정에서 약간 튄 땀에 피 같은 빨간 액체가 미세하게 섞여 있는 것을, 시력 좋은 일부 마왕들은 눈썰미 좋게 감지했다.

"멜레아가 눈을 뜨지 못하는 건 십중팔구 〈마안〉의 이상 때문일 거야. 마안이 발현되거나 특수한 신체 기관을 후천적으로 습득하는 과정에서 몸의 통솔을 담당하는 두뇌가 휴면 기간을 필요로 하는 사례가 많이 있지. 나도 최근에 조사를 통해 알아낸 건데, 뇌에 직결되어 있는 눈이 변화될 때는 쓰러지는 자들이 특히 많다는 모양이야. 〈술신〉도 그렇고, 〈시제(時帝)〉도 그렇고, 〈심왕(心王)〉으로 불리던 영웅도 그랬지."

"아, 그러고 보니 나도 어린 시절에 1주일 정도 기절한 적이 있었던 것 같아."

〈의왕〉 나탈리아 쯔바이우드가 "오~." 하고 납득하는 표정을 지으며 고개를 끄덕였다.

"그럼 멜레아의 마안이 또 다른 걸로 변화하고 있다는 건가?"

"그럴 가능성도 있다는 거야."

"〈플런더 크로우의 마안〉이 또 어디가 어떻게 변한다는 거지? 이보다 더 강한 마안은 없을 텐데."

"그건 나도 몰라. 하여튼, 몸에 별다른 이상이 없다면 우리가 할 수 있는 일은 아무것도 없어. 멜레아의 두뇌가 새로운 신체 구성에 적응해서 다시 스스로 깨어나기를 기다리는 수밖에."

하심이 숨을 크게 들이쉬며 말했다. 아까부터 숨결이 거칠었다. 마치 뒤늦게 몰려온 피로에 시달리고 있는 것 같았다.

"그렇군…… . 그럼, 기다리는 수밖에."

"그렇다고 잠자코 기다리고 있으려는 건 아니겠지, 〈권제〉."

하심이 놀리듯이 히죽 웃음을 지으며 살만에게 말했다.

살만은 그 말에 약간 울컥해서 대꾸했다.

"당연하지. 멜레아가 없어도 우리는 할 일이 산더미처럼 많다고."

"듣던 중 반가운 소리군. 그럼 내가 너희들이 할 일을 찾을 수 있도록 힌트를 주지. ──윽."

미소 띤 얼굴로 말한 다음, 마지막에 하심의 얼굴이 고통에 일그러졌다.

"너, 아까부터 좀 이상하던데. 왜 그러는 거야?"

"필라르피아 왕국에서 돌아오느라 좀 무리했어. 그거 생각보다 몸에 부담이 많이 가는데."

하심은 그렇게 말하고 멜레아의 집무용 책상에서 일어서려 했지만, 그 몸은 지지대를 잃자마자 옆으로 크게 휘청거렸다. 살만이 재빨리 하심을 부축하려 했지만, 아이샤가 그보다 먼저 재빠른 몸놀림으로 앞으로 나서서 하심의 어깨를 부축했다.

"죄송합니다, 여러분. 폐하께서는 좀 피곤하신 모양입니다. 쌓인 이야기가 많겠지만 잠시 시간을 주십시오."

하심의 심상치 않은 상태를 보고 나니 마왕들도 고개를 가로저을 수는 없었다.

"우리는 일단 멜레아가 무사한 걸 확인했으니까 상관없어."

"배려해 주셔서 감사합니다. 폐하의 몸 상태가 회복되는 대로 다시 심부름꾼을 보낼 테니, 여러분도 그동안 여정의 피로를 풀고 계십시오."

"알았어, 그렇게 할게."

"그럼, 일단 가 보겠습니다."

아이샤가 헉헉 거친 숨을 몰아쉬는 하심을 데리고 방을 떠났다. 그 자리에 남은 마왕들은 연속으로 몰아치는 심상치 않은 상황들에 숨을 죽이지 않을 수 없었다.

막간 【어느 소녀의 꿈】

내 일생은, 일반적인 세상 사람들의 일생에 비하면 제법 비참한 부류에 속할 것이다. 내 일생의 대부분을 물들인 갖가지 불행들이 나 자신의 행실 때문에 찾아온 것이었다면 그나마 납득할 수 있었겠지만, 그 태반은 세상의 사정과 내 힘으로는 어찌할 수 없는 출생 때문에 찾아오는 것이었다.

──하지만, 최근 들어서는 이 일생을 사랑할 수 있을지도 모르겠다는 생각이 들기 시작했다.

아버지와 어머니의 마음.

조부모님의 바람.

머나먼 선조들의 긍지.

요즘 세상에서는 짐밖에 되지 않는 그것들을 원망한 적도 있었지만, 그들에게는 그들의 생각이 있었다.

세계의 역사라는 것을 배우다 보니, 나는 지금까지 증오의 대상에 불과했던 그들의 고결한 긍지에 대해 자부심을 느끼게 되었다.

──한때 영웅으로 불리던 자들의 행동은 결코 그릇된 것이

아니었다고, '그 사람'이 이야기해 주었으니까.

계기가 된 것은 동대륙에서 벌어진 〈자이나스 전역〉이었다. 멸망 직전이었던 레뮤제 왕국이 세계에서 패왕의 자리에 가장 가까운 나라라 불리는 무제그 왕국에 맞서 싸운 전투. 〈자이나스 황야〉가 수많은 전사들의 피로 빨갛게 물든 그날, 나는 린드홀름 영산 외곽을 걷고 있었다.

──그 산의 정상 부근에 옛 영웅들의 무덤이 있대.

누가 이야기했던가. 소문으로 들은 이야기였다. 나는 딱히 친한 친구도 없으니, 그런 뜬소문을 들으려면 시가지로 나서서 귀를 쫑긋 세우는 수밖에 없다.

그리고 진위조차 불분명한 그런 이야기를 듣고, 나는 린드홀름 영산에 올라가 보자는 생각을 했다.

──거기서 바로 레뮤제 왕국으로 갔으면 좋았을 텐데.

자이나스 전역 관련 정보가 세계에 퍼지기 시작한 지 얼마 안 돼서, 〈백신(白神)〉이라는 칭호가 귀에 들어왔다. 소문에 따르면, 자이나스 전역에서 레뮤제 쪽에 가담해, 그 나라에 승리를 가져다준 〈마왕〉이라고 했다.

하얀 머리와 빨간 눈. 그 사람은 린드홀름 영산에서 황금 배와 함께 내려와서, 마왕을 핍박하는 세계를 만들어 낸 무제그에 대항했다. 마치 옛 시대의 영웅들이 이 일그러진 세계를 바로잡기 위해 보낸 사도라도 되는 것처럼.

──얼굴은 어떻게 생겼을까.

틀림없이 멋질 것이다. 나는 오랫동안 그 사람을 만나고 싶었다. 그가 무제그의 왕자──〈시대의 총아〉로 불리는 〈세리아스 블러드 무제그〉에게 〈마왕〉이라는 자신의 정체성을 자랑스럽게 털어놓았다는 이야기를 들었을 때부터, 계속 만나고 싶었다.

──그 사람이면 분명, 앞으로의 내 인생을 더 자랑스러운 삶으로 만들어 줄 거야.

그래서 나도 그런 그에게 힘을 빌려주고 싶다고 생각했다.

나는 아마── 만난 적도 없는 그를 사랑하고 있었던 것이다.

하지만──.

"고개를 들어라, 〈수제(水帝)〉. 전하의 허가가 나왔다."

나의 사랑은 틀림없이, 여기서 끝날 것이다.

◆ ◆ ◆

검은색을 바탕으로 한 장엄한 홀.

높은 천장에, 금실 자수가 놓인 거대한 붉은색 커튼이 드리워져 있는 벽.

홀 바닥에도 호화로운 융단이 깔려 있고, 그 융단은 안쪽──계단 위에 들어앉아 있는 옥좌 같은 의자까지 이어져 있었다.

그 의자 뒤에는 무제그 왕국의 문장이 새겨진 검은 막이 늘어져 있었다.

"하하, 죽으면 예뻐질 것 같은 얼굴이네요."

고개를 들어 보니, 가장 먼저 옥좌 앞 계단 중간에 서 있는 은발의 남자가 눈에 들어왔다. 섬뜩하리만치 하얀 얼굴과, 허리까지 닿을 만큼 긴 머리칼. 긴 앞머리 사이로 들여다보이는 눈은 지독하게 생기가 없었다.

"네놈의 장난감이 아니야. 닥치고 있어라, 〈사신〉."

그러자 그 남자보다 두 계단 위에 서 있던 또 한 명의 남자가 귀찮다는 듯 말했다. 이 사람은 고귀한 분위기가 풍기고 있지만, 은색 장발의 남자보다는 훨씬 인간적이었다. 나이도 아직 젊어서, 소년 같은 인상이 느껴졌다.

"이런, 무섭기도 해라."

"네놈에 대한 처우는 이제부터 전하께서 직접 결정하실 거다. 그때까지 목 씻고 기다리도록 해라."

금실 같은 머리칼을 지닌 소년은 섬뜩하게 웃는 은발 남자를 노려보았다. 그 눈은 동료를 보는 눈이라고는 생각할 수 없을 만큼 적대적이었다.

"그만해라, 미하이."

"네, 실례했습니다."

그리고 마지막으로 옥좌 부근에서 목소리가 들려왔다. 시선을 들어 보니, 검은 보석 같은 석재로 만들어진 옥좌 위에, 후드가 달린 로브를 뒤집어쓴 남자가 유유자적하게 앉아 있는 모습이 보였다. 후드를 눈 밑까지 덮어 쓰고 있어서 표정은 알아

볼 수 없었다. 후드 밑으로 살짝 보이는 머리칼은 회색이었다.

"〈수제〉미르 뮤르. 너는 왜 네가 여기에 불려 왔는지 알고 있나?"

후드 안에서 다시 목소리가 울려 퍼졌다.

"──나를 죽이려고."

"아니다. 오답은 아니지만, 정답도 아니야."

옥좌 위의 남자가 말했다.

"너를 술식으로 잡아먹은 뒤에 죽이기 위해서다."

"그게 그거잖아."

"아니, 달라도 한참 달라. 단순히 너를 죽이는 것만이 목적이었다면, 이미 죽이고도 남았겠지."

후드 안에서 안광이 엿보였다. 끔찍하게 싸늘한 파란 빛이 보였다.

한심하게도 그 빛이 아름답다고 생각했다.

"다시 말해, 네놈이 조금이라도 더 오래 이 세상에서 살아갈수 있는 건, 내가 그런 선택을 했기 때문이라는 거다."

"하고 싶은 말이 뭐지?"

"인간의 생명이란 이렇게나 가벼운 거다. 그 존엄도 마찬가지고."

그렇게 말하는 그 남자의 눈은 어쩐지 공허해 보였다. 잘못본 게 아니라면, 아마도.

"하지만 인간들은 그런 덧없고 약해 빠진 것에서 꿈을 발견하지. 이상적인 우상이나 허상에 꿈을 신곤 한다. 일개 인간의 생명이란 이렇게도 약해 빠진 건데도 말이야."

"확실히 생명이란 약해 빠졌지. 하지만 그렇다고 해서 함부로 다뤄도 되는 건 아니야."

생명이란 그토록 허약하지만, 다른 사람들의 마음을 밝혀 주는 존재이기도 하다.

아무리 인간이 약하다고 해도, 아무것도 할 수 없는 건 아니다.

다른 누군가를 행복하게 만들어 줄 수 있는 힘이 있는 것이다.

"〈마왕〉답지 않은 소리군."

남자는 코웃음을 치고 말했다. 그 말의 의미는 어렴풋이 이해가 갔다.

〈마왕〉은 인간에 대해 절망하기 쉬운 존재니까.

"그럼 어디 한번 발악해 봐라. 인간의 생명을 함부로 다뤄서는 안 된다는 걸 증명해 보란 말이다."

아무런 의미도 없는 소리다.

말 안 해도 나는 발악할 작정이다.

그 사람 이야기를 들었을 때부터, 그렇게 하기로 마음먹었었다.

"나는 당신을 물고 늘어질 거야."

아주 조금이라도 좋으니, 그 사람에게 보탬이 되고 싶었다.

당해낼 수 없다는 건 알고 있지만, 모든 걸 포기한 채 그냥 죽어 버리는 것만은 견딜 수 없었다.

그러니까――.

"가라, 〈수사(水蛇)〉."

바닥에 술식이 전개되었다. 반투명한 뱀들이 바닥에서 수도 없이 쏟아져 나왔다. 투명한 물로 만들어진 뱀. 그것들은 마치 정말로 살아 있는 것 같은 움직임으로 바닥을 기어서, 옥좌 위에서 이쪽을 내려다보고 있는 남자에게 달려들었다.

나는 옥좌에 앉아 있는 남자――〈세리아스 블러드 무제그〉를 올려다보았다.

직후.

"――볼일 끝났다."

불로 이루어진 뱀들은 물론 나까지, 그 남자의 좌측 상단 공간에서 느닷없이 출현한 거대하고 검붉은 손에 의해――

"아."

짓이겨졌다.

"――."

――인간의 생명이란, 이렇게도 가볍다.

의식이 끊어지는 순간, 한탄하는 것 같은 그의 목소리가 들린 것만 같았다.

제2막 【파란 눈이 바라보는 곳】

세리아스 블러드 무제그는 옥좌에 푹 눌러앉은 채, 발치에 있는 짓이겨진 고깃덩어리를 멍하니 쳐다보고 있었다.

중간에 몸이 잘려 버린 투명한 뱀이 고깃덩어리 옆에서 덧없이 버둥거리는 모습이 보였다.

참 기특한 녀석이라고, 마치 남의 일처럼 생각했다.

"전하, 〈수제〉의 비술은──."

"**봤다**. 역시 〈염제(炎帝)〉의 〈진홍의 명염(命炎)〉과 비슷하더군. 이론 자체는 마음만 먹으면 써먹을 수도 있지만, 고유술소(固有術素)가 필요해. 아마 〈명력술소(命力術素)〉겠지. 〈염제〉와 〈수제〉는 남매지간이었다는 설도 있는데, 그것도 순 거짓말은 아니었는지도 몰라."

"그럼 〈유리의 명수(命水)〉는 실패했다는 거군요."

"명력술소의 생성 방법이 밝혀지지 않았어. 아마 이 여자도 그 점에 대해서는 죽어도 입을 열지 않았겠지. 비술식(秘術式)을 빼앗기는 것까지는 각오하고 있었던 것 같지만, 제일 중요한 점은 지켜냈어. ──쓸데없이 괜찮은 여자군."

세리아스는 옥자 위에서 후드를 벗었다. 회색 머리칼이 하늘하늘 나부꼈다.

"뭐, 상관없어. 〈악신의 왼팔〉은 정상적으로 작동했어. 일단은 그 정도 수확으로 만족하지."

세리아스는 좌측 상단에 있는, '공간의 구멍'에서 뻗어 나온 검붉은 거대 팔을 슬쩍 흘겨보고 말했다.

직후, 그 흉악한 팔은 다시 공간의 구멍 속으로 돌아갔다. 마치 그것 자체가 의식을 갖고 있는 것만 같은 움직임이었다.

그리고 세리아스는 로브 속에 숨어 있던 자신의 왼팔을 들어서 빤히 쳐다보았다.

"내가 생각해도 참 기분 더러워지는 팔이군."

세리아스의 그 왼팔은, 더할 나위 없이 새까맸다.

어마어마한 양의 술식언어가 새겨져 있고, 그 글자들이 어렴풋한 빛을 내뿜으며 깜박였다.

적어도 그것을 인간의 팔로 볼 사람은 없을 것이었다.

"오른팔의 소재는 알아냈나?"

세리아스는 자신과 같이 의심 섞인 눈길로 그 팔을 쳐다보고 있던 미하이에게 물었다.

"아뇨, 아직 들어온 정보가 없습니다. 그 왼팔도 암경매를 통해 거래되던 걸 기적적으로 발견했던 거라⋯⋯."

"찾아내. 가능한 한 많은 부위를. 〈악신〉의 몸은 무기가 되니까. 사상 최악의 괴물이 되었다고 전해지는 먼 옛날 최악의 마왕이 가진 힘은, 전란의 시대에 빛을 발할 거다."

"……전하, 〈악신〉 쪽도 그렇습니다만, 저는 눈에 더 관심이 가는군요."

그러자 미하이가 웬일인지 세리아스의 말에 곧바로 대답하지 않고, 화제를 바꾸었다.

미하이는 파랗게 물든 세리아스의 눈을 쳐다보고 있었다.

"이거 말이냐? 걱정 마라, 미하이. 이 눈은 내 몸에 아주 잘 맞아. 이건 빼앗은 게 아니니까."

세리아스는 오른손으로 양쪽 눈꺼풀을 가볍게 어루만졌다.

세리아스가 다시 눈을 뜨니, 그 파란 눈동자에는 술식문양이 나타나 있었다.

"이제 더 이상 〈술신〉의 눈에 매달릴 필요도 없어졌어."

그 술식문양은, 멜레아가 가진 〈플런더 크로우의 마안〉의 문양과 쏙 빼닮아 있었다.

"**그건** 치워 버려. 이제 필요 없다."

"분부 받들겠습니다."

미하이는 세리아스의 명령에 대답하고 계단을 내려갔다.

"그리고 나는 네크로아와 할 이야기가 있다. 너는 물러나라."

"……분부 받들겠습니다."

미하이는 잠시 뜸을 두고 대답한 뒤, 계단을 내려가는 중에 은발의 남자에게 날카로운 시선을 보내고, 고깃덩어리 처리를 위해 불러 온 다른 부하와 함께 그 자리를 떠났다. 그러는 동안, 은발의 남자──〈사신〉 네크로에 벨제루트는 흠잡을 데 없는 거만한 미소만을 짓고 있었다.

"변명을 들어 보지, 네크로아 벨제루트."

미하이와 부하가 떠난 뒤, 옥좌의 방에 남은 두 사람은 새삼 시선을 주고받았다. 먼저 입을 연 것은 세리아스였다.

"변명. 아, 변명이라고 하셨습니까? 당신답지 않게 알아듣기 힘든 표현이군요. 애초에 당신께서는 제가 정말로 무제그 세력에 들어온 건지 어떤지에 대해 회의적으로 생각하지 않으셨습니까. 아니, 회의적이라는 표현도 어폐가 있군요. 당신은 제가 스스로의 욕망에 따라서만 움직인다는 걸 알면서도 막하에 받아들였습니다. 이제 와서 쓸데없이 동지인 척하실 필요는 없을 텐데요?"

"그래도 난 너를 생각해서 그런 식으로 발언한 건데 말이지."

이때 세리아스는 눈을 한 번 감았다.

"쓸데없는 배려입니다."

"그럼 네 바람대로 여기서 죽을 거냐?"

순간, 세리아스가 다시 술식문양이 나타난 눈을 뜬 직후, 정면의 공간에 수많은 술식진들이 나타났다. 이 홀을 순식간에 초토화시키고도 남을 만큼 많은 양의 술식이었다.

"그것도 사양하고 싶군요."

"네놈이 바라는 게 뭐냐, 네크로아? 마왕을 이송하던 기병대를 갑작스럽게 공격해서, 붙잡아 두고 있던 마왕을 풀어 준 이유를 듣고 싶군."

세리아스가 말했다.

"재미가 없으니까요."

"지금 나와 말장난이나 하자는 거냐?"

"당신이라면 분명 이해해 주실 줄 알았는데 말입니다."

네크로아는 자신을 공격하려 드는 눈앞의 술식진을 쳐다보면서도 여전히 경박한 말투로 대답했다.

"저와 당신은 어떤 부분에서 아주 비슷합니다. 같은 부류라고 할 수도 있죠."

"무슨 뜻이지?"

"당신은 대국의 왕자라는 지위에 있으면서도 일반적인 사회적 가치에 대해 아무런 관심도 없습니다. 아니, 애초에 인간의 윤리적인 가치관에도 거의 공감하지 못하고 계시죠."

세리아스는 눈 한 번 깜짝하지 않고 네크로아를 응시하면서 다음 말을 기다렸다.

"당신은 사실 자기 나라의 앞날 따위는 알 바 아니라고 생각하고 계십니다. 천성적으로 그런 것에 대해 관심이 없으니까, 하는 수 없이 아버님의 족쇄와도 같은 가치관 속에서 발버둥치고 계신 겁니다."

"……"

네크로아는 낭랑한 목소리로 말을 이었다.

"그건 당신의 진정한 소원이 아닙니다. 당신의 진짜 소원은 그저 강해지는 것. 그리고 지금은—— 자기보다 더 강한 경지에 있는 〈백신〉을 넘는 것만을 바라고 있죠."

"헛소리 마라."

"아뇨, 헛소리가 아닙니다. 이제 인정하시는 게 어떻겠습니까? 당신은 스스로가 생각하는 것보다 훨씬 맛이 갔습니다. 저와 마찬가지로, 당신은 일반적인 인간이 천성적으로 타고난 윤리관이니 가치관이니 하는 것들이 결여돼 있죠. 스스로의 욕망으로만 가슴속이 가득한 채, 그것을 충족시켜 줄 것만을 망령처럼 쫓아다니는 미친 짐승."

"나는 네놈과는 달라."

세리아스는 거대한 술식을 세 개 더 전개시켰다.

"당신은 제가 원하는 게 뭔지를 물으셨습니다. 좋습니다. 제가 원하는 게 뭔지를 말씀드리죠."

네크로아는 양팔을 펼치고, 황홀한 표정을 띤 얼굴로 말했다.

"제가 원하는 것은 이 세계의 '끝없는 혼돈'. 인간은 원시적인 욕망에 몸을 맡긴 채 살아가야만 합니다. 질서 따위는 쓸모없는 존재입니다. 각 개인이 스스로의 욕망을 위해 매진하고 그 과정에서 서로가 충돌하는 가장 원시적인 혼돈 상태가 이세계의 올바른 모습. 그래야만 인간이 더 재미있어질 수 있고, 세계가 더 흥미로워질 수 있습니다."

"차라리 갓난애의 옹알이를 듣는 게 더 유익하겠군. 인간은 질서 없이는 오래 살아갈 수 없어. 인간이 없으면 네놈의 소원이라는 것도 끝장 날 텐데."

"그것도 나쁠 것 없지요. 인간이 모조리 죽으면, 다음에는 영이 되어서 또 어딘가에서 무질서하게 싸우면 그만입니다. 이세계에는 그런 환경이 갖추어져 있으니까요."

네크로아는 진보라색 눈동자에 술식문양을 출현시키고 하늘을 가리키며 말했다.

"네놈도 〈마안〉을 갖고 있나 보군."

"네, 당신은 볼 수 없는 걸 볼 수 있죠. 그렇기에 저는 이 세계에 얼마나 큰 혼돈이 있는지 알 수 있고, 그렇기에 이 비술, 네크로 판타즘도 쓸 수 있습니다. 그런데 당신은 마안이 어떤 건지 알고 계십니까?"

모른다. 세리아스는 멜레아에게 패한 지 얼마 되지 않아 마안을 발현시켰다. 그것은 그 유명한 〈술신〉 플런더 크로우 무제그가 발현시켰던 〈플런더 크로우의 마안〉과는 약간 다른 눈이었지만, 어쨌거나 섭리에 따라 자신이 갖게 된 거라 생각하고 있었다. 하지만, 왜 갑자기 마안이 발현되었는지는 알지 못했다.

"그건 인간이 가진 욕망의 구현이기도 합니다. 특출한 재능을 지닌 자가 각자가 가진 인격에 적합한 마안을 발현시키는 거지요. 제 마안도 그렇고, 당신의 마안도 마찬가지입니다."

"그게 뭐 어쨌다는 거냐."

"당신은 굶주린 짐승이나 다름없다는 겁니다. 짐승은 인간이 만든 질서 따위 신경도 쓰지 않는 법이죠."

세리아스의 머릿속에 〈자이나스 전역〉 때 멜레아에게 들었던 이야기가 떠올랐다.

"저는 저의 욕망에 충실하게 살아갈 뿐입니다. 솔직히 당신이 그렇게 많은 마왕들의 힘을 빼앗아 버리면 무제그가 지나치게 강해지죠. 그건 제 입장에서도 피하고 싶은 일이었습니다. 무제그가 강해지면 이 세계는 평정에 가까워지게 되니까요."

그것이 〈마왕〉에게 있어 험난한 세상이라 해도.

무제그가 힘으로 세계를 통일하면, 어쨌거나 혼란의 세계는 종결을 맞게 될 것이다.

그 뒤에 기다리고 있는 것이 무제그에 의한 독재적 세계라 해도, 혼란은 종식된다.

"그런 결과만은 피하고 싶습니다. 당신들 무제그에 의해 혼돈이 제거된 세계는 재미가 없으니까요."

세리아스는 아래에 있는 은발의 사내에 대해 혐오감을 느끼는 동시에, 그렇게 앞뒤 가리지 않고 자기 욕망대로 살아가는 태도에 순간적으로 선망을 품었다. 그리고 자기 스스로도 그 점을 깨닫고 있었다.

"지금 당신은 분명 저에 대해 부러움을 느꼈습니다. 당신은 저처럼 살고 싶다고 생각하면서도, 한편으로는 왕자라는 신분에 대해 긍지도 품고 있죠. 그게 당신이 타고난 자질인지, 아니면 다른 누군가가 달아 놓은 족쇄인지, 그건 알 수 없습니다. 하지만 당신은 어느 쪽도 버릴 수 없죠. 그렇게 주저하는 모습도 의외로 나쁘지 않아 보여서 고민이군요."

"할 말은 그게 다냐?"

세리아스는 기어이 로브 속에서 〈아니무스의 왼팔〉을 꺼내 네크로아를 향해 펼쳤다.

네크로아는 약간 놀란 듯 눈이 휘둥그레졌지만, 이내 다시 거만한 미소를 지었다.

"그럼, 조금만 더 이야기하죠. 이제부터 제 행동에 대한 힌트를 드리겠습니다. 이건 잠시나마 당신에게 신세를 진 것에 대한 보답입니다. 뭐, 그게 더 재미있을 것 같아서 그렇게 하는 거지만 말이죠."

네크로아는 양팔로 자기 몸을 끌어안고 황홀한 표정으로 말했다.

"저는 당신보다 더 흥미로운 혼돈의 소재를 발견했습니다. 그러니까 저는 그에게 갈 것입니다. 최고의 선물을 들고. 어쩌면——**그를 죽이기 위해.**"

세리아스의 뇌리에 멜레아의 얼굴이 떠올랐다. 세리아스의 머릿속에서 멜레아의 빨간 시선과 자신의 파란 시선, 그리고 네크로아의 보라색 시선이 교차한 것 같은 느낌이 들었다.

"괜찮습니다. 죽더라도 제가 되살려낼 테니까요. 그러니까 걱정 마시길. 당신의 굴욕은 언제든지 제가 불식시켜 드리겠습니다. 제가 충분히 즐기는 게 먼저지만요."

섬뜩한 미소. 세리아스는 그 표정과 말에 순간 눈썹을 꿈찔하며 반응을 보였지만, 곧 표정을 원래대로 되돌렸다.

"할 수 있거든 해 봐. 네놈에게 그만한 힘이 있다면."

"하하하. 저 자신에게는 그만한 힘이 없을지도 모르죠. ──하지만 **그들**에게는 있습니다. 그러니까 저는 〈혼의 천해(天海)〉에서 가장 가까운 곳으로 갈 것입니다. 당신은 여기서 찬찬히 자기 안의 갈등에 괴로워하고 계시기만 하면 됩니다."

네크로아는 느긋한 동작으로 경례했다.

"그래?"

세리아스는 왼손을 위로 들었다.

"그럼 네놈은 먼저 여기서 죽고 가라. 무제그를 거역하는 불온분자는 지금 여기서 내가 죽일 테니."

"하하."

네크로아가 웃었다.

그리고──.

"할 수 있거든 마음대로 해 보시지요."

다음 순간, 세리아스의 좌측 상단 공간에서 나타난 검붉고 거대한 손이 다시 홀의 공기를 짓이겼다.

"뼈인가……."

굉음과 함께 성 내부가 뒤흔들렸다. 세리아스는 네크로아를 짓이겨 버렸을 〈아니무스의 왼팔〉을 천천히 들고, 홀에 흩어진 잔해를 쳐다보았다.

"성격 한 번 고약한 놈이군."

하지만 네크로아의 살점은 찾아볼 수 없었다. 흩어져 있는 것은 오래된 뼛조각들. 아마 네크로아의 〈사령술식(死靈術式)〉에 의해 소환되었을 것이다.

"전하!"

얼마 후 굉음을 들은 미하이가 홀로 달려왔다.

"미하이, 그건 치울 필요 없다."

"대체 무슨 일이……."

세리아스는 경악한 표정을 짓는 미하이를 제지하면서, 바닥에 널브러져 있는 뼈를 빤히 쳐다보고 있었다.

"……."

어째서인지 세리아스는 그 뼈에 대해 향수를 느끼고 있었다. 그냥 보기만 해서는 누구의 뼈인지 알 수가 없다. 그런데도, 그 뼈가 자신과 가까운 존재인 것처럼 느껴졌다.

"미하이, **린드홀름 영산**으로 네크로아 추적대를 보내라. 그 놈은 무제그를 배신했다. 앞으로 우리나라에 대한 위협이 될 것이다. 찾아내는 즉시 죽이도록."

"부, 분부 받들겠습니다."

심상치 않은 세리아스의 분위기에, 미하이는 꿀꺽 마른침을 삼키며 고개를 조아렸다.

"그리고, 〈바라미츠〉의 사슬을 풀어 둬라. 빠른 시일 내에 출발하겠다."

"!"

그 이름을 듣자마자, 미하이는 고개를 가로저었다.

"안 됩니다, 전하! 그건 아직 우리 명령을 듣지 않습니다!!"

"말이야 듣게 만들면 돼. 칼리굴라도 그랬던 것처럼."

그 말만을 던져 놓고, 세리아스는 더 이상의 반론을 허락하지 않은 채 미하이를 홀 밖으로 내쫓았다.

그 후로 몇 분 동안, 세리아스는 줄곧 뼈를 바라보고 있었다.

"영웅이라."

가만히 중얼거렸다.

"너는 나야말로 마왕이라고 하겠지——. 멜레아 메아."

세리아스가 중얼거린 말은, 바닥에 널브러져 있는 뼈의 잔해들에게만 살짝 닿았을 뿐이었다.

제3막 【보름날 밤의 급한 만남】

꿈을 꾸었다.

살짝 눈이 쌓여 있는 어떤 산꼭대기.

난생 처음 보는 파랗고 투명한 뱀이 고개를 우뚝 치켜든 채 앉아 있었다.

'안녕.'

뱀은 입을 벌려서 말을 자아냈다.

'드디어 얼굴을 볼 수 있게 됐네. 어떤 얼굴일지 계속 상상했었는데, 내가 상상했던 것보다 훨씬 멋진걸.'

멜레아는 뱀의 말에 고개를 갸웃거려 대답했다. 어째선지 목소리가 나오지 않았다.

'목소리도 듣고 싶었는데, 아무래도 거기까지는 안 되나 보네. 아쉬운걸. 하지만 얼굴을 본 것만 해도 감사해야겠지.'

뱀이 천천히 멜레아에게 다가왔다.

'모두 당신을 걱정하고 있어. 당신은 아주 강하지만, 때로는 덤벙거리고, 그러면서도 지나칠 정도로 착하니까. 이렇게 험난한 세상을 살아가자면 그 착한 성격이 족쇄가 될 수도 있다

고 생각하는 사람도 있는 것 같아.'

　모두라는 건 누굴 두고 하는 말일까. 뭐든 실마리를 찾아보려 했지만, 어쩐지 머리가 멍해서 뜻대로 움직여 주지를 않았다.

　'어쨌거나, 시간이 얼마 없으니까 전하고 싶은 것만 이야기 할게.'

　뱀은 멜레아의 발치에 다다라서 멜레아의 얼굴을 올려다보았다.

　멜레아는 양손으로 부드럽게 뱀을 들어 올려서 얼굴 앞으로 가져왔다.

　'당신을 좋아했어요. 한 번도 만난 적은 없었지만, 내게 살아 갈 희망을 준 당신을 항상 좋아했어요. 여기에 있는 모두와 내가 보장할게요. 앞으로 당신에게는 더없이 괴로운 일이 일어나겠지만, 지지 말아요. 우리는 하늘에서 당신을 응원할게요.'

　손 위의 투명한 뱀이 갑자기 흐려졌다.

　존재가 사라져 갔다.

　'지금까지, 정말 고마웠어요. 만에 하나 다시 태어날 수 있으면, 꼭 당신 곁에 있을 수 있기를.'

　꿈은, 거기서 끊어졌다.

　"——가지 마!!"

멜레아는 울음 섞인 자기 목소리와 동시에 눈을 떴다. 설산의 풍경은 이미 온데간데없이 사라져 있었다. 눈앞에 있는 건 자신이 누워 있는 침대와 창밖에서 비쳐드는 달빛뿐. 그리고 멜레아는 자신의 눈에서 눈물이 흐르고 있다는 것을 깨달았다. 금색 눈물 따위가 아닌, 투명한 눈물.

"나는——."

기억이 마구 헝클어져 있었다. 바질리아에서 돌아오던 길에, 눈앞에 펼쳐진 막대한 양의 술식이 머릿속을 옥죄었고, 그때——.

"쓰러진 건가……."

아마 그럴 것이다. 그리고 동료들이 자신을 여기로 실어 왔으리라.

"대성수(大星樹)……."

창밖으로 보이는 풍경에 시선을 집중하니 레뮤제의 상징인 대성수가 보였다. 파란색과 녹색, 그리고 아름다운 금색 빛 입자를 하늘하늘 방출하는 대성수. 멜레아는 자기 방 창밖으로 보이는 밤의 대성수가 좋았다.

"멜레아?"

그때, 별안간 방의 문이 소리를 내며 열리고, 문 밖에서 엘마가 고개를 내밀었다.

"——엘마."

"일어났구나. 다행이야."

엘마는 짤막한 말로, 하지만 진심 어린 안도가 깃든 얼굴로 커다란 한숨을 내쉬었다.

"다른 사람들은?"

"근처에 있어. 하지만 이미 거의 다 잠들었어. 어제부터 다들 잠도 안 자고 네가 깨기를 기다렸으니까. 막상 중대 사태가 벌어졌을 때 못 움직이게 되면 곤란하니까, 잘 수 있을 때 자 두라고 했어."

엘마가 쓴웃음을 머금은 채 방 안으로 들어와서 말했다. 조용히 문을 닫고 멜레아가 누워 있는 침대 곁으로 다가왔다.

"특히 마리사는 상태가 심각했어. 네가 눈을 뜰 때까지 계속 곁에서 간병하려고 들 기세였어. 귀기가 서려 있다는 건 그런 걸 두고 하는 말이겠지. 결국 네 곁에서 의자에 앉은 채로 기절했기에, 옆방으로 옮겨다가 재웠지."

엘마는 침대에 걸터앉아서, 하지만 시선은 멜레아에게 향하지 않은 채 말했다.

"그랬구나……. 다들 많이 걱정했나 보네."

"그러게 말이야. 새로운 마왕들도 들어왔으니 바로 너한테 보여 줄 생각이었는데, 너는 거의 이틀 동안이나 계속 잠들어 있었으니까. 뭐, 너도 자고 싶어서 잔 건 아니겠지만."

새로운 마왕. 그 말에 멜레아의 눈썹이 치켜 올라갔다.

"몇 명이 찾아왔어. 우리가 바질리아에 가 있는 동안에 〈자이나스 전역〉에서 네가 펼친 활약을 들은 마왕들이 성수성 문을 두드리러 왔다더군."

"역시 우리 말고도 숨어 있는 마왕들이 더 있었구나."

멜레아는 땀 때문에 이마에 달라붙은 앞머리를 손으로 걷어내며 말했다. 그 얼굴에는 기쁨의 미소가 살짝 엿보였다.

"가만히 있어."

그러자 그제야 엘마가 멜레아의 얼굴을 똑바로 쳐다보고, 이어서 멜레아의 머리를 자기 손으로 가다듬기 시작했다.

"나는 전장에서 자란 몸이라 몸단장 쪽에 대해서는 별 소질이 없지만, 너는 그런 나보다도 더 형편없으니까. 그리고 나도 이제 릴리움이나 마리사, 아이즈의 지적 덕분에 어느 정도 신경을 쓰고 있고, 머리 정리하는 법도 배웠으니까, 걱정 마."

엘마는 손 많이 가는 남동생의 머리를 빗어 주듯 천천히, 꼼꼼하게 멜레아의 머리카락을 매만져 나갔다.

"몸에는 별 이상 없고?"

엘마의 얼굴을 가까이서 느끼며, 멜레아는 자기 몸에 의식을 기울였다.

"응, 지금은 괜찮아."

딱히 아픈 곳도 없고, 위화감도 없었다. 가장 마음에 걸리는 부분인 눈도 지금은 평소와 다를 바 없었다.

"그렇군. 그럼 조금 더 누워 있어. 다들 체력의 한계가 와서 이제 막 잠들었으니까. 지금 네가 일어나면 제대로 쉬지도 못하고 다시 일어나게 될 거야."

"그렇구나. ──응, 그럼 그렇게 할게."

"네가 얌전히 다시 잠들 때까지 내가 곁에 있도록 하지."

엘마는 태연한 얼굴로 말했다. 하지만 그 뺨은 살짝 발그레하게 물들어 있었다.

멜레아는 그 사실을 알아챘지만 아무 말도 하지 않았다.

자신이 잠들 때까지 그녀가 곁에 있어 준다는 것이 고맙게 느껴졌다.

다른 누군가가 지켜보는 가운데 잠드는 게 얼마 만이었던가.

멜레아는 어머니의 품속에서 잠드는 어린아이 같은 안도감을 느끼면서, 다시 눈을 감았다.

다음에 꿀 꿈이 슬픈 꿈이 아니기를, 마음속 한구석에서 기도했다.

"하심 님, 멜레아 님이 깨어나셨다고 합니다."

"그렇군. 뭐, 조금 더 자도록 해 줘."

하심 쿠드 레뮤제는 〈백왕성(白王城)〉의 자기 방에서 아이샤의 보고를 받고 있었다.

"그 녀석의 눈은 어떻게 됐지?"

"모르겠습니다. 어쨌든, 뭔가 변화가 있었던 건 틀림없겠죠."

아이샤는 어두운 표정으로 말했다.

"그렇게 풀 죽을 것 없어. 그 변화는 멜레아에게 긍정적으로 작용할 테니까."

"하지만 〈백제(白帝)의 비문〉이 사실이라면, 하심 님에게 있어서는——."

아이샤가 거기까지 말했을 때, 하심이 한 손을 들어서 아이샤를 제지했다.

"일이 정말 〈비문〉 그대로 되리라는 보장은 없어. 너답지 않게 판단이 너무 섣부른 거 아니야?"

"〈백제〉 레이라스 리프 레뮤제는 도대체 뭘 봤고, 대체 왜 그런 걸 남긴 걸까요……."

아이샤는 그녀답지 않게 화난 기색으로 말했다. 하심은 그렇게 감정을 드러내는 아이샤가 싫지 않았다. 그래서 굳이 타이르지 않고, 쓴웃음을 지으며 다정하게 말했다.

"경고와 부탁을 위해서겠지. 레이라스도 고민했을 거야. 그래서 알기 힘든 곳에 분할해서 적어 둔 걸 테고. 책처럼 알기 쉬운 형태로 남기지 않았다는 것이, 레이라스가 얼마나 갈등했는지를 여실히 나타내고 있는 셈이지."

"멜레아 님은 〈백제의 마안〉을 각성시키신 걸까요?"

"그 점만은 나도 알 길이 없어. 멜레아의 눈에 나타난 변화가 레이라스의 인자에 의해 일어난 거라는 보장은 없어. 다만…… 아마 그럴 거라는 예상도 들긴 해. 멜레아 본인도 자기가 레이라스에게서 물려받은 게 어떤 건지 모르고 있겠지."

"확인해 봐야겠군요."

"그래. 어차피 내일이면 알게 돼 있어. 마침 내일은 보름이야. 밤에 멜레아를 백왕성의 장서실로 데려가지. 거기서 〈팔라디온의 광서(狂書)〉를 자력으로 찾아낸다면, 레이라스의 마안을 이어받았다고 봐도 될 거야."

하심은 문득 진지한 표정을 지으며 창가로 걸어갔다. 어렴풋이 달빛이 들어오는 커튼을 손으로 젖히고, 대성수 건너편에 보이는 〈성수성〉을 바라보았다.

"우리는 거기에 뭐가 적혀 있는지 알 수 없어. 특정한 눈과 '감각'을 가진 자만이 내용을 파악할 수 있다는 모양이니까."

"일설에 의하면, 이 세상의 진리가 적혀 있다고도 하더군요."

"진리라……."

그때 하심은 히죽 웃음을 지으며 아이샤 쪽을 돌아보았다.

"너답지 않게 꿈이 넘치는 소리를 다 하는군."

"일반론을 이야기한 것뿐입니다. 저 자신은 그 이야기를 믿는 게 아닙니다."

"정말? 하지만 넌 술식을 사용할 수 있잖아? 술사는 술식을 배우기 전에 이 세계의 절대적인 원칙을 배우는 거 아니야?"

이 세계의 모든 사물과 현상은 식으로 표현된다.

그것이 바로 술사들이 가장 먼저 배우는 이 세계의 일반원칙이다.

"하지만 그게 곧 〈팔라디온의 광서〉에 세계의 진리가 적혀 있다는 것을 뜻하는 건 아닙니다."

"하긴, 그것도 그렇긴 하지. ——어쨌든, 내 눈에는 눈 아프도록 빼곡하게 적힌 낙서처럼만 보이지만, 레이라스 리프 레뮤제는 그 책 내용의 일부를 읽어냈다고 하고 플런더 크로우무제그도 다른 페이지의 내용을 약간이나마 해독해 냈다고 전해지고 있어. 둘 다 광서에 대해 이렇다 할 말을 남기지는 않았는데, 그 둘의 인자를 물려받은 멜레아는 과연 얼마나 많은 양을 해독할 수 있을지."

하심은 어쩐지 즐거워 보이는, 한편으로는 어쩐지 쓸쓸해 보이는 표정으로 다시 창밖을 쳐다보았다.

"〈백제〉와 〈술신〉은 실존 여부조차 불분명한 〈이계초(異界草)〉라는 풀을 혈안이 돼서 찾아다녔고, 그 결과 실제로 이 세계에 하나의 혼을 불러들였어. ——〈이계의 혼〉이 우리에게 희망이 되기를 기도하지."

대성수에서 날아오르는 빛 입자들을 바라보며, 하심은 그렇게 말했다.

◆ ◆ ◆

이튿날.

멜레아가 눈을 떴을 때, 엘마의 모습은 곁에 없었다.

그 대신 집무용 책상 위에 편지 한 통이 놓여 있었다.

멜레아는 침대를 벗어나서 편지를 집어 들고, 적혀 있는 문장을 읽었다.

"정오의 종이 울리면 옥좌의 방에 집합하란 말이지."

이건 릴리움의 글씨였다. 적절하게 간략화된 서체였지만, 매끄러운 곡선으로 이루어져 있어서 읽기가 수월했다.

"좋아."

어깨 관절을 돌려 보고, 허벅지의 근육을 뻗어서 몸 상태를 확인했다.

——나쁘지 않아.

오래 잔 덕분인지 몸이 가볍게 느껴질 정도였다.

멜레아는 편지를 품속에 집어넣은 다음, 방 한쪽에 있는 거울로 다가가서 자신의 얼굴을 관찰했다.

"조금 달라진 것 같네……."

자신이 금색 눈물을 흘리며 쓰러졌다는 건 어렴풋이 기억하고 있었다.

그래서, 마음을 단단히 먹고 〈플런더 크로우의 마안〉을 발동, 거기에 뭔가 변화가 나타나 있는지를 확인해 보았다.

빨간 눈동자는 그대로였지만, 그 눈동자에 새겨진 술식문양에 명백한 차이가 있었다.

——문양이 금색으로 변했어.

더불어 술식 자체에서도 약간의 변화가 눈에 띄었다. 마안의 힘 자체에도 변화가 있었는가 하는 것까지는 알 수 없었지만,

현재로서는 그걸 확인할 수 있는 방법도 없었다.

"점심때까지는 자유행동이라는 거지?"

바질리아에서 돌아온 멤버들도 휴식이 필요할 것이다. 멜레아 입장에서는 새로 들어왔다는 마왕들을 당장에라도 만나보고 싶은 심정이었지만, 릴리움이 일부러 이런 편지를 남긴 뜻을 생각하고 일단 점심때까지 혼자서 시간을 보내기로 했다.

자기 방 창문에서 뛰어내려 대성수의 거대한 가지에 착지한 멜레아는, 아마 자신만이 사용할 게 분명한 루트를 통해 레뮤제 시가지로 나섰다.

시내는 여전히 북적거렸지만, 바질리아에 가기 전보다 약간 인구가 늘어난 것 같은 느낌이 들었다.

특히 아이들의 수가 많았다.

노점들의 종류도 늘어나서, 코를 간질이는 달콤한 냄새가 여기저기서 풍겨 왔다.

──그리고 교역상들이 늘어났네.

여행객처럼 등에 커다란 가방을 짊어진 남자들이 행상을 이루어 지나가는 모습이 여러 번 눈에 들어왔다.

목적지는 아마 샤우드 상회이리라.

거리에 우뚝 선 벽돌 벽에 처음 보는 상회의 거래 모집 광고가 붙어 있었다. 일시적으로나마 무제그의 위협에서 벗어난 레뮤제에 다양한 경제 요소들이 속속들이 들어오고 있었다.

"이봐. 거기 하얀 머리."

"응?"

거리를 걷다 보니, 별안간 뒤에서 누군가가 멜레아를 불러 세웠다.

"너, 얼굴이 아주 마음에 드는데."

뜬금없는 칭찬에, 멜레아는 저도 모르게 주춤거렸다.

말을 건 것은 여자였다.

오가는 사람이 많아서, 그 모습은 사람들 틈새로 띄엄띄엄 보일 뿐이었다. 그래도 그 여자가 새하얀 베일을 머리에 쓴 신비로운 차림의 여자라는 건 알 수 있었다.

"그 사람과 많이 닮았어."

"대체 무슨 이야기를 하려는 거지?"

멜레아는 인파를 헤치고 그 여자에게 다가가려 했다.

하지만 그 여자는 멜레아가 한 발짝 다가가면 한 발짝 물러서고, 두 발짝 다가가면 마찬가지로 두 발짝 물러섰다.

그리고 신기하게도, 그렇게 신비로운 차림을 하고 있는데도 주위 사람들은 아무도 그녀에게 눈길을 주지 않았다.

"더 이상은 다가갈 수 없어. 그래도 한 번 보고 싶어서 온 거야."

멜레아는 시선을 집중했다.

하얀 베일 너머로, 베일과 같은 색의 머리칼이 살짝 드리워져 있는 것이 보였다.

"그럼 또 봐. 다음에 만났을 때는 이야기할 시간이 없을지도 모르니까, 이 기회에 이야기해 둘게. ——나는 당신을 사랑하고 있어, 멜레아."

"아, 잠깐——."

멜레아는 크게 한 발짝 다가갔지만, 여자의 모습은 이미 사라지고 없었다.

심장이 격렬하게 고동치고 있었다.

"……."

멜레아는 정체를 알 수 없는 답답함을 가슴속에 품은 채, 한동안 그 자리에 멍하니 서 있었다.

정오. 성수성으로 돌아온 멜레아는 서둘러 옥좌의 방으로 향했다.

통로 안쪽에서 동료들의 와자지껄한 목소리가 들려왔다.

옥좌의 방 문을 열자, 문 너머에 있던 동료들의 시선이 일제히 모여들었다.

"35초 지각입니다, 나의 주인이시여."

가장 먼저 말을 건 것은 금색 회중시계를 한 손에 든 채 수상쩍은 미소를 짓는 〈연금왕〉 샤우 주르 샤우드였다.

"시간은 금이라는 말도 있는데 말이죠."

"미안해, 샤우. 오는 중에 이런저런 일이 있어서."

"돈에 얽힌 이야기라면 들어 드리죠."

"애석하지만 그 기대에는 부응하기 힘들 것 같은데."

멜레아는 쓴웃음을 지으며 천천히 동료들 사이를 걸어갔다.

"몸은 좀 어떠신지요, 멜레아 님?"

다음으로 말을 건 것은 마리사였다. 빈틈없이 정갈한 자세로 멜레아를 똑바로 쳐다보는 그녀의 얼굴 한구석에는, 여전히 걱정 어린 빛이 남아 있었다.

"괜찮아, 마리사. 걱정 끼쳐서 미안해. 그리고 고마워. 계속 내 곁에서 간호해 줬다지?"

"당신을 위해서라면 어디까지나, 언제까지나 함께할 것입니다. 저는 당신의 메이드니까요."

마리사 옆을 지나치면서, 멜레아는 그녀의 어깨를 다정하게 툭 쳐 주었다.

"여어, 몸 상태는 좀 어때?"

이번에는 소탈한 말투의 남자 목소리. 목소리가 난 쪽을 쳐다보니 양 어깨에 미나와 리나를 태우고 있는 〈권제〉 살만의 모습이 보였다.

"몸 상태는 좀 어때~." "어때~!"

"덕분에 많이 좋아졌어, 애들아."

멜레아는 미소를 지으며 쌍둥이에게 손을 내밀었다. 미나와 리나는 마치 쓰다듬으라는 듯 멜레아 쪽으로 머리를 내밀고 웃었다. 멜레아는 다시 쓴웃음을 지으며 두 사람의 머리를 쓰다듬어 주었다.

"멜레아, 군, 괜찮, 아?"

옥좌로 이어지는 계단이 코앞에 다가왔을 때, 집단의 선두 쪽에 있던 소녀가 조심스럽게 입을 열었다.

"그래, 이제 괜찮아, 아이즈. 아이즈도 피로가 쌓이지 않았어?"

"응, 나는, 괜찮아."

"그렇구나. 그럼 다행이네."

〈천마(天魔)〉 아이즈.

그리고 그 곁에는 훤칠한 키에 분홍색 머리카락의 여자가 있었다.

"갑옷, 안에서는 벗을 수 있게 됐어."

"정말? 실라디스는 그러는 편이 예뻐. 갑옷 차림도 다부지고 멋있어 보이긴 하지만."

〈수신(獸神)〉 실라디스였다. 바질리아에 가기 전에는 성수성 안에서도 이따금씩 갑옷 차림으로 지내곤 하던 그녀였지만, 이제는 그 갑옷을 전부 벗고, 살짝 수줍어하는 기색으로 본래 모습을 드러내고 있었다.

"너, 바질리아에 다녀왔으니 이제 세상의 일반 상식에 대해서도 어느 정도는 익숙해졌겠지?"

그보다 더 앞에 있는 멤버는 두 명. 그중에 하나, 〈염제〉 릴리움이 어깨에 불새를 얹은 채 팔짱을 끼고 말했다.

"아니, 솔직히 썩 그렇지도 않은 것 같아."

"그럼 나중에 복습해야겠네. 바질리아와 레뮤제를 잇는 길은 실제로 지나왔으니까, 우선 그 일대에 관한 역사 이야기부터 시작하자."

"벌써부터 골치가 아프다고, 릴리움."

멜레아는 곤혹스러운 듯 머리를 긁적이며 릴리움 앞을 지나쳤다.

그리고 대열의 가장 선두, 거기에는 예전에 영산에서 처음 만났을 때와 같은 차림의 흑발 미녀가 있었다.

"가, 간밤에는 잘 잤나?"

"──응, 덕분에."

〈검제〉엘마. 그녀는 새빨개진 얼굴로 눈을 내리깐 채 멜레아에게 말을 걸었다.

"저, 저기, 뭐랄까, 간밤에는 나도 좀 피곤해서 말이지. 또 쓸데없는 소리를 지껄인 것 같은 느낌도 들지만, 너, 너무 신경 쓸 것 없어. 그래, 신경 쓰지 마. 그러는 게 나아."

마치 자기 자신을 타이르는 것 같은 말처럼 들리기도 했다. 그렇게 말하면서 시선을 어디에 둘 줄 몰라 두리번거리는 엘마에게 미소를 지어 주고, 멜레아는 그녀의 검은 머리칼을 부드럽게 쓰다듬었다.

"다음에 또 부탁하게 될 것 같은데."

"……뭐?! 또, 또 부탁한다고?! 이, 이 자식, 그것 때문에 내가 얼마나 큰 용기를── 아니, 아, 그게, 아무것도 아니야!"

멜레아는 다시 한번 엘마에게 다정한 미소를 지어 보이고, 그 옆을 지나쳐 갔다.

옥좌 앞의 계단을 하나하나 올라, 이윽고 정상에서 동료들 쪽을 돌아보았다.

──조금씩 모이고 있어.

처음에는 자신을 포함해서 22명의 마왕이 있었다. 그러던 인원이 이제는 30명을 훌쩍 넘었다. 옥좌의 방 벽에 즐비하게 늘어서 있는 자들은 아마 〈마왕〉이 아니면서도 자신의 신념에 동조하는 자들일 것이다. 지금까지 마왕들을 도와 왔던 괴짜들이나, 육친이기에 마왕을 도우려 하던 자들. 바질리아에서 만난 〈광마(光魔)〉의 남동생, 알터 미나이라스도 벽 쪽에서 어색하게 쭈뼛거리고 있었다.

"〈의왕〉, 〈도왕(盜王)〉, 〈수신〉, 〈공제〉, 〈환왕〉, 〈도왕(刀王)〉, 〈혈신〉, 〈시마〉, 총 8명. 네가 바질리아에 가 있는 동안에 성수성을 찾아온 마왕들이야."

"정말 꽤 많이 늘었네."

"거기에 네가 데려온 〈매마〉와 〈광마〉까지 더하면 총 10명. 그러게, 정말 많이 늘긴 늘었네."

릴리움이 이름을 읊을 때마다, 새로이 〈메아 네사이아〉에 가입한 마왕들이 하나씩 앞으로 나섰다.

성별, 연령, 입고 있는 복장도 제각각이었지만, 멜레아는 그들의 눈 안에 있는 올곧은 빛을 보았다.

"만나서 반가워."

가장 먼저, 멜레아는 부드러운 표정으로 말했다.

"내가 바로 〈메아 네사이아〉의 수장, 멜레아 메아야."

깨어 있는 멜레아를 처음 본 신참 마왕들은, 각기 다른 표정으로 멜레아를 올려다보았다.

◆ ◆ ◆

──1분쯤 버티면 선방한 편이겠군.

실제로 상대해 보면 알 수 있는 일이 있다.

그 자리에 있던 신참 마왕 중 한 명──〈도왕(盜王)〉 클라이루트 팔렌은 멜레아를 올려다보며 생각했다.

──단순한 전투력만 따지면 당해낼 자가 없을 것 같아.

저 남자에게 목숨 걸고 덤빈다고 해도, 아마 자신은 1분도 버티지 못한 채 쓰러질 것이다.

어린 시절부터 생존을 위해 어둠의 세계를 전전하고, 힘이 붙은 뒤로는 더 강하게 살기 위해 도적단을 이끌며 수많은 아수라장을 겪어 왔던 클라이루트는, 생사가 갈린 상황에 빠졌을 때일수록 자기 자신의 감을 강하게 신봉했다.

바로 그 감이, 옥좌 앞에 자연스럽게 서 있는 남자에 담긴 끝

모를 힘을 알려 주고 있었다.

"당신한테 하나 물어봐도 될까?"

클라이루트는 릴리움과는 약간 색조가 다른 붉은색 머리를 흔들며 말했다.

다른 마왕들의 시선이 일단 클라이루트에게로 모여들었다.

"당신이 원하는 게 뭐야? 이렇게 마왕들을 이끌면서 뭘 해내려고 하는 거지?"

그 질문이 옥좌의 방에 울려 퍼지자, 마왕들은 다시 멜레아를 쳐다보았다.

"나는 무제그가 만든, 〈마왕〉에 얽힌 나쁜 흐름을 끊어 버리고 싶어."

"그 뜻을 이루려면 무제그를 물리치는 것 말고도 해야 할 일이 산더미 같을 텐데. 애초에 그런 게 정말 가능하다는 보장도 없어. 적어도 나는 그렇게 생각하고, 솔직히 말하면—— 불가능할 것 같다고 생각하는 측면도 있어. 당신은 그게 가능한 일이라고 생각해?"

클라이루트의 물음에, 멜레아는 바로 대답하지 않았다.

잠시 침묵했다가, 이윽고 입을 열고 나온 대답은,

"몰라."

딱히 대단할 것도 없는, 그런 대답이었다.

하지만 클라이루트에게 있어 그 대답은——

"——하하, 그렇단 말이지?"

그다지 싫지 않은 대답이었다.

"방금 당신이 아무 생각도 없이 곧바로 '할 수 있다'고 대답했다면, 나는 당장 여기를 뜰 생각이었어. 사이살리스처럼 듣기만 그럴싸한 감언이설로 마왕들을 휘하에 두려는 자라면, 적당히 장난이나 좀 쳐 주고 돌아가려고 했지. 하지만 그건 아니었나 보네."

클라이루트는 뭔가에 납득한 듯 고개를 끄덕였다.

"그렇다면 당신은, 그 목표가 달성 가능하다는 보장이 없다는 걸 알면서도, 어떻게든 그걸 달성하려고 발버둥 치고 발악하면서 살아가겠다는 거군."

"나는 서툴러. 머리도 별로 안 좋아. 하지만 지금까지 이 세계를 살아 오면서 절대로 양보할 수 없는 긍지를 품게 됐어. 그러니까 나는 그 긍지를 바탕으로 발버둥 치기로 다짐한 거야."

"그래, 알았어……."

클라이루트는 처음으로 멜레아의 진짜 모습을 본 느낌이었다. 소문은 예전부터 들어 왔다. 〈마신〉, 〈백신〉, 〈바질리아의 움직이는 예술〉. 눈처럼 하얀 머리를 가진 이 남자에 대한 소문은 하나같이 믿기 힘든 것들이었다. 그래서 보통 사람과는 다른 것 아닐까, 힘없이 핍박 받는 마왕들의 마음 따위 이해 못 하는 우상화된 구세주 같은 게 아닐까 하는 생각을 했던 것도 사실이었다.

"**너**는 소문보다 훨씬 더 인간적이군."

클라이루트는 작은 미소를 지으며 말했다.

"그럼 나도 너의 그 긍지에 기대도 될까? 솔직히 남들의 칭찬을 받기 힘든 인생을 살아 왔어. 하지만 그렇다고 해서 사회에 대해 완전히 절망한 건 아니야. 사회적인 가치를 추구하는 뜻은 다른 사람 못지않게 갖고 있어. 물론 지금까지 살아 온 내 인생을 잊겠다는 건 아니지만, 그래도 이제부터는 좀 제대로 된 인생을 살아 볼까 생각하는 중이야."

"물론 괜찮아. 이 집단은 그걸 위해 있어. 마왕이건 마왕이 아니건, 같은 신념을 가진 자들이 모여서 잠깐이라도 여기서 안식처를 찾을 수 있다면, 그것도 내 바람 중 하나가 이루어진 셈이니까."

멜레아의 말에 클라이루트 이외의 마왕들도 감동한 듯 눈을 감았다.

"떠나고 싶어지거든 떠나도 좋아. 여기보다 좋은 안식처를 찾았을 때도 마찬가지고. 하지만 그때가 올 때까지는, 여기에 있기를 바라는 한, 나 자신의 힘으로 모두를 지키겠어. 그것이 옛 영웅들에게서 배운, '마왕의 영웅'으로서의 내 마음가짐이야."

그날, 멜레아 곁에 모여든 새로운 마왕들은 고개를 조아렸다.

요즘 세상에 이렇게 당당하게 마왕의 편을 드는 바보는, 아마이 남자밖에 없겠지.

마왕의 영웅이 되고자 하는 올곧은 신념과, 그것을 실제로 달성할 수 있을 것 같은 힘의 증명 앞에서, 그들은 존경과 경외를 느꼈다.

이 남자라면 따라가도 좋다.

그런 생각이 들기에 충분한 무언가가, 멜레아와 눈과 말 속에 담겨 있었던 것이다.

◆ ◆ ◆

그 후, 마왕들은 옥좌의 방에서 한동안 정보 교환 시간을 가졌다.

멜레아를 비롯한 바질리아 원정 팀이 가져온 정보.

멜레아 일행이 없는 동안 성수성에 들어온 정보.

그리고 새로 가담한 마왕들이 제각각 갖고 있던 정보.

멜레아는 처음에는 옥좌에 앉아서 이야기를 들었지만, 이내 답답한 듯 자리에서 일어서서 계단 밑에서 이야기하는 동료들의 대화에 끼었다.

"무제그에 반발 세력이?"

"응, 그렇다니까! 어쩐지 건강 상태가 안 좋아 보이는 은발 오빠가 신나게 웃으면서, 우리를 이송하던 무제그 기병대를 뿌작뿌작!"

"그 의성어는 좀 듣기 거북한데……."

"어? 그럼 퍼적퍼적?"

"그게 그거잖아."

옥좌로 가져온 식당 의자에 앉아서 요란한 손짓 몸짓을 곁들여 가며 설명하는 건, 새로 〈메아 네사이아〉에 가입한 〈의왕〉 나탈리아였다.

나탈리아는 소매가 너무 길어서 손을 완전히 가려 버린 가운을 펄럭펄럭 휘두르고, 때때로 징그러운 의성어를 구사해 가며 자신이 여기에 오게 된 경위를 설명했다.

"어쨌거나 덕분에 우리가 갇혀 있던 우리가 부서졌고, 그 틈을 타서 '우효효-!' 하고 도망쳐 온 거야."

"젠장, 이 녀석 설명 실력은 어쩌면 리나와 미나보다 더 허접한 거 아니야……?"

지금까지 연신 딴죽을 걸던 살만이 넌덜머리 난 표정으로 머리를 싸쥐었다.

"아, 너, 위장이 많이 피로해 보이네. 이 기회에 한번 해부해 볼라?"

"뭐가 '이 기회'라는 건지 하나도 이해가 안 되는데……? 애초에 내 위장이 아픈 건 다 네놈 탓이란 말이다……!"

"내 술식도(術式刀) 메스는 잘 들으니까 걱정 마. 아픔을 느끼지도 전에 푹 잘리니까!"

"이봐, 너, 이렇게 대화가 안 통하는 녀석도 참 오랜만에 만나는데. 멜레아, 어떻게 좀 해 봐."

"우와, 그 술식도, 대체 어떤 술식을 써서 만든 건데?!"

살만이 멜레아에게 구원을 요청하자, 멜레아는 나탈리아가 손에 쥔 소형 술식도를 보며 흥분한 기색을 드러냈다.

"……."

"아, 미안, 살만. 이런 계통은 처음 보는 거라서 나도 모르게 그만."

"……."

"아니, 미안하다니까 그러네……."

말없이 뜨악한 시선으로 쳐다보는 살만의 시선에, 멜레아는 미안한 표정으로 사과했다. 하지만 그러는 동안에도 시선은 때때로 나탈리아의 술식도를 힐끔거리고 있었다.

"뭐야? 대체 뭔데? 이놈의 집단에는 대체 왜 이렇게 자기 욕망에 충실한 놈들이 많은 거야?"

"하루 이틀 일도 아닌데 뭘."

그러자 그 상황을 보다 못한 릴리움이 끼어들었다. 붉은 머리 칼을 한 가닥으로 묶어 등 뒤에 늘어뜨린 헤어스타일로 보아, 완전히 업무 상태에 들어가 있는 모양이었다.

"어쨌거나 본론으로 돌아가자면, 무제그도 의견이 완전히 하나로 통일된 건 아니라는 거지? 뭐, 방금 그 이야기만 듣자면 그 은발 남자도 성가실 것 같긴 하지만."

릴리움은 "뿌작뿌작 해 버렸다는 걸 보면……."이라고 말끝에 살짝 덧붙이고서 한숨을 지었다.

"그 은발 남자라는 사람, 혹시 바질리아에서 봤던 그 기분 나쁜 남자가 아닐까요?"

문득 다른 방향에서, 이상할 정도로 기분 좋게 귀를 어루만지는 목소리가 울려 퍼졌다. 목소리만 갖고도 남자를 포로로 만들어 버릴 수 있을 만큼 매혹적인 미성이었다.

　"줄리아나 씨──라고 했던가? 바질리아에서 그런 남자를 봤어?"

　릴리움이 목소리의 주인──〈매마〉 줄리아나 베 로나를 쳐다보며 말했다. 두 사람은 거의 초면이나 다름없는 사이였지만, 어쩐지 서로 죽이 잘 맞을 것 같은 느낌이 들었다.

　"그냥 줄리아나라고 불러도 돼요, 릴리움 씨."

　줄리아나는 해맑은 미소를 지어 보이며 릴리움에게 말했다.

　"오, 오오……. 이 미소, 파괴력이 장난 아닌걸. 여자인 나까지 살짝 반할 정도야……."

　릴리움은 줄리아나의 미소를 보고 자기도 모르게 쭈뼛거렸다. 그런 릴리움의 모습을 본 줄리아나는, 이번에는 작은 동물처럼 깜찍하게 고개를 갸우뚱거렸다. 릴리움 뒤에 있던 알터가 열에 들뜬 듯 얼굴이 새빨개져서 자빠질 뻔했다가, 쓰러지는 방향에서 날아든 자라스의 훅을 얻어맞고 가까스로 자세를 가다듬었다.

　"그럼 나를 부를 때도 그냥 릴리움이라고 불러, 줄리아나."

　"알았어요. 그럼 그 말대로 할게요, 릴리움."

　나중에 맛있는 홍차를 끓여서 방에 찾아가야겠다. 머릿속 한구석으로 그런 생각을 하면서, 릴리움은 이야기를 이었다.

"그건 그렇고, 아까 그 남자 이야기 말인데."

"네, 멜레아 씨가 무제그의 자객과 싸우셨을 때, 난입하듯이 나타난 남자의 머리가 섬뜩한 은발이었어요."

"그 녀석 말이군."

다시 살만이 말했다. 이제 좀 기력을 회복했는지, 대화에 싫증이 난 듯 살만의 머리카락을 갖고 놀기 시작한 쌍둥이들을 대충 상대하면서 진지한 얼굴로 말을 이었다.

"자칭 〈사신〉이라고 그랬었지, 아마? 실제로 〈네크로 판타즘〉을 사용하는 것도 봤고. 정체를 알 수 없는 녀석이었고, 무제그와도 분쟁이 있는 것 같았으니 그 녀석일 가능성도 충분하긴 해."

"하지만 우리가 바질리아를 탈출하기 직전까지 같은 곳에 있었던 그 녀석이, 과연 무제그령 바로 앞까지 금방 이동하는 게 가능할까?"

그때 엘마가 대화에 가담했다.

"듣고 보니 그렇긴 하네. 정말이지, 너는 싸움과 관련된 이야기만 나오면 은근히 머리가 팽팽 돌아간다니까. 평소에는 머릿속에 밥 생각만 가득해 보이는 주제에."

"무, 무례한 소리! 나도 나름대로 생각을 하면서 산단 말이다! 먹을 생각밖에 안 하는 먹보로 취급하지 말란 말이다!"

"어? 아니었어?"

"으윽……. 머, 먹보라는 건 부정 안 하겠지만……."

"어중간한 각오로 반론하지 말라고⋯⋯."

입을 질끈 다문 채 부끄러움을 견디는 엘마를 곁눈질한 살만은 다시 한번 한숨을 지으며 이야기를 본론으로 되돌렸다.

"하지만 엘마 말도 일리가 있긴 해. 우리도 노엘을 타고 최대한 서둘러서──돈의 망령이 제약도시에서 엄청나게 교역품들을 찾아다니긴 했지만──돌아왔잖아. 듣자 하니 나탈리아 일행이 우리에서 탈출한 건 꽤 오래전 일인 것 같고 하니, 시간적으로 봐서 믿기 힘든 상황인 건 사실이야."

"하, 할 수 있어, 요, 〈공제문(空帝門)〉을 이용하면⋯⋯."

마왕들이 신음하기 시작했을 때, 홀로 반론을 제기하는 자가 있었다.

◆ ◆ ◆

"응? 어라, 넌 누구였더라?"

"저저저, 저는 〈공제〉── 아, 그치만 실은 아닐지도 몰라요⋯⋯. 우리는 둘이 합쳐서 〈공제〉였으니까, 형이 무제그로가 버린 이상, 혼자서 〈공제〉를 자처하는 건 문제가 있는 건지도 모르겠어요⋯⋯."

살만의 반사적인 질문에 움찔 놀라고 바들바들 떨면서 자신 없는 목소리로 말하는 소년. 어쩐지 나약한 인상을 주는 파르스름한 곱슬머리와 헐렁한 튜닉이, 소년의 소심한 성격을 더

할 나위 없이 여실하게 드러내고 있었다.

"뭐야? 〈공제문〉이라는 게 뭔데? 무지 궁금해! 궁금해 죽겠어!!"

순간, 멜레아가 찬란할 정도로 초롱초롱 빛나는 눈으로 소년에게 들이댔다. 복잡한 추론은 동료들에게 완전히 맡겨 두고 있던 멜레아가, 자신의 호기심을 자극하는 화제의 등장에 미친 듯이 달려든 것이다.

"하우!"

멜레아의 그 갑작스런 접근에, 소년은 놀라서 몸을 홱 젖혔다.

"'하우'라고 했어." "방금 '하우'라고 했어." "놀릴 재미가 있는 장난감이 왔어."

주위의 사악한 마왕들이 각자의 심경이 담긴 목소리를 늘어놓았다.

"초, 초대 〈공제〉 일족이 사용하던 특수한 공간술식이 있어요……. 특정한 위치의 공간과 공간을 연결해서, 그 사이를 순식간에 오갈 수 있게 만드는 비술이에요."

"후오오오!! 돈 냄새가 물씬 풍기지 않습니까아아아아아아!!"

"히익."

"넌 좀 닥치고 있어. 그리고 좀 앉아."

샤우가 맹렬한 기세로 벌떡 일어섰지만, 살만이 곧바로 그런 샤우를 찍어 눌렀다.

"하하, 하여튼, 그것만 있다면 '한 번이라도 갔던 적이 있는 곳'이라는 조건하에, 순식간에 오갈 수 있게 될지도 몰라요."

"아까 형이 무제그에 갔다고 했는데, 그건 바꿔 말하면 지금 무제그 쪽에 그 〈공제문〉을 쓸 줄 아는 술사가 있다는 거야?"

멜레아가 묻자, 소년은 쓸쓸한 표정으로 고개를 끄덕였다.

"네⋯⋯. 형은 무제그의 사고방식에 동조했어요⋯⋯. 그래서 저랑 싸우고, 그대로 영산 산기슭에서 헤어지고 말았어요⋯⋯."

"너는 왜──."

그때, 멜레아는 자신이 아직 소년의 이름을 물어보지 않았다는 걸 깨닫고 말문이 막혔다.

그러자 소년은 그런 멜레아의 속내를 눈치 좋게 알아챈 듯, 머뭇머뭇 자기 이름을 소개했다.

"〈에테르 엘 큐브〉예요. 형 이름은 〈자츠 엘 큐브〉. 우리는 형제고, 둘 다 선조 대대로 이어져 온 〈공제문〉 술식을 혼자서는 제대로 발동시키지 못해서, 둘이 한 세트로 〈공제〉로 불렸어요."

"제대로 발동시키지 못한다고?"

"네. 시간을 다스리는 의식이나 공간을 다스리는 의식은 난이도가 아주 높아요⋯⋯. 공간 그 자체를 연결하는 〈공제문〉도, 범위 안의 〈세계식〉을 전부 다 계산해야 해서, 입구를 만드는 데만도 엄청난 시간이 걸려요. 게다가 실은 입구를 만드는 구성술식과 출구를 만드는 구성술식은 원리가 전혀 달라서,

어린 나이에 양쪽 다 습득하는 건 거의 불가능에 가깝다고 알려져 있어요. 양쪽을 모두 능수능란하게 다룰 줄 알았던 유일한 인물인 초대 공제는, 아마 이른바 천재라는 부류에 들어가는 분이었을 거예요."

"엄청나게 대단한 술식이었나 보군. 그건 그렇고 〈세계식〉이라는 건 뭐지?"

살만이 고개를 갸웃거리며 물었다.

"세계의 구성술식이에요. 이 세계의 만물 모두가 식으로 표현될 수 있다는 건 알고 계시죠……?"

"알고는 있어. 하지만 나는 엄밀히 말하면 술사가 아니라서, 어디까지나 말만 알고 있는 거야."

"그렇군요……. 이 세계는 모두가 식으로 이루어져 있어요. 시간도, 공간도, 땅도, 물도, 그 점은 모두 마찬가지예요. 그런 것들처럼 누군가가 만든 게 아니라 원래부터 그렇게 존재하던 물체나 개념의 식을, 우리 일족은 〈세계식〉이라고 불렀어요. 아마, 우리 이외의, 세계식에 간섭하는 술식을 다루는 사람들이나, 학자 같은 사람들도 그런 이름을 쓰는 경우가 많을 거예요. 〈공제문〉은 공간을 구성하는 〈세계식〉을 분석해서, 거기에 새로운 식을 추가해서 문을 연결해요."

소년—— 에테르가 손짓 몸짓을 가미해서 설명했다.

"다양한 호칭이 있긴 하지만, 확실히 학자들은 세계에 산재하는 식을 〈세계식〉이라고 부르는 경우가 많긴 해. 그밖에 〈창

조주의 식〉이니 〈시원식(始原式)〉이니 하는 이름으로 부르는 사람들도 있고."

릴리움이 에테르의 설명을 보충하듯이 덧붙였다.

"뭐, 실제로 그걸 본 적이 있는 사람은 얼마 안 되고, 일반적으로 널리 알려지지는 않은 이야기지만 말야."

"하지만 저희는 공간 내에 산재하는 술식을 볼 수 있어요. 우선 분석할 공간의 범위를 정하고, 거기에 아주 오랜 시간 동안 의식을 집중하면 어렴풋이 눈에 보여요. 물론 범위가 넓으면 넓을수록 시간이 오래 걸리지만요."

"그런 식으로 본 식을 조작하는 거야?"

멜레아가 다시 호기심 어린 목소리로 물었다.

"직접 조작할 수는 없어요. 그걸 직접 조작할 수 있다면, 그건 신과 같은 힘을 지녔다는 거나 같은 뜻일 거예요. 저희는 거기에 교묘하게 접속되도록 술식을 덧붙여서, 각 입구와 출구를 연결하는 거죠."

"그렇구나."

"그러니까, 공간의 세계식에 간섭하는 술식을 만들어서 외부로부터 변화를 가한다고 표현하는 게 옳을지도 몰라요."

에테르는 쭈뼛쭈뼛 말했다.

"그리고 네 이야기는, 그 입구나 출구 중 한쪽을 담당하는 형이 무제그 쪽에 붙었다는 거지?"

"네……. 형은 무제그의 방식이 가장 빨리 세계의 평화를 가져

오는 길이라고 믿고 제 곁을 떠나갔어요. 하지만 저는 무제그의 방식이 도무지 마음에 들지 않아요……. 저는 겁쟁이인 데다 별다른 힘도 없어서 그런지, 무제그처럼 약자의 존재를 적극적으로 배제하는 방식을 도무지 좋아할 수가 없었어요. 제가 그렇게 제거당하는 입장이 되면 아마 받아들이기 힘들 것 같았으니까요. 대중을 선동해서 자기들 입장에서 불리한 존재를 〈마왕〉으로 만들고 힘으로 말살하려 드는 무제그의 방식도 마음에 안 들어요. 저는 사람들과 잘 어울리지 못하는 성격이니까, 그런 방식에 제일 먼저 희생당하는 신세가 될 게 뻔해요."

그렇게 말하고, 에테르는 눈을 감았다. 나약해 보이면서도 이런 부분에 대해서는 당당하게 자기 의견을 표현하는 그의 모습은 어쩐지 아이즈를 연상케 했다. 지금의 아이즈에게서는 비굴한 태도 같은 걸 찾아볼 수 없지만, 처음 영산에 올랐을 당시의 아이즈는 그렇지도 않았다.

"하여튼, 형이 무제그에 갔다면 〈공제문〉을 사용해서 그 은발 남자를 이동시킬 수 있을지도 몰라요."

"하지만 입구와 출구 중에 한쪽밖에 못 만든다고 했잖아?"

멜레아는 그렇게 물었지만, 이내 다른 예감이 떠올랐다.

"아니……. 세리아스가 얽혀 있다면 충분히 가능했을 수도 있어. 그 녀석이 어느 한쪽을 담당하고, 둘이서 〈공제문〉을 발동시킨 건지도 몰라."

세리아스라면 공제의 비술을 이해하고 모방할 수 있을 것이다. 지금 그 흑국의 왕자가 어떤 상태인지는 알 수 없지만, 적어도 그가 퇴화되는 일은 없었을 거라고 확신할 수 있었다.

"그럴 가능성도 충분히 있어요……."

에테르가 무겁게 고개를 끄덕였다.

"저는 항상 입구를 담당해 왔지만, 사실 불완전하게나마 출구도 만들 줄은 알아요. 저는 나름대로 숨기려고 애썼지만, 어쩌면 형은 그걸 알고 저에게 일종의 질투심——아니면 혐오 같은 것——을 품고 있었는지도 몰라요……. 좀 더 일찍 찬찬히 이야기해 봤어야 하는데……."

"꼭 그것 때문이라는 보장은 없어. 자기 선택을 전부 나쁜 방향으로 생각하지는 마."

그러자 멜레아가 에테르의 어깨를 부드럽게 쓰다듬으며 말했다.

"에테르도 말 못할 사정이 있었던 거잖아. 그게 형에 대한 배려였는지, 아니면 그 외에 다른 감정이 있어서 그런 건지까지는 나도 모르지만, 에테르는 나름대로 고민한 끝에 그런 행동을 취한 거잖아? 그럼 함부로 자기 자신을 탓하지 마. 어쩌면 솔직히 말했다가 싸움이 났을 수도 있었어. 나는 무책임해서 어느 쪽이 더 나았을 거라고 단정 지을 수 없지만, 스스로 죽도록 고민해서 내린 결단에 대한 마음가짐 정도는 어느 정도 가르쳐 줄 수 있어. 무작정 그게 잘못된 선택이었다고 섣불리 포기할 필요는 없어."

"그렇……겠죠."

에테르는 멜레아의 말에 깊숙이 고개를 끄덕였다.

"그런 말을 들은 건 처음이에요. 저는 항상 제 의견을 부정당하면서 살아왔으니까요. 안 좋은 버릇이 든 건지도 모르겠네요."

에테르는 자신이 반성하기 전에 '내가 잘못했어'라고 결론을 내리는 버릇이 있다는 걸 스스로도 잘 알고 있었다. 그건 지금까지 살아 온 방식이나 주위 사람들과의 관계에서 비롯된 버릇일지도 모르지만, 그럼에도 에테르 안에는 때때로 울컥울컥 치밀어 오르는 자신의 의지가 있었다. 밖으로 표출되자마자 부정당하리라는 걸 알고 있지만, 그렇다고 해서 마음속으로까지 단념한 건 아니었다.

"하, 하여튼, 그 은발 남자가 상식적으로는 불가능한 속도로 두 지점 사이를 이동한 것도, 어쩌면 가능한 일일지도 모른다는 이야기예요."

에테르는 그렇게 말하고 이야기를 끊었다.

"단정 짓기는 힘들지만, 머릿속 한구석에 담아 둘 필요는 있는 가설인 것 같아."

멜레아가 턱에 손을 짚고 고민에 잠긴 채 말했다.

"아, 혹시 하심이 〈3개국〉에서 엄청 빠른 속도로 돌아온 것도 그거랑 관계가 있는 거야?"

"네……. 저는 말렸지만, 꼭 빨리 돌아가야 한다고 그러셔서……."

"위험 부담이 있는 모양이지?"

"네……. 출구가 불안정하다 보니, 나올 때 몸에 대미지를 입게 돼요. 공간의 단절 부분과 접촉해서 몸에 균열이 생기게 되는 거예요……."

그 말을 들으니, 하심이 왜 그렇게 쇠약해져 있었는지 이해가 갔다.

"저는 전에 한동안 필라르피아 왕국에 몸을 의탁한 적이 있었는데, 그때 만들어 두었던 출입구가 있었어요. 그걸 이용한 거예요……."

"그렇구나."

에테르는 미안해하는 표정이었지만, 멜레아는 그를 나무랄 생각이 없었다. 오히려 약간 가엾다는 생각이 들 정도였다. 소년은 자기 때문에 다른 사람이 다친 것에 대해 무심할 수 있을 만큼 뻔뻔한 성격이 아닌 것이다. 착하기에 남들보다 더 깊은 마음의 상처를 입는 타입이었다.

"마음 쓸 것 없어. 하심은 가끔 자기의 너무 치열한 의지에 휘둘릴 때가 있어. 그 의지를 발산하는 와중에 휘말린 사람 입장에서는 완전 민폐지만, 그래도 그 녀석은 그런 진취적인 의지를 함부로 쓰는 녀석은 아니라서, 휘말리는 입장에서도 거절하기가 힘들단 말이지. 뭐, 그건 그렇다 치고, 지금은 일단 앞으로 우리에게 닥칠 재앙에 대해서나 생각해 두자. 만에 하나그 네크로아라는 자가 우리에 대해서도 무차별적인 적대 행위를 벌인다면──."

　그 후, 멜레아는 그 남자와 대치했을 때 자신이 느꼈던 생각
에 대해 마왕들에게 이야기했다.

　회의가 끝난 건 그날 저녁 무렵이었다.

　멜레아는 별실에서 새로 가입한 각 마왕들과 대화를 나누었다.

　그들의 대체적인 인물상과 희망을 파악하고, 나중에 어느 반
에 넣어야 할지를 궁리했다.

　그 후 마왕들에게 일시적인 휴식을 지시하고, 자신도 자기 방
에서 휴식을 취하기 위해 계단을 올라갔다.

　갑작스런 방문객이 등장한 것은, 바로 그 5층 계단을 오르고
있었을 때였다.

　"멜레아."

　계단참에 나 있는 창문 밖에서 목소리가 들려왔다.

　그쪽을 돌아보니, 거기에는,

　"하심."

　백국(白國)의 왕이 있었다.

　평소에 멜레아가 즐겨 하는 것처럼, 성수성에 얽혀 있는 굵직
한 가지 위에 자연스럽게 서 있는 하심. 순간 자신과 마리사의
대화가 떠올라서 저러다 아이샤에게 혼나는 것 아닐까 하는 걱

정을 했지만, 아마 아이샤는 이 부근에는 없는 것 같았다. 하심은 태연한 표정으로 굵은 나뭇가지 위에 버텨 서서 멜레아를 손짓해 불렀다.

"이봐, 왜 뜬금없이 폼 잡고 그래?"

"네가 할 소리는 아닐 텐데. ──할 이야기가 있어. 밤에 백왕성(白王城) 장서실로 와."

하심은 그렇게 말하고 그 자리에서 뛰어내렸다. 발이 미끄러진 건가 싶었지만, 서둘러 창가로 달려가 보니 하심이 교묘하게 대성수 가지에서 다른 가지로 내려섰다는 걸 알 수 있었다.

──저 녀석도 저 녀석대로 제법 야생성이라니까.

예장을 입고 있을 때의 모습에서는 상상도 하기 힘든 모습이지만, 애초에 이 나라는 하심의 앞마당이다. 선왕이 살아 있을 때 워낙 푸대접을 받았으니, 좋건 싫건 온 나라 안을 자유로이 활보할 수 있었을 것이다.

"이야기라……."

과연 무슨 이야기를 하려는 걸까.

멜레아는 의문을 느끼면서, 밤이 올 때까지 자기 방에서 기다리기로 했다.

◆ ◆ ◆

밤.

멜레아는 하심의 초대에 응해 레뮤제의 왕성——〈백왕성〉으로 가서 사전에 지시를 받은 보초 앞을 가벼운 인사와 함께 통과, 성수성에 있는 것과 비슷한 거대 장서실에 발걸음을 들여놓았다.

멜레아가 장서실 문을 여니, 장서실 안은 새까맣게 어두웠다. 공들인 인테리어로 장식된 벽 틈에 창문이 있고, 그 창문을 통해 비쳐드는 보름달의 불빛이 어렴풋이 장서실 안을 비추고 있었다.

"여기야."

그리고 안쪽에서 하심의 목소리가 들려왔다. 백왕성의 아름다움에 감탄하고 있던 멜레아는, 천천히 발걸음을 옮겼다. 백왕성 장서실 내부는 육각형 모양으로 책장이 배치되어 있고, 그 중심부에는 고풍스러운 시계탑이 놓여 있는 홀 같은 형태였다. 시계탑은 작은 탑 같은 입방체로, 사방에 시계판과 바늘이 달려 있는 진귀한 골동품 같았다.

"이 시계에는 정교한 기계 장치가 들어 있지."

하심은 평상복 차림으로 그 낡은 시계 옆에 서 있었다.

"사방에 있는 시계가 각각 다른 시각을 가리키게 돼 있어서, 정오까지는 1분씩 어긋나게 돼 있지만, 그 뒤부터 다음 날로 날짜가 바뀔 때까지는 다시 같은 시간을 가리키도록 조정돼 있어."

"그 장치에 무슨 의미가 있는 거지?"

"글쎄? 아마 별 의미 없을 거야. 그저 그런 섬세하고 미묘한 기계 장치를 자랑하고 싶었던 기술자가 원해서 그렇게 만든 거 겠지. 옛날에 기계 장치가 유행하던 시절이 있었기도 했고. 이건 당연히 그 시대의 유산이야."

쓴웃음 섞인 멜레아의 질문에, 하심도 곤혹스러운 듯 웃으며 대답했다.

"그래서, 용건이 뭐지?"

"너답지 않게 결론을 재촉하는군, 멜레아."

"빨리 돌아가서, 바질리아에서 포착한 술식의 감각을 반추해 보고 싶어서 그래."

"근면해서 좋군."

"평소보다 더 밉살맞은 말투군."

말은 그렇게 했지만 멜레아와 하심은 모두 웃고 있었다. 이렇게 서로를 비꼬는 실랑이는 이제 하나의 인사처럼 되어 있었다. 언제부터였던가. 아니, 처음부터 이런 식이었다.

"걱정 마. 잡담이나 하자고 너를 불러낸 건 아니니까. 너한테도 보탬이 될 만한 이야기를 좀 해 줄까 해서 말이지."

그렇게 말한 하심이 진지한 표정으로 멜레아의 눈을 가리켰다.

"너, 자기 눈에 일어난 변화에 대해 아직 아무것도 모르고 있겠지?"

"……그래, 몰라."

애초에 조사의 실마리조차 잡지 못하고 있는 상태였다. 쓰러지기 직전에 눈에 들어오는 모든 것에서 식이 보였던 건 기억하고 있었지만, 그런 걸 알았다 한들 뭘 조사하면 좋을지 도무지 감을 잡을 수가 없었다. 동료들에게도 의논해 보았지만, 릴리움조차 그것에 대한 참고 문헌의 존재 같은 건 알지 못했다.

"나는 네 눈에 일어난 변화에 대한 몇 가지 가설을 알고 있어."

"정말이야?"

굳이 이쪽에서 물을 것도 없이, 하심이 나서서 정보를 제공해 줄 생각인 모양이다.

"만약에 지금부터 내가 이야기할 책을 너 스스로의 힘으로 찾아낸다면, 십중팔구 내 가설이 맞다는 이야기가 될 거다."

그렇게 말하고, 하심은 장서실을 빙 둘러보았다.

"여기에는 천 권 이상의 책이 보관돼 있어. 지금 눈앞에 보이는 것들 이외에, 지하와 다락에도 책이 잠들어 있지. 그중에서 한 권의 책을 찾아내 보라는 이야기다."

"무슨 책인데?"

"그건 가르쳐 줄 수 없어."

순간, 불가능한 일이라고 되받아치고 싶은 충동이 일었다. 제목도 모르는 책을 무슨 수로 찾는단 말인가.

"하지만 알 수 있을 거야. 오늘은 보름달이 떴으니까."

"보름달? 무슨 뜻이지?"

"그건 찾아내고 나서 가르쳐 주지."

힌트다운 힌트조차 거의 없었다.

"너무한데. 내가 정말 그걸 찾아낼 수 있긴 한 거냐?"

"시선을 집중해. 아마 너는 찾아낼 수 있을 거야. 〈백제〉 레이라스 리프 레뮤제가 그랬던 것처럼, 너도 그 책이 자신을 부르고 있다는 걸 알 수 있을 테니까."

갑자기 등장한 레이라스의 이름에 멜레아는 약간 당황했다. 여기가 레이라스의 모국이라는 건 당연히 알고 있었지만, 그래도 이번 일과 레이라스를 연관지어 생각하기는 힘들었던 것이다. 레이라스가 더없이 아름다운 외모와 누구보다 밝은 성격으로 사람들의 호감을 샀다는 이야기는 알고 있었지만, 그녀는 다른 영령들처럼 특별한 힘을 갖고 있었던 건 아니었──고 알고 있었다.

"뭐, 네가 그렇게까지 이야기하니 좀 어울려 주기로 하지."

"그렇게 하는 게 좋을 거야. 그게 너를 위한 일── 나아가 세계를 위하는 일이니까."

표현이 너무 호들갑스러운 것 아닌가. 멜레아는 내심 그렇게 탄식하면서, 근처의 책장부터 장서를 뒤져 보기로 했다.

◆ ◆ ◆

멜레아에게서 일시 휴식 지시가 나온 후, 〈검제〉 엘마 엘르이 자는 레뮤제 시가지로 나왔다. 방 안에 있으면 어쩐지 싱숭생숭한 기분이 들었기에.

──내가 없는 사이에 뭔가 의뢰가 더 들어오지 않았을까.

목적지는 시내 중심부에서 약간 서쪽으로 떨어진 곳에 있는 '의뢰 게시판'. 레뮤제 주민들이 종류 불문의 각종 문제에 대한 의뢰를 적어 두고 청부인을 기다리는, 일종의 상조회 조합 같은 것이었다.

엘마는 예전부터 여기에 적힌 험한 일들의 의뢰를 수주해서, 날뛰는 마물 퇴치 등의 일을 맡아 하곤 했다.

──대물이 있어야 하는데.

가능하면 큼직하고 먹음직스러운, 살점이 많이 붙은 것.

엘마는 레뮤제 주민들 사이에서 암암리에 '엄청 강한 먹보 누님'이라는 평판을 얻어 가고 있었다. 물론 엘마가 '마왕성'에 사는 마왕의 일원이라는 건 그들도 알고 있지만, 레뮤제에서는 멸망의 위기로부터 자신들을 구해 준 그들을 기피의 대상이 아닌 영웅으로 보는 경향이 강했다.

게다가 엘마는 주민들을 괴롭히는 일들을 직접적으로 해결해 주고 있는 덕분에, 마왕들 중에서도 특히 인기가 좋았다.

"오, 의뢰지가 잔뜩 붙어 있잖아."

의뢰 게시판 주위는 기본적으로 낮에 사람이 많은 편이었다. 잠깐 게시판을 훑어보고, 그날 안에 의뢰를 수주해서 해결하러 가는 자들이 많은 것이다. 밤부터 움직여야 할 경우에도, 의뢰인과의 조정 등을 고려하면 역시 시간이 있을 때 움직이는 편이 나았다. 엘마가 게시판 부근에 도착했을 때는 사람이 거의 없었기에, 의뢰지가 잔뜩 붙어 있는 걸 멀리서도 한눈에 알 수 있었다.

"먹음직스러운 걸 골라야지."

돈 이야기가 아니었다. 그런 건 돈의 망령에게 일임하고 있다.

엘마는 두근두근 설레는 마음으로 게시판에 다가갔다.

"엄청 먹보인가 보구나."

그리고 종이의 글자가 보이기 직전까지 왔을 때쯤, 누군가가 뒤에서 엘마에게 말을 걸었다. 자신이 '구우면 맛있을 것 같은 사냥감' 토벌 의뢰를 찾고 있다는 걸 어떻게 안 건지 조금도 짐작이 안 갔지만, 어쨌든 좋지 않은 상황임은 분명했다. 최근 동료들 덕분에 자신이 남들보다 많이 먹는다는 걸 자각했지만, 한편으로는 여자로서 약간 부끄럽게 느껴지는 구석도 있었다. 릴리움이나 아이즈가 소량의 식사를 정갈하게, 그러면서도 깔끔하게 먹는 모습을 보고 있자면, 여성스러움이란 저런 거구나 하는 부러움이 들기도 했던 것이다.

"오, 오해하지 마! 딱히 고기가 맛있어 보이는 녀석을 찾는 건 아니라고!"

보통은 보상금이 상대적으로 두둑한 의뢰를 찾는 거라고 판단하는 게 정상 아닐까. 적어도 부산물인 사냥감의 고기를 노리고 이런 의뢰를 선택하는 인간은 얼마 없을 터. 아니, 얼마 없는 정도가 아니라 자기 말고는 본 적이 없었다.

"어머, 그랬니? 아쉬운걸. 나와 같은 생각을 갖고 있는 줄 알았는데."

뒤를 돌아보니, 거기에는 후줄근한 로브를 입은 여자가 있었다. 당장에라도 낡아 해질 것 같은 로브를 눈까지 깊이 눌러 쓰고 있고, 로브 밑으로는 긴 흑발이 엿보이고 있으며, 키는 자신과 비슷한 정도인 여자. 아마 동업자이리라. 자세가 일반인과는 확연히 달랐다. 굳이 표현하자면── 전투 종사자의 자세였다.

"아, 그게, 응……. 저, 저기…… 혹시 당신도 그런 생각을 하고 있는 거야?"

부정하지 말 걸 그랬다는 생각이 살짝 들었다. 혹시 같은 생각으로 의뢰를 수주하고 있는 자라면 분명 금방 친구가 될 수 있을 터였다. 동지. 근사한 단어다. 지금 자신은 그렇게 발전할 수 있는 싹을 짓밟아 버린 건지도 모른다.

"그야 당연하지. 돈은 필요한 만큼만 있으면 돼. 내 입장에서는 처치한 사냥감이 맛있느냐 맛없느냐 하는 게 더 중요한걸."

로브를 뒤집어쓴 여자는 말했다. 그 말을 들은 엘마는 다짐을 굳혔다.

"미, 미안. 아까 한 말은 거짓말이었어. 실은 나도 그래."

"어머나, 이렇게 반가울 수가."

여자는 아름다운 목소리로 즐겁게 웃었다. 그 순간 후드 밑으로 엿보인 보라색 눈동자가 자신과 비슷해 보여서, 어쩐지 흠칫 놀랐다.

"참고로 너는 어떤 걸 고를 거니?"

여자가 그렇게 말하면서 의뢰 게시판으로 다가가 벽에 붙은 의뢰지를 훑어보기 시작했다.

"음, 그, 글쎄……."

엘마도 그런 여자를 따라 게시판으로 다가갔다.

"이건 어때? '보름달곰 토벌'. 곰 고기잖아!"

"아, 제법 괜찮은걸. 오늘은 보름날이기도 하니 시기적으로도 딱 좋고, 무엇보다 맛있을 것 같으니까, 곰 고기."

"맛있지, 곰 고기."

"맛있다니까 곰 고기."

친구가 되자. 엘마의 가슴속에 굳은 결의가 생겨났다.

"저, 저기, 혹시 괜찮으면 같이 가는 건 어때?"

엘마의 입은 자연스럽게 그녀에게 그런 말을 던졌다.

그러자 그녀는 다시 즐겁게 웃었다.

"그거 좋은걸. 정말 좋아. 설마 미래의 내 자손에게서 그런 반가운 제안을 받게 될 줄은 몰랐어."

불현듯, 그녀가 후드를 벗어서 얼굴을 드러내며 엘마 쪽을 돌아보았다.

자신과 마찬가지로 촉촉한 흑발에 보라색 눈동자. 이목구비는 자신의 자매라고 해도 납득할 수 있을 만큼 쏙 빼닮았지만, 자신에 비하면 나이에 걸맞게 성숙한 여인의 분위기가 있었다. 만약 그녀와 자신이 자매 사이라면 분명 그녀 쪽이 언니일 것이다.

"응……?"

엘마는 그녀의 말을 곱씹어 보고, 맥없이 혼란에 빠졌다.

"요즘 세계가 아주 재미있게 돌아가고 있는 모양이던걸. 마음 같아서는 암흑전쟁시대가 끝난 뒤에 이런 세계가 찾아오기까지 어떤 일이 있었는지 이것저것 물어보고 싶지만, 이제 슬슬 한계가 온 것 같아."

어안이 벙벙해 있는 엘마의 가슴골 부분에 그녀가 손가락을 찔러 넣었다.

상대가 남자였다면 반사적으로 검을 뽑았으리라. 하지만 지금 엘마는 넋이 나가 있어서, 그녀의 행동에 대해 제때 리액션을 취할 여유가 없었다.

등골이 오싹할 만큼 요염한 손놀림으로 가슴 중심부를 어루만지던 그 손가락의 움직임이, 엘마의 심장 부분에서 멈추었다.

"뽑으렴, 〈엘마 엘르이자〉. 영광스러운 〈검제〉 가문의 당대 당주를 맡은 자로서의 자부심이 있다면, 허리춤에 찬 그 〈마검 크리슈라〉를 뽑아서 나를 베렴."

엘마는 그녀가 하는 말을 도통 이해할 수 없었다.

"그렇게 하지 않으면, 엘르이자 가문은 여기서 멸망하게 될 테니까."

하지만 다음 순간에 그녀가 로브 자락을 나부끼며 그 허리춤에서 의심의 여지 없는 〈마검 크리슈라〉를 뽑았을 때, 엘마는 직감적으로 상황을 이해했다.

"윽!"

〈사신〉 네크로아 벨제루트.

아까 멜레아가 언급했던 그 은발 사내의 이름이 뇌리를 스쳤다.

◆ ◆ ◆

멜레아는 터무니없이 많은 수의 장서 중에서 하심이 이야기한 책을 찾아내기 위해 장서실 안을 돌아다니고 있었다.

원하는 책은 아직 찾지 못했다.

자기도 모르게 뽑아 들어서 읽고 싶어지는 책들이 수도 없이 많았지만, 아마 그것들은 하심이 이야기한 책은 아닐 것이다. 열 발짝쯤 거리를 둔 채 천천히 따라오고 있는 하심은 이렇다 할 반응을 보이지 않았다.

그 후로도 10여 분 동안, 멜레아는 장서고 안을 돌아다녔다.

그리고 중앙의 낡은 시계로부터 헤아려서 일곱 번째 줄 책장 탐색을 시작했을 때쯤, 멜레아는 처음으로 이변이라 할 수 있는 상황과 조우했다.

——빛이…….

일곱 번째 줄 책장 입구에 들어서서 책의 옆표지들을 대충 둘러봤을 때, 그 한쪽 구석에서 어렴풋한 빛을 내뿜는 책을 발견했다. 동시에 멜레아는 눈에서 위화감을 느끼고, 반사적으로 손등으로 눈을 비볐다.

금색 눈물이 묻어 있었다.

"찾아……냈어."

시선을 집중할수록 그 책의 빛이 점점 더 짙어지는 것 같아 보였다. 그리고 그에 따라 책 주변에 움찔움찔 조금씩 움직이는 술식이 보이기 시작했다.

"찾았나 보군."

"찾았어. 저 빛나는 책을 말하는 거지? 저 책은 대체 뭐야? 저것만 차원이 다른 술식을 내포하고 있잖아."

"그래, 그렇게 보인단 말이지?"

"그렇게 보인다고?"

멜레아는 고개를 갸웃거리고 반사적으로 하심 쪽을 돌아보았다.

"네 눈에는 안 보이는 거냐?"

"그래, 내 눈에는 다른 책들과 똑같이 보여."

하심의 얼굴이며 몸에 술식이 보이지 않는다는 사실에 일단 안심하면서, 멜레아는 다시 책 쪽을 쳐다보았다.

"멜레아, 역시 네 눈에는 〈세계식〉이 보이는 모양이군."

하심의 입에서 나온 말에, 멜레아는 낮에 〈공제〉 에테르가 했던 이야기를 떠올렸다.

"우리 입장에서는 이해하기 힘든 일이지. 하지만 극히 일부의 뛰어난 술사들은 부분적으로 세계의 구성술식을 볼 수 있는 경우가 있다고 하더군. 일설에는 그게 〈마안〉으로 불리는 것의 근원이라고도 하지만, 뭐, 그게 사실인지 어떤지는 아직 몰라.”

멜레아는 하심의 말을 귀담아 들으며, 빛나는 책 쪽으로 한 발짝 다가갔다.

“이 세계에 존재하는 모든 것들은 술식으로 구성돼 있지. 시간과 공간까지도. 그 점을 생각하면, 그 식을 보는 건 곧 세계의 진리를 보는 것과 같은 뜻이라는 이야기도 수긍이 갈 만해.”

“그냥 정신 나간 이야기처럼 들리기도 하지만 말이지.”

멜레아는 빛나는 책 쪽으로 떨리는 손을 뻗으며 말했다.

“그래. 그래서 그 책은 〈팔라디온의 광서〉라고 불렸어. 보통 사람들은 뭐가 적혀 있는지 이해할 수 없으니까. 하지만 볼 줄 아는 자가 보면 거기서 의미 있는 문장을 볼 수 있다고들 하더군. 예전의 플런더 크로우는 그 책의 내용 중 몇 페이지를 해독했지.”

“플런더가——.”

“그래. 하지만 바꿔 말하면 〈술신〉으로 불리던 그조차도 고작 몇 페이지밖에 해독해 내지 못했다는 이야기가 되기도 해. 그리고 플런더 크로우는 〈팔라디온의 광서〉에 대해 그리 많은 말을 남기지 않았어.”

처음 듣는 이야기였다. 멜레아는 플런더에게서 이 책에 관한 이야기를 한 번도 들어 본 적이 없었다.

“훗날에 플런더는 레이라스 리프 레뮤제에게 ‘그건 사람이 읽을 책이 아니다'라고 이야기했지만, 결국 레이라스는 그 책을 해독했지."

"레이라스? 레이라스가 이걸 읽었다고?"

애초에 읽을 수는 있었던 건가? 플런더조차도 몇 페이지밖에 해독하지 못한 책을?

"그래, 반 정도 해독해 냈다는 모양이야. 그리고 책을 읽던 이틀 사이에, 레이라스는 아사 직전이 되도록 극도로 야위었고, 그 후로 1주일 동안이나 잠들었어. 간단히 말하자면 죽을 뻔했다는 거지."

빛나는 책을 향해 뻗고 있던 멜레아의 손이 뚝 멈추었다. 책의 옆표지를 빤히 쳐다보고, 거기에 꿈틀거리는 술식언어로 '세계의 진리'라 적혀 있는 것을 보고는 숨을 죽였다.

"거기에는 네 눈에 대한 내용이 있을지도 몰라. 하지만 레이라스가 그 책을 읽고 어떻게 됐는지 머릿속에 담아 두도록 해. 나는 강요하지 않겠다. ──그래도 혹시 읽겠다면, 만반의 준비를 갖춰 두도록 해. 나는 앞으로 이틀 동안은 레뮤제에 있을 수 있어. 그 동안은 모든 수를 다 써서라도 만약의 사태에 대한 대비를 해 두지."

"이틀?"

"그래. 이틀 후, 우리 〈4왕 동맹〉은 사이살리스 교국으로 갈 거다. 무제그가 사이살리스를 잡아먹으려고 움직이기 시작했으니까. 만에 하나 동대륙 남쪽 끝에서 가장 가까운 사이살리스가 무제그에게 잡아먹히면 어떻게 될지는, 너도 잘 알고 있겠지.”

하심의 말에, 멜레아는 그 상황을 상상해 보았다.

북쪽에 무제그, 남쪽에 사이살리스. 동대륙은 배후를 완전히 잡히는 꼴이 된다.

“그렇군. 무제그가 해로를 사용해서 공격한다는 거지……?”

멜레아는 마리사에게서 배운 세계 지도를 떠올리고, 자신이 무제그였다면 어떤 경로를 통해 사이살리스를 공격할지 순식간에 해답을 내놓았다.

“거기까지 알고 있다면 길게 이야기할 것도 없겠군. 그래. 무제그는 북대륙의 여러 나라를 병합하고, 그 나라들에서 번성한 조선 기술을 곧바로 실전에 투입했어. 대형 함대를 짜서 동대륙 동쪽 바다를 이동하는 식으로 크게 우회해서, 동대륙과 남대륙 간의 해협으로 침입하는 거야. 그 해협을 장악해서 주변 적들의 증원군을 차단하고, 자기들은 단숨에 사이살리스와 그 주변 국가들을 침략하면 되지. 이론적으로는 무난한 작전이야. 하지만 그걸 실행하자면 막대한 전쟁 자원이 들어가지. 지금의 무제그가 아니면 쓸 수 없는 방식일 거야.”

레뮤제의 방침에 대한 하심의 이야기를 듣자마자, 멜레아는 자신들이 나아가야 할 길을 생각해 냈다.

“그럼 우리도 사이살리스로 갈게.”

바질리아에서 벌어진 사건이 있었던 만큼, 안 그래도 사이살리스에는 가 볼 생각이었다.

사이살리스는 아마 다른 마왕들도 자기들 슬하에 묶어 두고 있을 터였다. 줄리아나나 자라스의 경우처럼, 거절할 수 없는 조건을 통해서 그들의 의지와 무관하게 협조를 강요하고 있을 가능성이 있었다. 전부 다 그런 건 아닐지도 모르지만, 멜레아 입장에서는 무시할 수 없는 나라였다.

"그래? 뭐, 마음대로 해. 레뮤제 쪽에도 최소한의 방어 전력은 남겨 두고 갈 생각이고, 〈3개국〉과 동맹을 맺은 서부 국가들의 병력을 통해 방어하면서 동대륙에 추가 전력을 투입하도록 할 거니까."

"서부 국가들과 동맹을 맺었다고?"

"교환 조건이라는 측면이 강하지만 말이지. 무제그가 서부 국가들에게 마수를 뻗치기 시작한 덕분에, 반대로 우리 동맹 쪽으로 끌어들이기가 쉬워졌어. 무제그가 서부 국가들을 공격하기 시작하면 〈3개국〉도 나서서 구원해야 한다는 조건이 붙지만, 반대로 동부 국가들에서 무제그가 설치고 다니면 서부 국가들이 구원하러 달려오지. 조건은 각 국가의 본토에서 직접 무제그의 본대와 교전하지 않는 것. 즉, 자기들이 본대를 공격할 때의 방어 정도는 해 주겠다는 식의 조건이 주가 되는 동맹이야."

"그렇군."

멜레아는 납득한 듯 고개를 끄덕였다.

"그래도 그렇게 하면 공격에 전력을 배분하기가 다소 용이해지겠네."

"그래. 애초에 우리는 전력 면에서 압도적으로 불리해. 그러니까 무제그의 본대와 맞서려면 온 전력을 다 동원해서 싸우는 수밖에 없는데, 그러면 자국의 방어가 허술해지지. 그렇게 되면 무제그의 잉여 전력만으로도 눈 깜짝할 사이에 나라가 함락되고 말 거야. 무제그의 침공을 막아낸다는 목적을 달성한다고 해도, 돌아갈 곳이 없어지면 말짱 도루묵이잖아."

하심이 그렇게 말했을 때, 멜레아는 다시 책 쪽으로 의식을 되돌렸다. 시야 한쪽에 어른거리는 술식의 빛이 한층 더 강해졌다.

"하심."

그리고 멜레아는 〈팔라디온의 광서〉를 책장에서 꺼냈다.

"이틀이라는 것도 최대한 늘리고 늘린 시간이겠지. 마음 같아서는 당장에라도 사이살리스로 가서, 현지에서 요격을 준비하고 싶은 심정일 테고. 너는 퉁명스러우면서도 그런 배려심이 있는 녀석이니까."

멜레아는 천천히 손을 뻗어서, 팔라디온의 광서 표지를 어루만졌다.

"그러니까, 나도 최대한 그 배려에 보답할 생각이야."

"괜찮겠어?"

"나도 나 자신에 대해 알고 싶어. 플런더와 레이라스는 나에게 무언가를 숨기고 있었던 게 분명해. 어쩌면 그게 바로 이 책에 대한 건지도 몰라."

멜레아는 팔라디온의 광서 표지에 손을 얹고 말했다.

"그 둘이 너에게 그걸 이야기하지 않은 이유가 뭘지는 생각해 봤나?"

"그래. 커다란 의미가 있으리라는 것까지는 짐작이 가. 하지만 그 둘은 그걸 찾지 말라고 하지도 않았어. 지금 내가 이렇게 여기에 다다른 게 계기가 되겠지."

그리고 멜레아는 이윽고 팔라디온의 광서 표지를 넘기려 했고──

하지만, 이때 멜레아는 그 책의 표지를 펼칠 수 없었다.

멜레아가 책을 펼치려 한 순간, 레뮤제 시가지에 굉음이 울려 퍼졌다.

마치 근처에 거대한 벼락이 떨어진 것 같은 땅울림과 진동이 잇따라 몰려오고──

마지막으로, 레뮤제 주민들의 비명이 두 사람의 귀를 찔렀다.

제4막 【혈통의 인도, 과거와의 교차】

"무슨 일이 벌어진 거지?"

굉음과 비명이 울려 퍼진 직후, 하심과 멜레아는 황급히 장서실 밖으로 나왔다.

보도로 나서니, 그들과 마찬가지로 각자의 방에서 뛰쳐나온 성내부 근무자들이 긴장된 표정으로 주위를 둘러보고 있었다.

"아이샤!"

하심은 복도 끝까지 울려 퍼질 만큼 언성을 높여 외쳤다. 그러자,

"네, 여기 있습니다!"

10여 걸음 떨어진 곳에 있는 계단을 다섯 단씩 뛰어 내려온 시녀가 모습을 나타냈다.

"방금 그 굉음은 뭐야?!"

"원인은 알 수 없습니다. 다만, 상업구역 전망탑 하나가 부서진 건 확인했습니다."

"당장 현장으로 척후병을 보내! 적의 습격일 수도 있어!"

아이샤는 하심의 명령에 고개를 끄덕이고, 대답할 틈도 없이

다시 내달렸다. 근처 창문을 열고 아무런 주저도 없이 밑으로 뛰어내리는 그녀의 뒷모습을 보며, 멜레아도 동시에 움직였다.

"하심, 나도 가 볼게."

"부탁해도 될까?"

"나만 믿어."

고개를 끄덕여 대답하고, 멜레아는 아이샤가 뛰쳐나간 창문으로 달려갔다.

"멜레아! 성수성에 들렀다 갈 거냐?"

그리고 창밖으로 뛰어내리기 직전에, 뒤에서 다시 하심의 목소리가 들렸다.

"아니, 직접 가야겠어."

"그럼 나는 일단 성수성에 들렀다 가겠다! 다른 마왕들도 경계해 두도록 전해 주지!"

부탁하겠다는 대답 대신 고개만 끄덕여 답하고, 멜레아는 밤의 레뮤제로 뛰어내렸다.

멜레아가 소동의 현장으로 향하는 동안에, 건물 두 채가 더 파괴되었다.

돌 무너지는 소리에 섞여서 무언가가 터지는 소리가 들렸다. 마치 벼락이 떨어지는 것 같은 소리였다.

──뭔가 일이 벌어진 게 분명해.

갖가지 가능성들이 멜레아의 뇌리에 떠올랐다가 사라지고,

그때마다 멜레아의 심장은 불길하게 고동쳤다.

가슴속이 술렁거렸다.

등줄기에 오한이 밀려왔다.

"멜레아!"

그때, 도망치는 사람들을 피하면서 달리던 멜레아의 귀에 누군가의 목소리가 들려왔다.

고개를 돌려보니, 거기에는 릴리움의 모습이 보였다.

"릴리움!"

"도대체 무슨 일이 벌어진 거야?!"

"나도 몰라! 지금 그걸 확인하러 가는 거야!"

릴리움은 이미 불새를 어깨에 소환해 두고 있었다.

"알았어! 나도 바로 갈 테니까 너는 먼저 가 있어! 아까 살만이 쌍둥이들이랑 같이 저쪽을 걷고 있었으니까, 그 녀석은 저 소동의 현장에 있을지도 몰라!"

그렇게 말하면서, 릴리움이 화염 말을 소환해서 날렵하게 그 등에 올라탔다. 멜레아는 그녀의 말을 귀담아 들으며, 〈셀레스타 바르카의 하얀 번개〉를 발동시켜서 한층 더 맹렬한 속도로 거리를 내달렸다.

멜레아가 무너진 전망탑 바로 앞에 도착했을 때, 그곳은 어둠 속에 뭉게뭉게 피어오르는 흙먼지로 가득했다.

——아무것도 안 보이잖아……!

잔해 더미가 길을 막고 있었다.

레뮤제 시가지를 순찰하던 경비 담당 레뮤제 병사들이 넋 나간 얼굴로 잔해 더미 앞에 서 있었다.

멜레아는 그 중에서 낯익은 뒷모습을 발견하고 곧바로 달려갔다.

"살만!"

"멜레아 왔어?"

살만은 멜레아가 도착한 걸 확인하고, 다시 곧바로 흙먼지 속으로 시선을 되돌렸다.

"눈을 떼지 마. 아마 이 짓을 벌인 범인은 아직 근처에 있을 거야."

멜레아는 살만의 말을 곧바로 이해하고 임전태세에 들어갔다.

"번개야. 아마 술식에 의한 거겠지. 하늘에서 비정상적으로 큰 번개 대검이 쏟아져 내리는 걸 봤어."

멜레아의 심장이 다시 크게 요동쳤다.

"술사의 모습은?"

"못 봤어. 하지만 술식에는 별로 친숙하지 않은 내가 보기에도 장난 아니라는 생각이 들었을 만큼 어마어마한 술소의 파동이었어. 남에게서 나온 술소의 파동을 이렇게 피부로 느껴 본 건, 네가 자이나스에서 〈폭신화〉했을 때 이후로 처음이야."

살만의 말투는 결코 호들갑이 아닌 것 같았다.

"게다가, 아마 한 명이 아니었을 거야. 두 번째 건물이 무너졌을 때, 누가 봐도 이질적인 바람이 불었어. 자연적으로 발생한 바람은 아니었을 거야."

"설마……."

멜레아는 자신이 보유한 술소의 양이 일반인들과는 비교도 되지 않을 정도로 많다는 걸 자각하고 있었다. 그것은 영령들이 각자의 술소 소질을 물려받았기 때문이었다.

하지만 한편으로는, 그런 자신과 거의 같은 정도의 술소를 가진 자를 한 명 알고 있었다.

그 남자는 어떤 성인의 피를 물려받은, 사기적인 힘을 가진 남자였다.

"윽, 온다!"

굳이 살만의 경고가 없더라도, 멜레아는 그걸 알 수 있었다. 지금, 흙먼지 너머에서 막대한 양의 술소가 해방되었다. 기척으로 알 수 있었다. ──대형 술식을 사용하고 있다는 걸.

다음 순간, 멜레아의 온몸에 있는 털이 곤두섰다.

"엎드려! 살만!"

멜레아의 머리칼이 순식간에 검게 물들었다. 주저 없는 〈폭신화〉.

"쌍식(雙式) 〈시스티 루스의 쌍둥이 방패〉!"

멜레아는 양쪽 손을 이용해서 〈시스티 루스의 쌍둥이 방패〉을 2중 전개했다.

총 네 장의 거대한 얼음 방패가 두 사람 앞에 나타났고──.

"읔!"

그리고 흙먼지 너머에서 날아든 **검은 바람의 용**이, 그 네 장의 방패를 가볍게 씹어 먹었다.

"막아! 〈클리어 릴리스의 세 꼬리〉!"

가장 앞에 있던 방패가 깨져 나가는 순간, 멜레아는 다음 술식을 발동시켰다. 〈신석(神石)〉으로 만들어진 〈클리어 릴리스의 세 꼬리〉를 발생시켜서, 자신과 살만을 보호할 수 있도록 앞쪽에 전개했다.

"멜레아! 그대로 붙잡고 있어!"

술식룡은 거대한 입을 벌려서 〈클리어 릴리스의 세 꼬리〉를 물어뜯어서, 당장에라도 씹어 버릴 기세로 몸을 요동치고 있었다. 그때 살만이 그렇게 외쳤고, 뭘 하려는가 싶어 멜레아가 어리둥절해하고 있는 사이에 날쌔게 꼬리 밑을 지나,

"날려 버려라, 〈제스티스〉!"

찬란하게 빛나는 마권으로, 검은 술식룡을 아래에서 위로 후려쳤다.

"〈아풍어뢰(牙風御雷)〉!!"

살만의 일격에 의해 흑룡의 몸이 약간 위로 들려 올라갔다. 그 순간 멜레아는 세 꼬리로 흑룡의 턱을 들어 올리고, 곧바로 〈반 에스터의 여섯 날개〉와 〈셀레스타 바르카의 하얀 번개〉를 합성 발동, 번개의 바람을 한 점에 응축시켜서 흑룡을 하늘로

날려 버렸다.

검은 바람의 술식룡은 번개의 바람에 휩싸인 채 공중에서 몸부림치며 산화했다.

"오오, 재미있는 기술을 쓸 줄 알게 됐군."

그리고, 목소리가 날아들었다.

"안 그래, 셀레스타?"

"아직 술식이 조잡해. 힘을 이용해서 나와 너의 술식을 우격다짐으로 합성시킨 것뿐이야."

흙먼지는 방금 그 일격에 의해 모조리 흩어져 있었다.

멜레아는 최대한의 속도로 정면을 돌아보았다.

거기에는——.

"여어, 멜레아. 웬만하면 이런 식으로 재회하고 싶지는 않았는데 말이지."

"실력은 좀 늘었냐, 멜레아?"

잊을 수 없는 두 영령의 모습이 있었다.

——어째서?

멜레아는 당황했다. 해답은 이미 알고 있었건만, 눈앞에 펼쳐진 광경을 믿을 수가 없었다.

"대체 왜……?"

"그런 표정으로 쳐다보지 마, 멜레아. 나도 좋아서 이런 짓을 하고 있는 게 아니라고."

은색이 감도는 녹색 머리칼. 초연한 미소. 하지만 그 몸에서 용솟음치는 술소의 파동은 그 누구보다도 힘찼다.

"반⋯⋯."

〈풍신〉 반 에스터.

예전에 린드홀름 영산에서 멜레아를 키워 주었던 영령들 중 한 명이 그때와 조금도 달라지지 않은 모습으로, 아니, 오히려 그때보다 훨씬 더 또렷한 모습으로 멜레아 앞에 서 있었다.

"〈네크로 판타즘〉이야. 설마 우리를 〈혼의 천해〉에서 불러들일 수 있는 수준의 술사가 아직도 있을 줄은 생각도 못 했는데, 지금 세계에도 탁월한 자가 존재하는 모양이군."

"셀레스타⋯⋯."

백금색 장발에 훤칠한 체구. 눈동자 속에 새겨진 괴이한 문양이 어렴풋이 빛을 뿜고 있었다.

〈뇌신〉 셀레스타 바르카.

멜레아에게 전투 방식의 기초를 잡아 준 영웅의 모습 역시, 멜레아의 기억 속에 있는 그 모습 그대로였다.

"대체 왜 여기에⋯⋯."

"한탄하지 마, 멜레아. 한탄해 봤자 달라지는 건 아무것도 없어. 예전에 내가 이야기했을 텐데. 아무리 절박한 상황에 빠지더라도 일단 앞을 보라고."

하지만 그런 충고를 들어도 멜레아는 좀처럼 앞을 볼 수 없었다. 손쉽게 선을 그을 수 있을 만큼 가벼운 상황이 아니었던 것이다.

"나는, 반만큼 강하지 않아……."

"아니, 너는 강해. 그 영산에서 한 수업을 끝까지 해냈으니까. 까놓고 말해서 나였다면 1년도 안 돼서 두 손 두 발 다 들었을걸."

"너는 그걸 견뎌냈으니까."

"아! 기다렸다는 듯이 그런 소리를 하기냐, 이 자식!"

"사실을 있는 그대로 말한 것뿐이야."

이런 실랑이를 대체 몇 번이나 보아 왔던가. 사사건건 서로를 비꼬는 두 사람. 알아보지 못할 리가 없었다. 전부 다 진짜고, 전부 다 꿈처럼 느껴졌다.

"아이, 시간이 얼마 없잖아. 한 발 더 간다. 멜레아, 뭘 할 건지는 알고 있겠지?"

반이 멜레아를 가리키며 말했다.

"네 얼굴만 봐도 알 수 있어. 우리가 승천한 이후로도 잘해 나가고 있는 모양이군. 그러니 해야 할 일은 하나뿐이야. 네가 우리를 처치해라. 안 그러면——."

멜레아를 가리키고 있는 손가락에 바람이 모여들었다. 서서히 응축되어 가던 그 바람은 이윽고 거친 회전을 시작하더니, 이윽고 심상치 않은 고음을 뿜어내기 시작했다.

"너도, 네 동료들도, 여기서 죽게 될 거다."

그리고 반의 손끝에서 바람 탄환이 발사되었다.

동시.

"멜레아, 우리를 죽여라. 우리는 원래 시대의 외부인들이니까."

셀레스타가 흰 번개를 휘감고 몸을 발사시켰다.

탄환과 흰 번개.

그 둘은 정확히 똑같은 속도로 멜레아를 향해 덮쳐들었다.

네크로아 벨제루트가 사용하는 〈네크로 판타즘〉의 위력을 얕잡아 보고 있었다.

──아니, 나는 믿고 싶지 않았던 거야.

반이 사출한 탄환을 고개만 틀어 아슬아슬하게 회피하면서, 멜레아는 회상했다.

예술도시 바질리아에서 보았던 반의 환영. 그게 진짜 반이었는지, 그 당시의 멜레아는 판단이 서지 않았다. 하지만──.

"오른쪽이다. 피해, 멜레아."

"큭!"

멜레아는 흰 번개를 휘감은 채 순식간에 접근해 온 셀레스타의 말도 안 되게 날카로운 찌르기 공격을, 한 손을 이용해서 가까스로 쳐냈다. 표적은 목. 맞았다면 아마 몸통과 머리가 분리되었으리라.

"아직 안 끝났어. 방심하지 말라고."

공격을 쳐내기가 무섭게, 이번에는 셀레스타의 모습이 눈앞에서 사라졌다.

새삼 상대해 보니 실감할 수 있었다.

셀레스타야말로 인류 최고 속도의 근접 격투가라는 것을.

"〈세 꼬리〉로 쳐내."

멜레아는 고개를 돌리기도 전에 〈클리어 릴리스의 세 꼬리〉를 전개해서 배후 전부를 보호했다. 푸걱 하는 둔탁한 소리와 함께, 그중 두 개의 꼬리가 셀레스타의 찌르기 공격에 관통되었음을 감지했다.

"저기 저 남자는 네 동료냐?"

이번에는 왼쪽에서 들려오는 셀레스타의 목소리. 멜레아도 몸에 흰 번개를 장전하면서, 고개를 돌리는 동시에 살만의 모습을 확인했다.

"혹시 그렇다면 지금 당장 이 자리를 떠나게 해."

이유를 묻고 싶었지만, 멜레아에게는 셀레스타의 말에 대답할 여유가 없었다. 그 초고속 공격에 대처하는 것만으로도 버거웠다.

"반이 〈오네이로스 대성당의 종〉을 발동시키려 하고 있어. 그 종이 울리면 이 일대는 황무지로 변하겠지. 세 번째 종이 울리기 전에 멀리 피난시켜."

"그게, 말이야, 쉽지……!"

셀레스타가 연타를 멈춰 주지 않는 이상은 아무런 신호도 보낼 수 없다.

그렇게 공방을 벌이는 사이에, 멜레아의 얼굴이 살짝 살만 쪽을 향했다.

멜레아는 그 찰나의 순간에 살만의 모습을 포착했다.

──저건…….

거기에는, 묘한 압력을 내뿜는 아담한 소년과 대치하는 중인 살만의 모습이 있었다.

"저 애도 본 적이 있어. 루터 가문의 문주지."

루터. 살만의 가문명과 같았다.

현재 상황으로 보아 의심의 여지가 없었다.

살만 역시, 자기 피의 과거와 상대하고 있는 것이다.

"이 네크로 판타즘의 술사는 도대체 얼마나 많은 시체들을 수집해 둔 건지 원."

무시무시하게 날카로운 셀레스타의 찌르기를 종이 한 장 차이로 회피하면서, 멜레아는 다시 한번 살만 쪽을 쳐다보았다. 그 팔에 새겨져 있는 술식문양에서, 종전과는 비교도 할 수 없을 만큼 엄청난 양의 광자(光子)가 뿜어져 나오고 있었다.

하지만 살만의 정면에 서 있는 소년의 팔에서는 그보다 더 엄청난 양의 광자가 쉴 새 없이 쏟아져 나오고 있었다.

"살만!!"

멜레아가 셀레스타에게 견제용 발차기를 날리면서 가까스로 소리쳤지만, 살만은 이쪽을 쳐다보지 않았다.

"갔잖아. 결과적으로 반의 의식에 잡아먹힐 일도 없게 됐군."

살만은 마치 작별이라도 고하듯 한 손을 들어 보이고는, 소년과 함께 골목 저편으로 사라져 버렸다.

"빌어먹을!"

이 상황으로 보아 더 많은 옛 영웅들이 레뮤제 시내에 잠복하고 있을 가능성이 있었다. 만약 전투력을 갖지 못한 마왕들 앞에 그 선조에 해당하는 전성기의 영웅들이 나타난다면? 그렇게 생각하자 멜레아 안에서 초조감이 절정에 달하고, 머릿속에서 뭔가가 터졌다.

"──셀레스타, 나는 가야겠어."

"그래? 그럼 냉큼 나와 반을 처치해라. 지금 네가 할 수 있는 건 그것뿐이야."

멜레아는 앞을 쳐다보았다. 어느새 하늘에 시커먼 종이 떠 있었다.

"모든 건 다 꿈이었다. 각성의 종을 울려라, 〈오네이로스 대성당의 종〉."

멀리서 반이 술식의 기동언어를 읊었다.

데엥, 하고 묵직한 종소리가 울려 퍼지고──

하늘에서 검은 바람의 벽이 떨어져 내렸다.

◆ ◆ ◆

"나쁘지 않아. ──하지만, 역시 내 자손인걸."

상대가 비스듬하게 휘두른 마검을 피하는 엘마의 귀에 그런 목소리가 들려왔다.

"무슨, 소리를──."

"자손 앞에서 이런 소리를 하는 건 좀 그렇지만, 나는 검술이 썩 뛰어난 편은 아니야."

무슨 헛소리야. 엘마는 내심 그렇게 생각했다.

"나는 검술 재능이 별로 없었어. 물론 그걸 메우려고 피나는 단련을 거듭하긴 했지만, 검술의 극에 달하기에는 내 인생이 너무 짧았지."

공격을 피하기가 무섭게, 이번에는 물 흐르듯 부드러운 연계 동작으로 반대편에서 수평 방향으로 마검이 날아들었다. 그것을 자신의 마검으로 막으면서, 엘마는 크게 한 발짝 후퇴했다.

"재능이라는 건 분명 존재해. 시간이라는 개념을 무시하면 그게 절대적인 벽이 되지는 않겠지만, 인간의 삶은 생각보다 짧아. 시간을 들이면 누구나 한 분야의 극에 달할 수 있지만, 재능이 없으면 막대한 시간이 들지. 재능이란 습득 속도나 마찬가지인 셈이야. 그런 의미에서, 나는 역시 범재였어."

엘마는 눈앞에 있는 여검사── 초대 〈검제〉 이스 엘르이자를 관찰했다. 나이는 자신과 비슷한 정도일 것이다. 키도, 몸에 붙은 근육의 양도 자신과 별반 다르지 않았다. 싸움을 업으로 삼는 자가 아닌 일반적인 여자와는 동떨어진 압도적 완력을 갖고 있지만, 상상을 초월하는 수준은 결코 아니었다.

"그럼 나는 뭐가 되는 거지……?! 그런 범재인 당신에게 이렇게 완전히 밀리고 있는데……!"

"그건 네가 아직 젊어서 그런 거야. 외모는 이래도 실제로는 내가 너보다 훨씬 연상인걸. 이 몸은 나를 소환한 사령술사가 전성기 몸으로 바꿔 줘서 이렇게 된 것뿐이야."

후퇴하자마자 다시 상단에서 일격. 그 묵직한 공격에 몸을 지탱하는 무릎이 삐걱거렸다. 가까스로 마검으로 받아내서 옆으로 쳐냈지만, 공격은 그칠 줄을 몰랐다.

"그래도 검술 재능 면에서는 나보다는 네가 나은 것 같아. 네 검술은 어쩐지 그 사람이랑 비슷한 것 같기도 하니까."

그 사람이란 누구일까. 그렇게 생각한 직후, 엘마는 해답을 찾아냈다.

"〈검마〉 신 무!"

"어머, 알고 있나 보네."

세 번째 상단 공격을 쳐낸 직후, 엘마는 공격으로 전환했다. 이스의 복부를 향해 있는 힘껏 앞차기를 날렸다.

"그리고, 이런 무술도 내게는 없었는걸."

"나는 발 버릇이 험해서── 말이지!"

발길질은 마검에 막혔지만, 거리를 벌리는 데는 성공했다. 엘마는 곧바로 아래쪽으로 비스듬하게 움켜쥐고, 〈지찰맹화(地擦猛火)〉의 자세를 취했다.

거리는 충분했다. 가속력 확보에는 문제가 없었다.

"이제 그만 쓰러져 줘."

두 발짝 만에 최고 속도로 가속하고, 세 번째 발짝에 달려들면서 비스듬하게 베어 올렸다.

그러나——.

"〈무상천수(無想天水)〉."

무시무시하게 빠른 동작으로 휘둘러 내린 이스의 마검이 엘마가 휘둘러 올린 마검을 비스듬하게 내리쳤다. 그리고 그대로 검과 엘마의 몸을 통째로 땅에 처박았다.

"끝까지 검을 안 놓치다니 대단한걸. 검을 놓쳤다면 죽었을 거야."

마검이 이렇게 튼튼하지 않았더라면, 아마 검과 몸이 통째로 절단돼서 두 동강이 났을 것이다.

엘마는 엉덩방아를 찧으며 눈을 깜박거렸다.

한 박자 늦게 온몸에서 식은땀이 왈칵 솟았다.

"그나저나 역시 마음대로 안 되네. 상대가 마검이건 뭐건, 그 사람이었다면 그냥 쪼개 버렸을 텐데."

엘마는 자신이 지금 생과 사의 갈림길에 있다는 것을 간신히 자각했다.

갑작스런 조우에 이은 교전. 그것은 꿈같은 일이었지만——.

——여기는, 사지야.

그런 사소한 만남을 통해 내팽개쳐진 곳은, 칼날 앞에 목숨이 노출되어 있는 전장이었다.

엘마는 이스의 방금 그 일격을 막아내느라 욱신대는 손을 마음속으로 질타하면서 일어섰다.

"당신 말고 이 나라에 들어와 있는 옛 영웅들은 몇이나 되지?"

"글쎄, 그것까지는 몰라. 나는 나를 조종하는 사령술사를 만나 본 적도 없고, 정신을 차리고 보니 이 도시에 있었어. 정보다운 정보는 아무것도 못 들었지만, 내 몸이 같은 혈족에 이끌리고 있다는 건 알 수 있어. 그리고 그 혈족에 대해 적의를 갖도록 머릿속에 술식이 새겨져 있다는 것도 알 수 있어."

"그래도 이성을 잃지 않고 대화는 할 수 있나 보군."

"의지를 전부 다 컨트롤하는 건 불가능했던 것 아닐까? 인간의 의지에 명령을 가미하는 건 어지간한 술사들은 불가능한 일이야. 이렇게 혈족에 대해 적의를 품도록 술식을 심어 놓은 것만 해도 놀라운 일이지만, 마음 그 자체를 완전히 조종할 수 있는 건 아마 〈심신(心神)〉 정도밖에 없을 거야."

처음 들어 보는 호(號). 마음을 조종하는 마왕에 대한 이야기는 들어 본 적 있었지만, 대부분은 공상에 가까운 뜬소문이었다.

"〈심마(心魔)〉는 최근에도 들어 본 적이 있었지만, 〈심신〉이라는 건 처음 들어 보는데."

"〈심마〉는 〈심신〉의 딸이야. 그 애는 자기가 가진 마안으로 사람의 마음을 읽는 것까지밖에 못 했어. 마안을 갖고 있다고 해서, 꼭 그 사물이나 현상에 간섭할 수 있는 건 아닌가 봐."

최근에 그 마안 때문에 소중한 사람이 고통을 겪었다. 방금 그 이야기로 미루어 보아 이스는 마안에 대해 다소의 지식을 갖추고 있는 모양이었다. 할 수만 있다면 물어보고 싶었지만, 그러려면 먼저 이자를 때려눕혀야만 했다.

"좋아, 엘마. 그 자신만만한 태도는 칭찬해 줄게. 역시 너는 내 자손이구나. 나도 예전에 그 사람을 만났을 때, 처음에는 절망했었지만, 다음 날에는 그 사람을 이길 방법을 궁리했었지."

"그리고 〈마검 크리슈라〉를 만들어 냈겠지. 당신은 지금도 그걸 후회하고 있나?"

"……그래, 조금."

이스는 손에 들고 있던 크리슈라를 빤히 쳐다보면서 말했다. 그 표정은 어쩐지 쓸쓸해 보였다.

"이 검은 사람들의 목숨을 너무 많이 빼앗았어. 그러니까, 차라리 만들지 않는 게 나았던 것 아닐까 하는 생각도 들곤 해."

"그럼, 이 기회에 알려 주도록 하지."

궁지에 내몰려 있는 마당에 왜 자기가 그런 이야기를 하려고 하는 건지, 엘마 스스로도 알 수 없었다.

단지, 기껏 마검을 만든 장본인이 바로 앞에 있으니, 이 기회에 꼭 말해야겠다고 생각했다.

"당신이 만든 마검이 우리를 구해 줬어. 당신이 이 마검을 만들지 않았더라면, 지금쯤 나와 내 동료들은 당신들과 같은 곳에 가 있었을지도 몰라."

즉, 〈혼의 천해〉 말이다.

엘마의 말을 들은 이스는 놀란 듯 눈이 휘둥그레졌다가, 이번에는 약간 쑥스러운 듯 웃었다.

"그래. 그렇구나. 그렇다면 내가 크리슈라를 만든 것도 완전히 잘못된 일은 아니었다는 거구나."

"그래, 당신이 만든 마검이 많은 사람들의 목숨을 앗아간 건 사실이야. 하지만 한편으로는 이 검이 사람들을 구해 주기도 했어. 어느 것이 옳은지는 모르겠지만, 적어도 나는 무제그와 싸우면서 당신의 마검이 내 손에 있는 걸 감사하게 느꼈어."

엘마는 마검 크리슈라를 상대의 눈 쪽으로 겨누고 말을 이었다.

"애석하게도 나는 이 마검의 힘을 제대로 활용하지 못하지만, 내 동료가 혼자 힘으로 크리슈라의 진정한 힘을 해방했어."

"혼자서……? 어느 시대에나 정신 나간 괴물은 있는 법인가 보네."

"플런더 크로우와 그 밖에 99명의 영령들을 계승한 아이지."

"아아, 플런더……. 들어 본 적 있어. 암흑전쟁이 끝날 때쯤에, 흑국 무제그에서 역사 전체를 뒤져도 얼마 없는 천재가 태어났다는 이야기."

플런더 크로우 무제그 이야기일 것이다.

"그나저나 너, 자기 술소는 쓸 줄 모르니?"

이스의 물음에, 엘마는 저도 모르게 입을 다물었다.

"그래, 그렇게 된 거였구나."

하지만 이스는 엘마의 침묵만 보고도 해답을 알아챈 모양이었다.

"하긴, 충분히 가능한 귀결이긴 하지. 훗날의 일족이 마검을 발동시키지 못하도록 모조리 술소를 버리게 되리라는 건, 마음속 한구석에서 짐작하고 있었어. 그래도 좀 우스운걸."

순간, 엘마의 눈앞에서 이스의 모습이 사라졌다.

——빠르다!

엘마는 발소리만으로 이스의 움직임을 감지하고 즉각 몸을 뒤로 돌렸다. 그곳에는 당장에라도 몸통을 베어 버리려 하는 이스가 있었고…….

"너, 술소를 갖고 있잖니."

이스의 마검을 막아낸 직후, 엘마는 이스의 검에 담긴 힘이 약해져 가는 것을 깨달았다. 당장 밀어내려고 했지만, 별안간 예상치 못한 곳에 감촉이 느껴지는 바람에, 오히려 몸에서 힘이 빠져나가고 말았다.

이스는 한 손으로 마검을 든 채, 다른 한 손으로 엘마의 왼팔을 만지고 있었다.

"혹시 너, 자기 술소를 해방시키는 방법을 모르는 거니?"

엘마는 자신에게 술소가 있다는 것조차 모르고 있었다.

자신만 술소를 갖고 있다 해도, 기본적으로 술소를 갖지 못한 가족들이 그 존재를 가르쳐 줄 수 있을 리가 없었다. 그래서 엘마는 자기 술소의 존재도, 그걸 해방하는 방법도 몰랐다.

"그렇구나. 그래서 너, 크리슈라를 그런 보통 검처럼 쓸 수밖에 없었던 거네."

다음 순간, 이스가 스스로 검을 거두고 뒤로 물러섰다.

그리고 곧바로 한 손 손가락으로 크리슈라의 칼날을 어루만졌다.

"〈마검 크리슈라〉, 부분 해방── 〈사상절단〉."

이스가 칼날을 어루만진 순간, 마검 크리슈라가 찬란하게 빛나며 칼날에 불꽃 같은 막이 휘감겼다.

"너에게 마검의 진정한 사용법을 가르쳐 줄게. 네가 사용하고 있는 상시 발동형 〈술식절단〉과는 다른, 진정한 **사상절단**이라는 게 어떤 건지를."

이스는 그렇게 말하고 자연스럽게 마검을 눈앞에서 휘둘렀다.

그 직후, 엘마의 몸은 보이지 않는 것에 끌려갔고, 정신을 차리고 보니 이스의 눈앞에 엎드려 있었다.

──무슨 일이 벌어진 거지?

엘마는 자신의 몸에 일어난 이상 현상을 제대로 이해할 수 없었다.

마치 보이지 않는 손이 몸을 잡아당긴 것 같은 감각이었다. 게다가 그 손은 인간의 힘으로 어떻게 해 볼 수 있는 것이 아니었다.

"방금, 나와 너 사이에 있던 공간을 절단했어."

이스가 말했다.

"공간을…… 절단……?"

엘마는 손을 짚고 필사적으로 몸을 일으켰다. 강렬한 힘에 끌려가는 바람에, 몸속의 내장이 빙글빙글 돌아 버린 것만 같은 느낌이었다. 불쾌한 역겨움과 복부에 남은 고통이 힘을 앗아 갔다.

"그래, 나와 너 사이의 공간을 절단되는 바람에, 나와 너 사이의 거리가 강제적으로 좁혀졌어. 세계의 보완 기능 같은 거라고나 할까? 어떻게 그렇게 되는 건지 엄밀하게는 모르지만, 공간을 절단했을 때 어떤 현상이 일어나는지는 경험을 통해 알고 있어. 절단된 공간에 가까우면 가까울수록, 물체는 그 보완의 힘을 강하게 받지."

엘마 이외의 물체는 이렇다 할 영향을 받지 않은 모양이었다. 굳이 찾아보자면 땅바닥이 살짝 볼록하게 솟아 오른 정도였다.

"이 검은 사물과 현상을── 나아가 그것들을 구성하는 〈세계식〉을 찢어발겨. 크리슈라의 가장 특징적인 능력은 다량의 술소를 사용해서 빛의 칼날을 날리는 전략 병기로서의 힘이 아니라, 오히려 이 사상절단 쪽에 있다고 할 수 있지."

그런 건 들은 적도 본 적도 없었다. 암흑전쟁시대를 거치며 실전된 칠제기(七帝器) 관련 정보는, 아마 그 거대한 빛의 검에 관한 정보뿐만이 아니었던 모양이다.

"일어서렴, 엘마. 지금, 너는 한 번 죽은 거야."

"큭……."

이스의 말은 사실이었다. 방금, 이스는 순식간에 자신의 숨통을 끊어 놓을 수 있었다. 적의 눈앞에 엎어져서 기어다녔다는 건, 거의 죽음이나 매한가지였다.

——잠깐. 그럼 이스는 왜 나를 죽이지 않은 거지?

적의는 드러내고 있다. 공격도 했다. 하지만 어째선지 이스는 자신을 죽이지 않는다.

그런 의문을 품었을 때, 돌연 엘마의 시야가 탁 트였다.

그리고 엘마는 보았다.

이스의 로브 안쪽, 그 다리 부근에서 빨간 피가 뚝뚝 떨어지고 있는 것을.

"너, 설마——."

"항상 상황을 주의 깊게 관찰하렴, 엘마. 그리고 전장에서는 한 시도 긴장을 풀어서는 안 돼."

이스가 문득 다정한 웃음을 지으며 말했다.

"두 번은 없을 줄 알라구."

이스는, 자신을 옥죄고 있는 〈사신〉의 네크로 판타즘에 저항하고 있었다.

지금 흐르고 있는 저 피가 바로 그 증거이리라.

"나 이외에도 여러 영웅들을 옭아매고 있으니까, 하나하나에 대한 속박력은 약해져 있어."

이스가 중얼거리듯 조그만 목소리로 말했다.

"──알았어."

그런 이스를 보고, 엘마는 다시 한번 의지를 가다듬었다.

"나는 당신의 후예라는 게 자랑스러워. 그러니까 더더욱, 당신의 마음에 부끄럽지 않은 힘을 보여 주지. 내가── 내가 바로, 지금 시대의 〈검제〉다."

엘마는 마검 크리슈라를 움켜쥐었다.

이스는 그런 엘마를 사랑스러운 시선으로 바라보았다.

두 자루의 마검이, 다시 칼날을 맞부딪쳤다.

제5막 【각자의 정상에】

"너, 내 자손이냐? 무지 크네."

살만은 어쩌선지 자신과 비슷한 모래색 머리칼을 가진 소년에게 우격다짐으로 끌려가고 있었다. 〈뇌신〉과 〈풍신〉을 상대로 2 대 1의 싸움을 벌이기 시작한 멜레아를 도우려 개입하려던 때였다.

뒷골목에서 나타난 그 소년은, 앳되어 보이는 외모와는 딴판으로 모든 일에 달관한 것 같은 눈매를 갖고 있었다. 그리고 그의 셔츠 속에서 강렬한 빛을 내뿜는 〈제스티스〉의 술식문양을 보았을 때, 살만은 모든 상황을 이해했다.

"너, 누구야?"

"셀렌 아우나스 폰 루터."

그것은 제8대 〈권제〉의 이름. 〈제스티스〉의 힘으로 자기 나라를 멸망시켰던, 당시 루터 가문 문주의 이름이었다.

"너는 자신에게 어떤 별명을 붙였지?"

"……살만."

"살만이라. 역대에 별로 없는 타입의 이름이군. 본명은?"

살만은 무언가에 몸을 결박당해 걷고 있었다. 무엇이 자신을 결박하고 있는 건지는 알 수 없었지만, 앞으로 움직이는 것 이외에는 몸이 움직여 주지 않았다. 마치 보이지 않는 거대한 손에 붙잡혀 있는 것 같은 느낌이었다.

"제우스 폰 루터."

"살만 제우스 폰 루터라. 하하, 거창한 이름이군. 내 것도 만만치 않지만 네 것도 대단해."

"나를 어디로 데려갈 작정이지?"

"조금 떨어진 곳에. 여기는 〈제스티스〉들끼리 싸움을 벌이기에는 너무 좁아."

이 남자는 정말로 셀렌일까? 이야기로 듣던 것보다 훨씬 차분해 보였다. 스스로의 감정을 〈제스티스〉와 함께 폭발시켜서 루터 왕국을 초토화시킨 남자라고는 도무지 믿어지지 않았다.

"궁금한가? 나는 틀림없는 셀렌이야. 루터 왕국을 멸망시킨, 바로 그 셀렌."

좀 불쾌하기는 했다. 소년 주제에 참 거만하게도 구는 녀석이라는 생각도 들었지만, 그저 철없는 어린아이처럼 보이지는 않았다.

"나도 영원히 어리기만 한 건 아니야. 이런 형태로나마 너보다 훨씬 오랜 세월 동안 세계를 살아 왔으니까 말이지. ……아니, 살아 왔다는 건 좀 안 맞는 표현이군."

셀렌은 상업구와 환락구 사이에 있는 광장을 발견하고는, 대

뜸 방향을 그쪽으로 바꾸었다. 살만의 몸 역시 반강제적으로 걷는 방향을 바꾸어서, 다시 무언가에 유도되듯이 나아가기 시작했다.

"그나저나 이건 뭐야? 대체 뭐가 날 결박하고 있는 거지?"

"뭐야, 안 보이는 거야? 너, 〈제스티스〉와 상성이 안 좋은 거냐?"

살만은 셀렌이 하는 말을 이해할 수 없었다.

어리둥절한 시선을 보내고 있으려니, 셀렌이 코웃음을 치며 말했다.

"보아하니 상성은 아주 좋은 것 같은데 말이지. ——아아, 네가 일방적으로 〈제스티스〉의 목소리를 거부하고 있는 모양이군."

셀렌은 손을 주머니에 찔러 넣은 채 입을 크게 벌려 "카카." 하고 웃었다.

"나는 〈제스티스〉의 힘을 사용해서 커다란 손으로 너를 결박하고 있어. 내 사념을 받아들인 〈제스티스〉가 내가 원하는 현상을 구현해 주고 있는 거지. 눈에 보이지 않도록 손을 써 두긴 했지만, 진정한 〈제스티스〉 사용자라면 볼 수 있을 거야. 이 손은 〈제스티스〉의 술소를 사용해서 만든 거니까. 네가 〈제스티스〉와 충분히 친화돼 있다면, 그 눈을 통해서 보이게 돼 있어."

광장에 도착하자 살만을 결박하고 있던 힘이 스윽 사라졌다. 결국 살만은 셀렌이 이야기한 커다란 손을 끝까지 보지 못했다.

"이거 생각보다 사태가 안 좋은가 본데. 아아, 나 때문에 훗날 세대의 〈권제〉들은 〈제스티스〉의 힘을 두려워하게 된 건가 보군. 그러면 〈제스티스〉 입장에서도 허무할 텐데."

"이런 건 없는 게 나아."

살만은 셀렌의 말에 살짝 울컥해서 대꾸했다.

그런 살만의 목소리를 들은 셀렌은 비웃듯이 코웃음을 쳤다.

"너는 평화로운 시대를 살고 있으니까 그런 소리를 할 수 있는 거야."

이게 평화로운 건가.

이 세계는 〈마왕〉에게 있어 험난한 세계다.

애초에 내가 누구 때문에 마왕으로 불리게 됐는지 알기는 하는 건가?

문득 살만은 눈앞에 있는 소년을 있는 힘껏 후려치고 싶은 충동에 휩싸였다.

"너는 기껏 〈제스티스〉의 호감을 사고 있는데 말이지. 어쩌면 나보다도 더."

"이 녀석이 인간을 좋아한다니 헛소리 마."

살만을 얼굴을 찌푸리고 말했다.

셀렌은 다시 재미있다는 듯 웃었다.

"아니, 〈제스티스〉는 인간을 좋아해. 자기가 달라붙어 있는 인간은 더더욱 그렇고. 그래서 제스티스는 자기가 빙의한 인간에게 기꺼이 힘을 빌려주려고 하지. 소지자의 소원에 부응하려고 말야."

다만, 하고 셀렌이 말을 이었다.

"그 마음이 너무 강렬해서 가끔씩 도를 지나칠 때도 있긴 해. 굳이 받아들일 필요가 없는 인간의 마음까지 받아들이려고 하는 거야. 그리고 재현하려고 하지. 〈제스티스〉는 악마나 괴물 같은 게 아니라, 어떻게든 소지자를 기쁘게 해 주려고 악전고투하는 어린애 같은 존재야. 어린애니까 부모에게 무시당하면 울 테고, 토라질 때도 있겠지."

그것 때문에 나라 하나를 멸망시켜 버리면 곤란하잖아. 살만은 마음속으로 씁쓸한 기억을 되짚었다.

"그러니까 소지자인 우리가 〈제스티스〉에게 길을 제시해 줘야 해. 힘의 사용법도 우리가 가르쳐 줘야 하고."

"대체 무슨 수로……."

대체 무슨 수로 이런 천방지축에게 제대로 된 힘 사용법을 가르치란 말인가.

"**대화**를 해. 그리고 감정으로 유도해. 보아하니 너는 자기 감정을 억제해서 〈제스티스〉의 힘을 억제하고 있는 것 같은데, 그건 그냥 찍어 누르는 것뿐이야. 자기 자신의 감정을 적절하게 발산시켜서 그 감정으로 제스티스의 힘을 유도하라는 거야."

그랬다가 자칫 잘못하면 또 예전의 참극과 같은 일이 벌어지고 말 것 아닌가.

"불안하겠지. 하지만 꼭 해야 하는 일이야. 제스티스는 그런 힘이야. 전란의 시대가 되풀이되는 이 세상에서, 루터 가문이 살아남으려면 그런 수단을 쓰는 수밖에 없었어. 문주란 원래 그런 거야. 일족의 우두머리인 문주는, 그 아슬아슬한 도전을 항상 성공시켜야만 해. 우두머리의 책임을 잊지 마라. 그리고 탄식하지 마. 너는 루터 가문의 왕자로서 삶을 얻었으니까."

자신이 원해서 그 자리에 태어난 게 아니었다. 살만은 저도 모르게 그런 말을 가슴속에 떠올렸다.

"도망치지 마, 살만. 도망치느니 차라리 자기 힘으로 자기가 원하는 환경을 손에 넣는 거다. 불운한 출신이나 부조리한 세계에 대해 한탄하는 건 누구나 할 수 있어. 진짜로 필요한 건 의지다. 비록 불행의 별 아래에서 태어났다고 해도, 포기하지 않고 자신이 원하는 것을 손에 넣으려 하는 굳은 의지. 너는 뭘 원하지? 네가 원하는 건 뭐지? 네가 이루고 싶은 건 뭐지?"

살만은 자기 자신에게 물었다.

──나에게는, 나 자신에 대한 대단한 소원은 없어.

돈도 필요 없다. 지식도 많이는 필요 없다. 누구나 한 번쯤은 원하는 영원한 생명도 탐나지 않는다. 자신은 기본적으로 열정이 없는 성격이다. 어쩌면 〈메아 네사이아〉 중에서 가장 주위 분위기에 휩쓸리는 게 자신일지도 모른다.

──그래도.

문득, 리나와 미나의 모습이 살만의 뇌리를 스쳤다.

──그 녀석들 같은 어린애들이 두 번 다시 세상에 안 나타났

으면 좋겠어.

그리고 그 어린 나이에 그렇게 끔찍한 비극을 겪은 두 사람이, 앞으로의 인생이라도 웃으며 살아갈 수 있게 해 주고 싶었다.

"나는 나 자신에 대해 원하는 건 별로 없어."

"흐음."

"하지만 지금 이 세상에는 차마 눈 뜨고 못 볼 것들이 있어. 그러니까, 내가 생각해도 제정신이 아닌 소리다 싶지만, 왠지 그런 걸 어떻게든 해결해 보고 싶다는 생각이 들긴 해. 아마 나는 선천적으로 손해 보는 체질인 거겠지."

허구한 날 사람들에게 놀림을 받곤 한다.

하지만, 실은 그게 그리 싫지만은 않았다.

자기 자신에 관한 강한 욕망이 없기에, 그렇게 주위 사람들과 얽혔을 때 자기 자신을 실감하게 될 때가 있었다.

"──그렇군."

셀렌은 잠시 침묵했다가 짤막하게 대답했다.

"그럼, 그 본능을 관철해 봐."

불현듯 셀렌이 자세를 고쳤다. 허리 높이로 든 오른쪽 주먹. 황당한 수준의 보라색 광자가 그 주먹에 모여들었다. 그런데도 미처 억누르지 못한 제스티스의 힘이 일렁일렁 타오르는 불꽃처럼 하늘로 올라갔다.

"이게 뭐야. ──말도 안 돼."

"이제부터 나는 네 소중한 걸 부술 거야. 그러니까 죽을 각오로 지켜내.”

별안간 셀렌의 시선이 살만에게서 벗어났다. 살만의 심장이 덜컥 요동쳤다. 재빨리 셀렌의 시선을 쫓아가니――.

“살!”“살~!”

눈물을 흘리며 자신에게 달려오는 쌍둥이의 모습이 보였다.

――윽.

“오지 마!!”

살만이 외친 직후, 굉음과 함께 셀렌이 주먹을 휘둘렀다. 보라색 광자가 거대한 불덩이와 같이 변해서 쌍둥이를 향해 날아갔다.

◆ ◆ ◆

“와악!”“꺄악!”

셀렌의 주먹에서 뿜어져 나온 화염 포탄이 쌍둥이의 머리를 아슬아슬하게 스치고 그 너머 건물에 적중했다. 단 한 번의 공격에 건물 세 채가 산산조각이 나 버렸고, 화염 포탄은 그러고도 기세가 죽지 않은 채 하늘로 솟구쳤다. 정신 나간 위력이었다.

“오랜만에 해방하려니 조정이 잘 안 되는데.”

셀렌이 실수했다는 듯 고개를 갸웃거렸다.

“왜 온 거냐!”

그러는 동안에 살만은 쌍둥이 곁으로 달려가서, 둘의 목덜미를 붙잡고 들어 올렸다.

"무서웠는걸!" "무서웠다구!"

뭐가 무서웠느냐고 물으려 했으나, 쌍둥이가 먼저 그 말을 가로막았다.

"아빠랑 엄마가 있었어!" "그치만 금방 없어졌어."

그 말을 들은 순간, 살만의 표정이 굳어졌다. 쌍둥이의 부모가 어떤 존재인지는 이미 알고 있었다.

〈수왕〉과 〈빙왕〉.

이 쌍둥이는 그 둘 사이에서 태어난 아이들이었다.

"없어졌다고?"

"딱 한 번 우리를 껴안아 주고, 사라져 버렸어." "아빠랑 엄마, 울고 있었어."

무언가 싸늘한 것이 살만의 몸속을 통과했다.

"왜 사라진 거지?" "오랜만에 다시 만났는데."

쌍둥이는 어리둥절한 듯 고개를 갸웃거렸다.

"아마 자살한 거겠지. 서로가 서로를 죽이는 식으로."

뒤에서 셀렌의 목소리가 들려왔다.

"그런 게 가능한 거냐?"

"가능해. 아무래도 우리를 다시 현세에 소환한 술사가 한 번에 여러 개의 혼을 소환시키는 바람에, 그 속박이 불완전한 상태에 머문 거겠지. 그리고 소환한 혼에 따라 속박하는 힘의 강약도 달라. 나는 스스로를 죽일 수 없지만, 어쩌면 그 영웅들은 내 경우보다 더 속박이 느슨했던 건지도 모르지. 그럼 서로를 공격하는 것쯤은 충분히 가능했을 거야."

그 말을 들은 순간, 이번에는 살만의 뱃속 깊은 곳에 부글부글 뜨거운 것이 끓어올랐다.

"빌어먹을."

쌍둥이가 그 사실을 모르고 있는 게 불행 중 다행이었다. 쌍둥이의 부모 역시, 그런 쌍둥이를 걱정해서 쌍둥이 몰래 자살한 것이리라.

두 번씩이나 부모의 죽음을 경험하지 않도록.

"정말이지, 빌어먹을 일이야."

그런 짓을 꾸민 〈사신〉에 대한 분노가 살만의 마음속에 소용돌이쳤다.

그 분노는 스스로 억누를 수 없을 만큼 거셌다.

"어이, 8대 문주."

살만은 쌍둥이의 머리를 다정하게 쓰다듬어 주고, 이어서 셀렌 쪽을 돌아보았다.

"방금, 나한테도 소원이 생겼어."

"호오."

"나는 이 빌어먹을 헛짓거리를 꾸민 〈사신〉을 죽여 버려야겠어. 무슨 일이 있어도 죽여 버려야겠어."

"나쁘지 않아. 분노는 인간의 감정 중에서 가장 거친 거니까. 〈제스티스〉도 분노에는 쉽게 감응하는 편이고."

그렇다면, 하고 셀렌은 말을 이었다.

"내가 마지막으로 등을 떠밀어 주마."

소년이 천진난만한 미소를 지어 보였다.

"해내라, 13대 문주. 나는 역대 문주들 중에서도 〈제스티스〉의 힘을 가장 잘 끌어낸 남자다. 네가 소원을 이룰 수 있는 방법은, 나를 죽이는 것밖에 없어."

셀렌이 다시 주먹을 움켜쥐었다. 표적은 아까와 똑같았다.

"어림없는 소리. 나는 이제 더 이상 참지 않을 거야."

그 순간, 살만의 양 주먹에 셀렌보다도 더 엄청난 양의 광자가 깃들었다.

살만의 머릿속에 목소리가 울려퍼졌다.

그것이 〈제스티스〉의 목소리라는 걸, 살만은 더 이상 부인하지 않았다.

"깨부숴라, 〈제스티스〉!!"

"뭐, 나쁘지는 않네."

"그러냐."

"아직 망설이는 부분이 있어. 너와 제스티스가 힘을 모으면 이 나라를 통째로 날려 버리는 것쯤 식은 죽 먹기였을 텐데."

"그러면 우리 집이 사라져. 그건 안 돼. 우리에게는 돌아갈 곳이 필요하다고."

"그렇군."

살만의 일격은 인간이 이해할 수 있는 경지를 초월한 것이었다.

살만은 셀렌의 주먹에서 발사된 광자 덩어리를 한 손으로 가볍게 쳐낸 다음, 단숨에 접근해서 온 힘을 다해 오른손의 제스티스를 휘둘렀다. 셀렌 역시 자신의 제스티스로 요격하려 했지만, 주먹과 주먹이 정면으로 격돌한 순간 셀렌의 팔은 몸의 반쪽과 함께 통째로 산산조각이 나 버렸다. 돌격의 순간에 발생한 폭음이 주위 일대를 뒤흔들고, 살만의 주먹은 문자 그대로 공간에 균열을 만들었다.

"주먹 한 번 휘둘러서 공간에 균열을 만든 건 아마 네가 처음일걸."

세계가 뒤흔들렸다. 공간에 난 금은 주위로 뻗어 나가서, 접하는 모든 물질들을 산산조각으로 깨부쉈다.

"──너, 죽는 거냐?"

"죽는 것과는 좀 달라. 난 원래부터 죽은 몸이니까."

"하지만 여기서 사라지는 거잖아?"

"그래. 나를 옭아매고 있던 술식은 방금 그 일격에 산산조각으로 날아가 버렸으니까."

셀렌이 몸 반쪽이 사라진 상태로 웃었다.

"뭐 남기고 싶은 말 있어?"

"없어. 그리고 이미 죽은 자인 내가 말을 남겨서는 안 돼."

살만의 머릿속에는 옛날의 참극이 떠올랐다. 확신은 할 수 없었지만, 살만은 이 남자가 정말로 원해서 루터의 비극을 일으켰으리라고는 믿기 힘들었다. 생떼를 쓰느라 국가를 반파시킨 〈마왕〉.

──정말 그랬던 걸까?

"네가 무슨 말을 하고 싶은 건지는 나도 대충 짐작이 가. 하지만 나는 그 일에 대해서는 아무 말도 안 할 거야. 후세의 판단만이 전부지."

"알았어. 그럼 8대 문주의 의사를 존중하기로 하지."

살만은 약간 쓸쓸한 표정을 보이며 고개를 끄덕였다.

"하지만."

그런데, 아직 남아 있던 몸의 반쪽마저 반짝이는 입자로 변해 사라지기 시작한 셀렌이 앞서 한 말을 부정하는 말을 꺼냈다.

"나는 루터를 좋아했어. 이 말은 거짓이 아니야."

그리고 셀렌의 몸은 완전히 빛으로 변해 사라졌다.

"……그래, 그렇겠지."

살만은 하늘로 떠오르는 빛의 입자들을 향해 부드럽게 말을 건넸다.

"제법 많이 좋아지긴 했지만, 역시 술소는 해방시키지 못하나 보네."

이스 엘르이자가 말했다.

"평생 안 하던 술사 노릇을 갑자기 하라니 될 리가 없잖아."

"하긴, 그럴 만도 하지."

엘마는 몸 여기저기를 베였지만, 그러면서도 가까스로 아직서 있었다. 호흡은 거칠어지고, 관자놀이에서 흐른 피가 뺨을 타고 턱에서 뚝뚝 떨어지고 있었다.

"하지만, 그렇게 안 하면 너는 나를 처치할 수 없을 텐데."

"꼭 그렇다는 보장은 없어."

"무의미한 발악을 좋아하나 보구나. 그런 것도 싫진 않지만, 그런 식으로는 세계를 바꿀 수 없어."

이스는 다시 마검 크리슈라를 움켜쥐었다.

"이제부터 네 마검을 쪼갤 거야. 부분 해방을 못 한 크리슈라로는 사상절단을 발동시킨 크리슈라를 더 이상 막을 수 없겠지. 그 검은 다른 어떤 검보다도 튼튼하지만, 그래도 한계는 분명히 존재하는걸."

그 말마따나 엘마의 마검에는 제법 많은 흠집이 나 있었다. 이스의 마검은 흠집 하나 찾아볼 수 없었다. 그것이 부분 해방이 끝난 크리슈라와의 차이이리라. 말하자면 존재의 격 자체에서 벌어지는 차이인 셈이었다.

"자기 힘으로 어떻게든 해결해야 해. 나도 이제 슬슬 이 네크로 판타즘의 결박을 버티기가 힘들어졌으니까, 네 마검이 부러지면 아마 그대로 그냥 너를 죽이고 말 거야. 슬픈 일이지만, 원망은 하지 말렴."

물론 원망할 생각은 없었다.

──원망하려거든 무력한 나 자신을 원망해야겠지.

그것이 〈검제〉로서 가진 마지막 고집이었다.

"그럼 시작할게."

"알았어."

엘마는 마검을 위로 비스듬하게 움켜쥐었다.

〈무상천수〉의 자세.

바질리아에서 멜레아가 선보였던 〈신 무의 일섬〉을 떠올리며, 눈을 감고 머릿속으로 수도 없이 반추해 보았다.

발소리가 들렸다.

이스가 땅을 박찼다.

눈을 떴다.

"〈제형삼식(帝型三式)·답절자전(踏切紫電)〉."

"〈제형일식(帝型一式)·무상천수〉."

앞으로 몸을 기울인 채 옆구리 높이에서 수평으로 날아드는 이스의 마검.

엘마는 그 검을 위로부터 요격했다.

본다. 그저 본다.

그 검을 절단하기 위해, 자신이 가진 온 힘을 검에 남아 휘둘러 내렸다.

그 순간 엘마의 눈에――

술식문양이 떠올랐다.

마검들이 격돌하는 순간에는 소리가 없었다.

한 박자가 지나서야, 비로소 챙 하는 소리가 울려 퍼졌다.

"――그런 방향으로 진화한 거구나."

이스는 칼날이 중간에 말끔하게 절단된 마검을 바닥에 떨어뜨리면서 가만히 웃음을 짓고 있었다.

반면에 엘마는, 흠집투성이가 됐을지언정 아직 원형을 유지하고 있는 마검을 바닥에 박은 채로 멈춰 있었다.

"보여 주렴, 엘마. 나도 그 사람도 이루지 못했던 기적의 증명을."

그 말을 듣고서야, 엘마는 이스 쪽을 돌아보았다.

"――참 아름다운 눈이구나."

엘마의 눈에는 은색으로 빛나는 술식문양이 떠올라 있었다. 엘마나 아이즈나 줄리아나의 것과는 다른, 완전한 별개의 마안.

"나는……."

"진정하렴, 엘마. 걱정 마. 지금 자기 자신에게 일어난 일을 찬찬히 떠올려 보는 거야."

"보, 보였어. 어디를 베면 당신의 검을 벨 수 있을지가."

엘마는 자기 자신에게 일어난 일에 당황한 듯, 약간 떨리는

목소리로 말했다.

"그건 바로 『참선(斬線)』이라고 하는 거야. 옛날에 그 사람이 그랬어. '모든 물체에는 참선이 존재한다. 그 선을 정확하게 베면, 그 어떤 것이라도 벨 수 있다.' 라고. 정작 그 사람은 참선을 볼 줄 몰랐던 것 같지만."

여전히 당황하고 있는 엘마에게, 이스는 다정하게 말했다.

"그 사람은 감각을 통해서 참선을 정확하게 베었어. 그것도 경이적인 일이긴 하지만, 지금의 너만큼 정확하게 벨 순 없을 거야."

"내가 대체 어떻게 된 거지?"

"너는 크리슈라의 부분 해방을 쓰지 않은 채 사상절단을 했잖아? 일반적으로 그건 있을 수 없는 일이야. 인간이 만든 술식은 벨 수 있지만, 그 이외의 것을 해방도 하지 않은 크리슈라로 베는 건 나도 못 하는 일인걸."

엘마는 무의식중에 참선을 포착하고 있었다. 피나는 노력 끝에, 자신도 모르게 몸에 익힌 힘이 있었던 것이다.

"너, 자기 재능에 대해 좀 더 긍지를 가지렴. 그리고 그 재능을 알아채 줘. 아까 너한테 했던 말은 거짓말이었어. 너는 내 자손이지만, 나나 그 사람에 비하면 훨씬 더 뛰어난 검술 재능을 갖고 있어."

그 사람──〈검마〉 신 무에게는 검술 재능이 없었다는 것인가. 이스의 말은 마치 그런 뜻처럼 들렸다.

"이상하니? 하지만 사실이야. 그 사람도 노력가였어. 상식을 초월한 노력가. 그 사람은 재능이라는 말로 쓸데없이 자신의 가치를 끌어내리지 않았어. 하지만, 한 번은 이런 말도 했어."

이스는 빛의 입자로 변해 사라져 가는 자신의 마검을 지그시 바라보며 말했다.

"'재능이란, 어느 분야의 정점에 다다르기까지 걸리는 시간의 차이다. 인간이 영원한 세월을 살 수 있다면, 무언가의 극에 달하는 데 재능은 아무 상관도 없을 것이다. 하지만 현실적으로 인간의 삶은 짧다. 그렇기에 재능이 없으면 정점에 다다르기 전에 죽어 버리는 경우도 있다.' ──평소에는 과묵하던 그 사람이, 그때만은 참 수다스러웠었지."

이스가 옛 추억에 잠긴 듯, 그러면서도 즐거운 표정으로 웃었다.

"하지만 그 사람은 이런 말도 했어. '재능의 차이라는 게 존재하는 건 사실이다. ──하지만, 그런 소리는 정신이 나갈 만큼 수련을 하고 나서나 해라. 아니면 죽은 뒤에나 해라.' 라고. 정말 너무하다니까. 죽고 나서 말하라니. 웃음밖에 안 나오지 뭐니."

그리고 그때쯤, 이스의 몸이 빛 입자로 변해 분해되기 시작했다.

"후우, 좀 피곤한걸. 내 혼을 강림시킨 매개체는 시체가 아니라 마검의 조각 쪽이었나 봐. 대체 어디서 찾아낸 건지 몰라."

그렇게 말하면서, 이스가 엘마에게 다가왔다.

그리고 가만히 엘마의 몸을 끌어안았다.

"너, 아직 아이는 없지?"

"어?!"

"후후, 보아하니 없나 보네."

이스는 즐겁게 웃었다.

"그리고 기껏 여자로서 멋지게 태어났으면서, 아직 남자도 모르는 모양이구나. 기왕이면 강한 남자를 붙잡아. 가까이에 너보다 강한 남자 있니?"

갑작스런 질문에, 멜레아는 반사적으로 멜레아의 모습을 떠올렸다.

"있나 보네. 하얀 머리 남자애?"

"그, 그걸 어떻게……."

"글쎄? 나도 잘 모르겠지만, 너를 통해서 그 애 모습이 보였어. 어쩐지 그 사람이랑 비슷해 보이는 애인걸. 눈매가 많이 닮았어."

이스는 엘마의 등을 부드럽게 쓰다듬으며 말했다.

"알겠니, 엘마? 애를 절대로 놓지 마. 나도 그 사람을 쫓아다녔지만, 그 사람은 남녀 관계에 대해 워낙 둔해서 헛물만 켰어. 그렇다고 내 남편을 싫어하는 건 아니었고 오히려 세상에서 제일 사랑할 정도지만, 첫사랑이라는 건 그것과는 다른 느낌이 있는 법이니까."

"아, 아니, 저기, 으, 으음……."

이스의 온기를 느끼면서, 엘마는 뺨을 붉혔다.

"검의 길을 갈고닦는 것도 좋지만, 어머니가 되는 것도 나쁘지는 않아. 나도 싸울 수 없게 되는 게 싫어서 애 낳는 걸 꺼렸었지만, 지금 돌이켜 보면 더 빨리 낳을 걸 그랬다는 생각이 들어. 아이를 키우는 건 검술을 익히는 것에 못지않게 즐거운 일이야. 덕분에 이렇게 널 만날 수도 있었고."

이스는 이제 거의 실체가 사라지다시피 한 상태였지만, 엘마는 그녀가 자신의 머리를 쓰다듬고 있는 걸 느낄 수 있었다.

"그러니까, 너도 그 하얀 머리 남자애를 붙잡아서 아이를 낳으렴. 뭐, 이런저런 이야기를 장황하게 했지만, 내가 한 말은 시대성의 영향을 받은 것 같기도 해. 이렇게라도 안 하면 그 암흑전쟁시대에서 살아남을 수가 없었거든. 강한 아이를 남기지 않으면 일족이 멸망하게 되니까. 하여튼, 아주 오래오래전 할머니의 시끄러운 잔소리라고 생각하고 머릿속 한구석에 넣어 두렴."

마지막으로, 엘마는 이스가 사라져 가는 몸으로 자신의 크리슈라 칼날을 어루만지는 것을 느꼈다.

"크리슈라, 부디 이 아이를 지켜 주렴. 그리고 언젠가 너에게도 평온이 찾아오기를."

흠집투성이가 된 크리슈라의 칼날이 눈에 띄게 수복되어 갔다. 이윽고 그 칼날은 흠집 하나 없는 완전한 상태로 돌아갔다.

"그럼 이만 가 볼게. 언젠가 네가 좋은 의미에서 〈검신〉으로 불릴 날이 오기를 기도할게."

그리고 이스 엘르이자는 빛이 되어 하늘로 올라갔다.

훗날 〈검신〉으로 불리게 될 여자는, 새로이 얻은 마안으로 그 빛을 바라보았다.

"꼭 전해 줄게, 할머니."

엘마는 소매로 눈물 젖은 눈가를 훔치고, 이내 발걸음을 돌렸다.

그리고 곧바로 동료들에게로 향했다.

"그렇게까지 말한다면 나와 반을 뛰어넘어 봐라, 멜레아."

"알았어."

〈오네이로스 대성당의 종〉이 울린 직후, 멜레아는 찰나의 빈틈을 찔러서 〈클리어 릴리스의 세 꼬리〉로 셀레스타를 날려 버렸다. 그 일격은 셀레스타가 순식간에 전개한 방패에 막혔지만, 충분한 거리를 벌게 해 주었다. 멜레아는 위에서 떨어지는 검은 바람의 벽을 올려다보았다.

——해석해야 해.

〈플런더 크로우의 마안〉을 의식적으로 발동시켜서, 검은 바람 속에 내포되어 있는 술식을 해석해 나갔다. 주위 수 킬로미

터 범위 안에 있는 것들을 모조리 짓눌러 버리며 내려오는 바람은 그러는 동안에도 멈추지 않았다. 서서히 회오리를 이루기 시작한 그것은, 마치 검은 태풍과도 같았다.

——조금 더.

막대한 양의 술식이 내포되어 있었다. 아름답게까지 느껴질 만큼 가지런한 술식이었다. 아마 그건 세계의 구성술식보다도 더 아름다우리라.

"아아——."

규칙적으로 회전하면서 이동하는 술식. 그 술식들은 차츰 공격 형태로 변해 나갔다. 멜레아는 눈 한 번 깜짝하지 않고 그 술식들을 바라보면서, 눈이 뜨겁게 달아오르는 감각을 느꼈다.

"아아아아——."

열기는 고통으로 변하고, 눈을 통해서 유입되는 정보들이 머릿속에서 정신없이 난반사를 일으켰다. 나아가서는 반이 만들어 낸 술식들뿐만이 아니라, 공간 속에 산재하던 완전 별개의 식들까지 보이기 시작했다.

그리고 멜레아의 눈에서 '금색 눈물'이 흘러내렸다.

"아아아아아아아아아아!!"

말로는 형언할 수 없는 비명이 터져 나왔다. 그래도 멜레아는 그 술식을 분석하려 했다. 양손을 하늘로 치켜들고, 마치 검은 바람의 벽을 받아내기라도 하듯 펼쳤다.

——직접. 안 돼. 그 전에 도시가 부서질 거야. 공간을, 통해

서, 힘을, 그곳에. 오른쪽에 있는, 저걸, 움직여서, ■ ■, ■ ■
■, 위. ■, ■ ■ ■.

눈에 보이는 술식의 어디를 어떻게 움직이면 그것을 분석할
수 있는가.

그 술식과 멀리서 접촉하려면, 세계를 구성하는 식의 어디를
어떻게 움직여야 하는가.

어째선지, 멜레아는 그것들을 알 수 있었다.

그리고 〈마신〉은 그날, 세계의 일부를——

스스로의 손으로 **움직였다.**

◆ ◆ ◆

"불발……?"

말도 안 되는 일. 셀레스타는 반이 만들어 낸 검은 바람의 벽
이 순식간에 흩어지는 걸 보고 내심 경악했다.

"종이——."

위를 올려다보니, 반이 만들어 낸 〈오네이로스 대성당의 종〉
그 자체가 사라져 있었다. 불길함을 자아내는 검은 종. 어느 신
화 속에서 인류의 멸망을 알렸다는 검은 종은, 어딘가로 사라
져 버렸다.

분위기를 살펴보니 반 본인도 이 사태에 곤혹스러움을 감추
지 못하는 기색이었다.

"멜레아……?"

문득, 셀레스타는 약간 떨어진 곳에 있는 멜레아의 변화를 알아챘다.

멜레아의 몸에서 금색으로 빛나는 술소가 쏟아져 나오고 있었다.

"저건——."

멜레아 안에는 술사였던 영령들의 술소가, 육체가 가진 허용량의 한계까지 들어차 있었다. 술소의 양으로 따지면 멜레아는 인류 전체로 따져도 가장 높은 경지에 위치할 것이다. 술소를 다루는 소체로서는 인류가 도달할 수 있는 정점에 달해 있다 할 수 있었다.

하지만 지금 멜레아의 몸에서 쏟아져 나오는 금색 술소는 셀레스타로서도 처음 보는 것이었다. 멜레아의 몸에 깃들어 있는 것은 영령들의 술소였다. 오랜 시간 동안 함께 지내 온 덕분에, 어떤 술소가 누구의 것인지 대충 알 수 있었다.

"저건 멜레아 본인의 술소군."

퍼뜩 깨달았다.

그와 동시에, 셀레스타의 머릿속에서 여러 요소들이 연결되어 하나의 해답을 낳았다.

"플런더와 레이라스가 희망을 발견한 게 바로 저거 때문이었어……!"

그때, 멜레아가 이쪽을 쳐다보았다.

눈에서는 술소와 마찬가지로 반짝반짝 빛나는 금색 눈물이 흐르고 있었다.

"———."

멜레아가 가만히 오른손을 흔들었다. 산들바람을 일으켜 보내는 것 같은 느릿한 몸짓. 저렇게 멀리 떨어진 곳에서 뭘 하려는 건가 싶었지만, 결과는 바로 나타났다.

"윽!"

폭풍. 술식을 전개하는 기색도 없었다. 셀레스타는 재빨리 손에 생성한 번개 검을 땅에 꽂아 몸을 지탱했다. 하지만 멀리서 멜레아가 무언가를 붙잡듯이 손을 움직이자, 그 번개 검은 스르륵 사라져 버렸다.

"뭘 어떻게 한 거냐, 멜레아!"

멜레아는 눈 하나 깜짝하지 않은 채 셀레스타를 쳐다보고 있었다. 그 얼굴에는 아무런 표정도 없었다.

어째선지, 셀레스타는 이 세계 자체가 자신을 노려보고 있는 것 같은 느낌을 받았다.

"셀레스타!"

위에서 반의 목소리가 들렸다. 반은 천사의 모습을 본뜬 여섯 장의 날개를 펼친 채 이쪽으로 날아오고 있었다. 반이 내민 손. 그것을 붙잡으려 했을 때, 멜레아의 시선이 반에게로 이동하는 것이 보였다.

"도망쳐! 반!"

"엇?!"

반이 멜레아 쪽을 쳐다보았을 때는 이미 늦었다.

멜레아는 다시 느릿한 동작으로 무언가를 밀어내듯 손을 흔들었다.

"컥──."

보이지 않는 힘에 떠밀린 것처럼 반의 몸이 나가떨어졌다.

멜레아는 그런 반의 몸을 다시 끌어당기듯 팔을 뒤로 뺐다.

나선형으로 나가떨어지던 반의 몸이, 이번에는 비정상적일 만큼 빠르게 반대 방향으로 끌려갔다.

반은 그대로 멜레아의 눈앞까지 끌려갔고…….

"으."

직접 그 손에 의해 땅바닥에 내팽개쳐졌다.

땅바닥에 내팽개쳐진 반의 몸은, 절반 정도가 땅에 파묻히다시피 한 상태였다. 그 몸은 움쭉달싹하지 못하고 있었다.

"〈세계식〉을 직접 움직인 거구나, 멜레아!"

셀레스타는 방금 그 일련의 상황을 보고 뭔가를 알아챘다. 세계식에 대해 플런더와 레이라스에게서 이야기를 듣지 못했었더라면, 상상도 하지 못했을 것이다.

그리고 그 두 사람이 〈이계초〉를 사용해서 이계로부터 멜레아의 혼을 불러 온 의미에 대해 생각해 보지 않았다면, 나올 리가 없는 해답이었다.

"미래를 바꾸는 힘."

세계를 변혁하는 힘.

셀레스타는 멜레아의 시선이 다시 자신에게로 향한 것을 느꼈다.

순간, 멜레아의 얼굴에 아까와는 달리 약간의 표정이 나타나 있는 것을 깨달았다.

"――."

미안, 셀레스타.

멜레아의 입이 분명 그렇게 움직였다.

"왜 네가 사과하는 거냐, 멜레아."

처연한 표정으로 금색 눈물을 흘리는 멜레아를 보며, 셀레스타는 살짝 웃었다.

"사과하려면 내가 해야지."

멜레아가 손을 움켜쥐었다.

셀레스타는 주위의 공간이 자기 몸을 압박해 오는 것을 느꼈다.

"성가시게 해서 미안하다. **뒷일을 부탁하마.**"

그리고 셀레스타의 몸은 짓이겨지는 동시에 빛의 입자가 되어 사라졌다.

땡강 하는 소리와 함께, 누군가의 **뼈**가 레뮤제의 도로 포석에 떨어졌다.

◆ ◆ ◆

"으으, 아파 죽겠네……."

셀레스타가 빛 입자가 되어 하늘로 올라간 직후, 멜레아의 발치에서 반이 신음을 흘리며 일어섰다.

"반……."

"오오, 멜레아군. 너, 엄청나게 강해졌잖아."

몸에서 흘러나오는 금색 술소와 눈에서 흘러내리는 금색 눈물. 멜레아의 얼굴에는 쓸쓸한 표정이 깃들어 있었다.

"그런 표정 짓지 마. 솔직히 네 몸에 일어난 변화에 대해서는 나도 잘 모르겠지만, 우리를 완전히 뛰어넘었다는 건 분명해. 기뻐하라고. 넌 지금 이 대천재에게 칭찬을 받았으니까."

"응……."

그래도 멜레아의 표정은 밝아지지 않았다.

"그나저나 그거, 네 몸에 대한 부담은 없는 거냐?"

"온몸이 엄청 무거워. 온 세계가 후려치는 것 같은 느낌이야."

"아아, 역시 그랬군."

반은 완전히 일어서서 옷에 묻은 먼지를 털면서 말했다.

"자기가 한 일이 어떤 건지는 알고 있는 거냐?"

"어렴풋이."

멜레아가 힘없는 미소를 지었다.

"머리는 안 아프고?"

"엄청나게 아프지만, 그동안 거칠게 단련을 받은 덕분인지, 이성은 유지할 수 있어."

"지금 네 눈에는 뭐가 보이지?"

"세계의 구성술식. ——〈세계식〉."

"레이라스와 똑같군."

반이 고개를 끄덕였다.

"하지만, 아마 레이라스보다 많은 게 보이겠지. 너는 다른 사람이 만든 식을 볼 수 있는 눈을 플런더에게서 받았어. 레이라스는 〈세계식〉을 볼 수 있었지만, 반대로 다른 사람이 만든 식은 볼 수 없었어."

반은 대충 먼지를 다 털어낸 다음, 바닥에 털썩 주저앉았다.

"〈백제의 마안〉이라는 거였지. 우리가 너한테 그 눈에 대해 안 가르쳐 준 것도 다 이유가 있었어. 딱히 세계식이 안 보인다고 해도 딱히 상관은 없었으니까. 레이라스가 말하길, 그걸 볼 수 있게 되면 인간은 절망하게 된다고 하더군."

"레이라스는 변함없이 밝은 성격이었던 것 같은데."

"그 녀석은 차원이 달라. 내가 본 여자 중에 그렇게 억센 여자는 없었어. 그리고 그 녀석은 갖추고 있었어. **인간으로서의 본분**을. 덕분에 미치지 않을 수 있었던 거야."

반이 몸을 젖혀서 하늘을 우러러보았다.

"사람의 식. 세계의 식. 그런 게 보이게 되면, 이미 결정된 것처럼 느껴지는 미래를 볼 수 있게 된다고 하더군. 그리고 그 미래는 더할 나위 없이 비극적이라는 거야. ……하긴, 사람의 식이 보인다는 건 생각만 해도 기분 나쁘긴 해."

"그럴지도 모르지."

멜레아가 가만히 고개를 끄덕였다.

"상대가 무슨 생각을 하는지 바로 알 수 있게 되잖아. 상대가 얼마나 살 수 있고, 언제 죽을 건가 하는 것도. 그러니 어쩐지 싫어질 만도 하지."

"응."

"미래는 어디까지나 가능성으로 남아 있는 편이 나아."

멜레아는 마음속으로 그런 반의 말에 강하게 찬성했다.

"하지만 말야, 레이라스는 자기 눈에 보이는 건 어디까지나 가능성일 뿐이라고 항상 이야기했었어. 단정적인 미래 같은 건 하나도 없다고."

그리고 반은 다시 멜레아의 눈을 정면으로 응시했다.

"그러니까 너도, 앞으로 많은 것들을 보게 될지도 모르지만, 레이라스가 한 그 말만은 절대로 잊지 말라고."

"알았어."

"좋아, 그럼 됐어. 그리고 또——."

반은 뒷머리를 벅벅 긁으면서, 이번에는 약간 힘을 빼고 말했다.

"너무 무리하지는 마. 너, 세계식을 건드렸잖아. 그건 신의 영역이라고 해야 할 일이야. 레이라스도 말했지만, 이 세계에서 인간의 몸으로 그걸 하려면 반동 때문에 쉽게 망가져 버린다는 모양이야. 건드린 부분을 보완하려 하는 세계의 압력에 의해 죽는다고. 당연히 세계의 구성술식을 수복시키기 위해 존재하는 정령들도 엄청나게 발생한다는 모양이지만, 그 정령들의 힘으로도 수정할 수 없는 부분은 세계의 식을 건드린 녀석에게 직접 돌아오게 돼."

이 세계의 인간 역시 세계의 일부이기에.

"레이라스는 내가 뭘 해 주기를 바랐던 걸까?"

"딱히 바라는 건 없었을 거야. 그냥 네가 원하는 대로 살아가기만 하면 된다고 생각했던 모양이니까."

"하지만 이 힘은——."

"멜레아."

반이 갑자기 멜레아의 옷을 잡아당겨서, 자신과 같은 눈높이가 되도록 그 자리에 앉혔다.

"착각하지 마. 레이라스가 네게 가능성을 남긴 건 사실이지만, 그렇다고 해서 의무까지 남긴 건 아니야. 그 힘은 어디까지나 네가 스스로의 의지로 사용하도록 남겨 준 거야. 그러니까 너무 복잡하게 생각하지 마. 그건 수많은 힘들 중에 하나, 그저 수단일 뿐이야. 네가 그 힘을 가지고 뭘 하건, 그건 네 마음이라고."

반은 단숨에 거기까지 말하고, 은색이 감도는 녹색 머리칼을 쓸어 올리면서 커다란 한숨을 내쉬었다.

"그나저나, 너에 대한 공격 충동이 어느새 사라져 버렸잖아. 네가 손을 쓴 거냐?"

"응. 반에게 걸려 있던 술식의 일부를 변조했어."

"그랬군. 셀레스타는——벌써 가 버렸나 보네."

반이 뒤를 돌아보니, 셀레스타의 모습은 이미 사라지고 없었다.

"셀레스타는 그냥 이대로 하늘로 돌려보내 줘도 된다고 했어. ——직접 물어본 건 아니지만, 식을 통해서 접촉했을 때 그런 부탁을 받았어."

"하하, 그 녀석답군. 새삼스럽게 이야기하는 게 쑥스러워서 그런 거겠지. 그 녀석은 과묵한 데다 감정 표현이 서투르니까."

쾌활하게 웃는 반의 모습을 보며, 멜레아는 깊은 감회에 빠졌다.

"자, 그럼 나도 슬슬 가 봐야겠어. 안 아프게 할 수 있겠냐?"

"당연하지. 뭐, 그렇게 여유가 많지는 않지만."

멜레아의 몸에서 쏟아져 나오는 금색 술소는 어느새 상당히 줄어들어 있었다.

"아, 자기 자신의 술소를 쓰는 거니까 평소처럼 무진장으로 쓸 수는 없다는 거군. 〈폭신화〉의 반동도 온 것 같고. 지금 생각해 보면 그 술식도 인간의 식을 건드리는 거라서 그렇게 자기 파괴의 반동이 오는 걸지도 모르지."

반은 "하여튼."이라고 말하며 다시 자리에서 일어섰다.

"했던 말 또 해서 미안하지만, 너무 무리하지는 마. 너는 〈이계의 혼〉을 갖고 있어서 세계식을 변조해도 반동이 적게 올지도 모르지만, 그래도 언젠가는 신에게 불벼락을 맞을지도 몰라. 나도 명색이 성 베르세우스라는 성인의 후예라서 하는 말인데, 신은 아마 있어. 그게 인간의 모습을 하고 있는지 어떤지는 알 수 없지만."

반은 마지막으로 농담처럼 말하며 웃었다.

"뭐, 그냥 그렇다는 거야. 그리고 또 하나, 앞으로 네가 해야 할 일이 있어."

커다랗게 기지개를 켜는 반을 보며, 멜레아는 고개를 끄덕였다. 반이 하려는 말은 이미 다 알고 있다는 듯한 태도였다.

"아마 **그 녀석**은 린드홀름 영산에 있을 거야. 레이라스도 거기 있을 테고. 지금까지는 가까스로 네크로 판타즘의 속박을 억누르고 있는 것 같지만, 아무리 그 녀석이라도 불리한 상황이야. 솔직히 지금 여기가 아닌 린드홀름 영산에서 얌전히 버티고 있는 게 더 신기할 지경이야. 자기 혼 자체가 술식에 의해 소환돼서 묶여 있으면서 그걸 반전술식으로 계속 중화해서 이성을 유지하다니, 나보다 어리지만 진짜 무서운 놈이라니까."

이윽고 반은 손을 내밀었다.

"하여간, 정도껏 잘해 보라고, 멜레아."

반이 내민 그 손을, 멜레아는 약간 쓸쓸함이 깃든 미소와 함께 마주 잡았다.

"맞아, 마지막으로 네 새로운 힘에 이름을 붙여 주지. 너, 지금 〈백신〉과 〈마신〉이라는 이름으로 불린다고 했지?"

"알고 있었어?"

"당연하지. 다들 네가 어떻게 됐는지 궁금해서 안달복달하고 있다고. 타일런트는 아예 '드디어 고유의 호를 얻었구나!'라면서 기뻐 날뛰기까지 했다니까. 그러니까, 이번에 네 안에서 싹튼 새로운 힘에는 네 호에 어울리는 이름을 붙여 주지."

불현듯, 반의 몸이 빛 입자로 변해 녹기 시작했다.

"——〈백신의 마안〉과 〈마신의 신위(神威)〉. 레이라스보다 더 자세히 세계의 식을 보는 눈과, 그 식과 접촉해서 신과도 같은 위력을 발휘하는 힘. 어떠냐, 내가 생각해도 멋있어 보이는데."

"좀 느끼한 것 같기도 한데."

"원래 그 정도가 딱 좋은 법이야. 괜히 겸손 떨 거 없어. 남자라면 멋부리며 살아야지."

그리고, 반의 혼은 빛으로 변해 하늘로 올라갔다.

"잘 있어라. 이번에는 진짜 작별이다."

하지만 잊지 마라.

우리는 항상 너를 지켜보고 있을 거다.

반의 말과 마음은 세계의 식 속으로 사라졌지만, 멜레아의 눈은 그것을 똑똑히 볼 수 있었다.

막간 【어느 관찰자의 추억】

　먼 옛날, 〈백제(白帝)〉 레이라스 리프 레뮤제가 미래를 보는 힘을 갖고 있다는 이야기가 떠돌았다.

　한 번은 그녀에게 그 진위를 물어본 적이 있었다.

　"레이라스, 네 눈에는 미래가 보인다던데 정말이야?"

　내가 그런 질문을 하자, 그녀는 약간 놀란 듯 눈이 휘둥그레지더니, 이내 평소와 다름없이 쾌활하게 웃으며 말했다.

　"그럴 리가, 말도 안 되는 소리잖아. 미래라는 건 정해져 있는 거야. 그런 게 눈에 보였다면 나는 이미 한참 전에 마음이 망가져서 삶을 포기했을걸."

　고지대의 꽃들이 흐드러지게 핀 그 산 정상에서, 레이라스는 적당한 바위에 걸터앉아 하늘을 올려다보며 말했다.

　"하지만 너는 지금까지 인간의 경지를 초월한 선견지명을 여러 번 보여 왔어. 미래를 볼 수 있는 게 아니라면, 그런 사례를 설명할 수 없을 텐데."

　"아니, 미래가 아니야, 크루티스타. 내가 볼 수 있는 건 어디까지나 '가능성'이야."

"가능성?"

"그래, 가능성. 내 마안은 이 세계의 갖가지 사물과 현상의 식을 볼 수 있게 해 줘. 공간에 산재하는 잡다한 식, 사람의 마음을 나타내는 식, 물건에 새겨져 있는 누군가의 사념식. 이 세계의 모든 것에는 다 식이 존재하는데, 나는 그런 걸 보고 '아마 이렇게 되겠지' 하는 식의 막연한 해답을 이끌어낼 수 있어."

"그게 바로 미래를 보는 거 아니야?"

"달라. 식이라는 게 꼭 고정적이기만 한 건 아니야. 특히 세계식은 갖가지 다른 식들의 영향을 받아서 하루가 다르게 변동되지. 막대한 양의 변수들이 상호 간섭을 일으켜서 때로는 전혀 다른 걸로 변하는 경우도 있어. 나도 그런 변화의 종착점까지는 읽을 수 없지. 내가 하는 건 기껏해야 그때 그때 식의 흔들림을 보고, 다음에 일어날 일을 경험적으로 예측하는 것뿐이야."

나로서는 도무지 이해할 수 없는 감각. 이 인간 소녀는 대체 어떤 세계를 보고 있는 걸까. 호기심과 동시에, 어째선지 두려움이 느껴졌다.

"그럼 〈시제〉의 시간 예측도 비슷한 원리냐?"

"그렇지. 크라우스의 마안도 그때 그때 주위의 세계식을 읽어내서 다음에 일어날 일을 예측할 거야. 다만, 크라우스는 아주 오랜 미래까지는 예측하지 못해. 대신 가까운 미래를 예측하는 데 능통하지만, 그것도 절대적인 미래는 아니야."

"어디까지나 가능성이라는 거군."

"그래, 예측 범위가 극히 짧으니까 어긋나는 일이 좀처럼 없긴 해. 그래서 절대적인 미래를 볼 수 있는 거라는 오해를 받지만, 그런 건 결코 아니야. 그 증거로, 플런더는 크라우스의 미래를 뒤엎어 버린 적이 있었어. 그 녀석이 미처 읽어내지 못할 만큼 막대한 규모의 술식을 어마어마한 속도로 전개하는 식으로 말이지."

"플런더답게 우격다짐으로 밀어붙였다는 거군. 지금은 요령껏 싸우지만, 예전에 그 녀석은 힘으로 상대를 찍어 누르는 식으로 싸웠었지."

옛날에 플런더와 싸웠을 때의 일을 떠올렸다. 그때의 플런더는 아직 성인이 되기도 전이었지만, 그 시점에 이미 온 세계 술사들의 정점에 서 있었다. 동서고금을 막론하고 갖가지 술식을 선보여서, 〈천룡〉을 상대로 대등한 싸움을 벌인 최초의 인간이 되었다.

"애초에 마안이라는 건 〈세계식〉을 보는 능력이야. 그리고 어느 식을 볼지——아니, 어느 식이 보일지는 각각 다르지. 식에 대해 친숙한 자가 가장 가깝게 느끼는 현상이나 사물에 대해 육감에 가까운 시력을 갖게 되는 거야. 〈술신〉은 인간이 만들어 낸 술식을. 〈시제〉는 자기 주위에 있는 이들을 비롯한 세계식의 흔들림을. 〈천마(天魔)〉는 더 넓은 범위의 물질적 세계식을. 〈매마〉는 시선을 마주친 자 안에 깃든 마음의 식을. 자기 눈에 보이는 게 정확하게 무엇인가 하는 건 아마 본인 스스로도 이해 못 할 거야. 그래도 그들은 각각의 식에 극단적으로 친숙해져서, 어느 선을 넘으면 마안이라는 형식으로 육감이 형성되는 거지."

"하지만 세계식을 본다는 것만 가지고는 설명이 안 되는 마안의 힘도 많아."

"세계식이 보이는 단계에서 한 발 더 나아가면 그 식에 간섭할 수 있게 돼. 〈매마의 마안〉도 그 가운데 하나지. 그건 시선이 마주친 자가 가진 마음의 식을 보고, 거기에 간섭할 수 있어. 내 생각에는 〈천마의 마안〉도 그와 비슷한 게 아닐까 싶어. 그건 먼 곳을 볼 수 있는 것 이외에 투시도 할 수 있는데, 생각해 보면 하늘에서 보는 것만 가지고 투시까지 된다는 게 말이 안 되잖아. 아마 그건 일정 범위의 세계식에 간섭, 동화돼서, 공간 내에 있는 세계식을 완전히 읽어내는 걸 거야. 그러니까 건물 안의 상황을 보는──혹은 느끼는──것도 가능한 거겠지."

"너무 어렵잖아. 도통 이해가 안 가는데."

"나도 같은 심정이야."

"그럼 레이라스, 너는 그 눈으로 뭘 보고 있는 거지? 혹시 그 보이는 것에 대해 간섭할 수도 있는 거야?"

"나는──."

그리고 레이라스는 멍하니 먼 곳을 바라보며 입을 다물었다. 화창하게 갠 하늘. 저 멀리 보이는 다른 산이 화사한 봄기운에 젖어 있었다. 얼마 후면 그 산은 신록에 덮여서, 사람들에게 아름다운 자연을 느낄 수 있게 해 주리라.

"그냥 보기만 하는 데 특화돼 있어. 그 대신 남들보다 많은 것들의 세계식이 보이지. 예전에 딱 한 번 세계식에 간섭해 보려고 한 적이 있었는데, 그 순간 내 손가락 두 개가 부러졌어. 세계식을 건드리려고 한 것뿐이었는데. 세계식은 보기에는 그냥 일렁거리는 것처럼 보이지만, 아무래도 실제로는 다른 사물이나 현상과의 연결이 굳건한 모양이어서 말야. 특히 내 경우는 건드릴 수 있는 세계식의 범위가 넓다 보니까, 뭔가를 조금만 움직이려고 해도 그 반작용 같은 게 내 몸에 퍼부어지더라고. 공간의 식에 간섭해서 손을 쓰지 않고 눈앞의 의자를 움직여 보려고 한 것뿐인데 그 지경이 됐으니, 더 큰 규모의 간섭을 했다가는 내 몸이 순식간에 부서져 버리겠지."

"큰 걸 움직이려면 그에 상응하는 내구력이 필요하다는 건가."

"아니, 내구력이 아니야, 크루티스타. 이건 몸이 튼튼하다고 해서 해결될 수 있는 게 아니야. 식을 움직이면서 발생한 반동이 자기 몸을 구성하는 식에 쏠리는 거니까. 아무리 우락부락한 근육을 가진 거한――이를테면 타일런트 같은――이라도 순식간에 망가질 수밖에 없어."

"그럼 많은 것들의 세계식이 보이는 게 오히려 불리하게 작용하는 셈이군. 일부 현상이나 사물에만 친숙한 상태라면 적당한 간섭만으로도 끝나니, 그 편이 피해도 적다는 거지?"

"뭐, 나는 세계를 어떻게 해 보려고 이 눈을 얻은 게 아니니까, 별 상관없어. 그리고 내가 눈에 보이는 범위의 세계식에 전부 간섭할 수 있게 되면, 아마 〈신〉에 버금가는 수준이 될 거야. 나는 인간으로 살고 싶어. 더 이상 세계의 족쇄에 얽매여 사는 건 질색이야."

"그렇군. ……하긴 그렇겠지."

거기서 대화를 마치고, 크루티스타는 마지막으로 레이라스의 얼굴을 쳐다보았다. 레이라스는 여전히 멍한 표정으로 먼 산을 바라보고 있었지만, 찰나, 그 눈에 더없이 쓸쓸한 빛이 깃드는 것이 보였다.

"그래도, 희망과 가능성은 남겨 둬야겠지."

레이라스가 중얼거린 말은, 그때의 크루티스타에게는 들리지 않았다.

제6막 【멜레아 메아】

"상국(商國)은 지금 상황이 어떻지? 당연히 동대륙의 패권을 잡고 있겠지. 안 그래?"

"애석하게도, 상국은 멸망했어요."

〈연금왕〉 샤우 주르 샤우드는 상업구 한구석에서 자신과 같은 금색 머리칼을 가진 남자와 대치하고 있었다.

"엉? 지금 웃으라고 하는 소리냐, 후예? 인마, 어떻게 하면 상국이 멸망할 수가 있는 거냐. 이 몸이 쌓은 막대한 부가 있잖아. 그것만 있으면 세상 모든 걸 다 살 수 있을 텐데. 자원도, 노동력도, 나라도."

"네, 당신의 대답에는 **일부** 동의해요. 돈만 있으면 나라도 살 수 있죠. ──하지만 예외가 있었어요. 그건 시대 배경이나 그때 당시의 흐름에서 강한 영향을 받은 것이었는데, 당신의 이론에 바람구멍을 뚫는, 비합리적이기 짝이 없는 거였죠."

샤우는 완전히 푼 머리를 레뮤제의 바람에 나부끼며, 요염한 미소를 지었다.

"아무래도 사람의 마음까지는 돈으로 사지 못한 모양이에요."

"헛소리. 사람의 마음처럼 사기 쉬운 게 없을 텐데."

"저도 그때까지는 그렇게 생각했어요. 하지만 실제로, 우리 〈연금왕〉 일족은 그렇게 쉽게 현혹당하는 인간의 마음에 굴복했어요."

샤우는 품속에서 금화 한 닢을 꺼내더니, 능숙한 손놀림으로 손끝에 올려서 빙글빙글 돌리기 시작했다.

"당신도 알고 있을 텐데요. 사이살리스 교라는 걸."

"칫, 그 짜증나는 거지 종교 말이군."

"당신이 죽은 뒤에, 윈저 상국은 사이살리스 교의 가르침을 받아들였어요. 이유는 여러 가지가 있었지만, 가장 큰 건 당신이 만들어 낸 빚을 청산하기 위해서였죠."

"엉? 빚?"

샤우와 비슷한 금발을 가진 남자는, 몸 여기저기에 달린 금 장신구를 짤랑짤랑 흔들면서 짜증 가득한 얼굴로 고개를 갸웃거렸다.

"당신은 연금술식을 너무 함부로 썼어요. 당신 때문에 윈저는 사방팔방에서 원한을 샀죠."

"하하, 대충 짐작이 가는군. ――뭐, 이런 거냐? 이 몸의 연금술에 감쪽같이 속아 넘어간 멍청이들이 패거리라도 짜서 공격해 들어왔다?"

"네, 물론이죠."

샤우의 대답을 들은 금발 남자는 커다랗게 웃었다. 양쪽 귀에 달린 금 귀걸이가 달빛을 반사해서 반짝반짝 빛났다.

"카하하, 바보 같은 놈들이군. 자기들이 무능한 건 생각도 안 하고 복수나 하려고 들다니. 거래할 때 못 알아챈 놈들이 잘못 이지. 금에 눈이 먼 그 놈들의 자업자득이라고. 진짜 웃기는 놈 들이야."

"남겨진 쪽 입장에서는 웃기 힘든 사태지만 말이죠."

샤우가 앞머리를 손으로 누르면서 한숨 섞인 목소리로 말했다.

"하지만 당연히 쳐부숴 버렸겠지? 내가 얼마나 많은 용병을 고용했는지 알기나 해? 상국은 용병의 나라잖아? 돈과 용병의 궁합은 최고지."

"네, 그 말씀 맞습니다. 물론 처음에는 이겼죠. 하지만 전쟁 이 계속되다 보니 상국은 점점 열세에 몰렸습니다. 그 이유를 아시겠습니까? 초대 〈연금왕〉 가르드 림 윈저."

금발 남자──가르드는 샤우의 물음에 연극적으로 고민에 잠기는 자세를 취했다. 모든 손가락에 금반지가 끼워져 있는 손을 턱에 대고, 금 구두를 신은 발끝으로 바닥을 톡톡 찍었다.

"글쎄다. 모르겠는데. 적어도 이 몸이 이끌었다면 그런 일은 없었을 거다."

"하하──."

샤우는 턱에 손을 짚은 채 살짝 몸을 숙였다. 마치 웃음을 참 는 것 같은 동작이었다. 가르드는 그런 샤우의 행동에 짜증이 났는지 미간에 주름을 지었다. 하지만──.

"정말이지 속 편한 분이군요. 전장을 모르는 멍청이는 이래서 쓸모가 없다니까요."

문득 샤우가 고개를 들었을 때, 거기에는 경멸과 분노가 뒤섞인 살벌한 표정이 깃들어 있었다. 가르드는 자기도 모르게 샤우의 그런 표정에 압도당했다.

"당신은 싸움이 인간의 마음에 미치는 영향을 모릅니다. 그러니까 돈만 있으면 이길 수 있다고 생각하는 거죠."

"그럼 아니라는 거냐?"

"아닙니다. 돈은 기껏해야 사람의 마음을 움직이는 수단 중에 하나일 뿐입니다. 그리고 인간이란, 극한 상황에 처하면 왕왕 돈 이외의 것으로 행동 방침을 정하죠."

샤우는 돈이 통하지 않는 경험을 수도 없이 경험했다. 최근에 메아 네사이아가 맞닥뜨렸던 싸움들도 그런 부류에 포함될 것이다.

"윈저 상국은 연승을 거듭했지만, 그 연승 때문에 용병들의 피로는 점점 더 쌓여 갔습니다. 그러다 보니 당연히 타국을 본거지로 삼는 용병들까지 끌어들이고, 당신 말마따나 돈의 힘으로 고용해서 방어 전력을 갖추었지만, 거기에도 한계가 있었죠. 서로 죽고 죽이는 전장에서 마음의 병을 얻은 병사들이 수도 없이 나타나고, 그렇게 된 자들은 이미 돈의 힘에 의한 영향을 받지 않게 됐습니다. 그들은 돈보다 휴식을 원했죠. 말하자면 평범한 일상과, 약간의 사랑을 말입니다."

"사랑? 사랑이라고?"

가르드는 도무지 못 믿겠다는 듯 눈이 휘둥그레졌다.

"제 입으로 말해 놓고도 좀 웃기기는 합니다만, 아무래도 인간이란 그런 눈에 보이지 않는 감정에 의해 움직이는 모양이더군요."

샤우는 호들갑스럽게 어깨를 으쓱했다.

"어찌 됐건, 돈의 힘에는 한계가 있었습니다. 그리고 처음부터 돈을 갖고 있는 자에 대해서는 힘을 발휘하기 힘들죠. 돈이 없는 자 입장에서는 매력적일지도 모르지만, 돈 많은 사람 입장에서는 그냥 많은 돈 중 일부에 불과하니까요. 물론 당신처럼 돈이란 많으면 많을수록 좋다고 생각하는 욕심 많은 사람도 있지만, 반대인 사람도 그에 못지않게 많습니다."

"잠깐…… 무슨 소리야? 설마 전쟁이 되풀이된 결과, 용병 놈들이 진이 빠져서, 사랑이니 뭐니 하는 황당한 것에 얼이 빠졌다는 거냐?"

"바로 그겁니다."

"정신 나간 놈들이군."

그런 가르드의 말이, 그의 생각을 여실히 나타내고 있었다.

"그때 그들이 도피 장소로 선택한 곳이 바로 아까 언급한 사이살리스 교였습니다. 우리 돈의 망령들의 생각과는 정반대에 위치하는 그 종교가 사람들의 마음을 구원했죠. ——뭐, 이번에는 그것 때문에 복잡한 말썽이 벌어졌습니다만."

샤우는 엄지로 금화를 튕겨 올리고, 떨어진 금화를 손바닥으로 움켜쥐었다.

"윈저는 그렇게 방어력을 잃고, 돈의 힘도 다해서, 화국(花國) 드리아드에게 흡수당했습니다. 지금은 그 드리아드도 사이살리스 교국에 흡수돼서 멸망당했지만요."

정말이지 종교의 힘이란 무시무시하다니까요. 샤우는 하늘을 올려다보며 즐거운 말투로 중얼거렸다.

"그럼 네놈은 뭐냐? 네놈은 윈저의 왕이 아니라는 거냐?"

"네, 저는 그냥 하찮은 장사꾼입니다. 왕이 아닐 뿐더러, 왕자도 아니고, 심지어는 〈연금왕〉도 아니죠. 저는 그저 평범한 상인. ……그렇게 살고 싶었는데 말입니다."

샤우는 한숨을 짓고 말을 이었다.

"이런저런 성가신 굴레들이 얽혀 있어서, 그럴 수도 없더군요. 누구 탓인가 하는 문제는 접어 두고, 저는 〈연금왕〉이 될 수밖에 없었습니다. 끔찍한 일이에요. 당신이 사람들 속에 남긴 악감정은 지금의 저에게까지 영향을 미치고 있으니까요. 덕분에 장사하기가 여간 힘든 게 아닙니다. 이름을 바꾸고 방식을 바꾼 끝에, 최근에 들어서야 겨우 궤도에 올랐지 뭡니까."

"방식을 바꿨다고?"

"간단한 겁니다."

샤우가 가르드를 가리키며 말했다.

"성심성의를 기울여 장사를 하기로 한 겁니다. 당신이 만들어 낸 비술을 쓰지 않고, 제 힘만 가지고 거래하기로 했죠. 제게는 교섭할 수 있는 입과 말재주, 상품을 알아보는 눈, 금화를 셀 수 있는 손가락이 있습니다. 돈을 모으는 데에는 이것만 있으면 충분하죠. 애초에 상국은 그런 식으로 발전했었습니다. 당신의 연금술식이 상국의 폭발적인 성장을 뒷받침한 건 사실이지만, 그건 양날의 검. 원저의 백성들을 현혹하는 패착이기도 했죠."

샤우가 말했다.

"〈연금왕〉가르드. 당신은 실패한 겁니다. 이 연금술식을 만들어 낸 재능 자체는 훌륭하다고 인정하지 않을 수 없습니다만 ——."

하찮은 장사꾼은 말했다.

"상인이 될 재능은 당신에게 없었던 겁니다."

샤우의 말을 들은 가르드는, 부들부들 떨면서 눈앞의 상인을 쏘아보았다.

"개소리…… 개소리 마! 이 몸은 천하의 〈연금왕〉이란 말이다! 고작 일개 상인 따위가 이 몸에게 시비를 거는 거냐! 이 자리에서 네놈 모가지를 따 버리겠다!"

"어디 한번 마음대로 해 보시죠."

샤우는 손 안에 든 금화를 가르드에게 던졌다.

"지금의 당신이 할 수 있다면 말입니다."

가르드는 샤우드가 던진 금화를 받고는, 즉시 주위를 둘러보았다.

"누구 없나? 누구든 좋다. 이 금화를 줄 테니까, 이 녀석을 죽여!"

그곳은 상업구. 아까 터져 나온 몇 번의 굉음은 여기에도 울려 퍼졌지만, 장삿속 투철한 상인들 중에는 아직까지 거기서 노점을 열고 있는 자도 있었다. 그들은 가르드의 우렁찬 목소리에 반응해서 시선을 돌렸지만…….

"왜 아무도 손을 안 드는 거냐! 돈이다! 돈을 주겠단 말이다!"

"제 조상이지만 참으로 안쓰럽군요. 자기 힘으로 어떻게 해볼 생각은 없는 겁니까?"

샤우는 품속에서 또 하나의 금화를 꺼내고는, 연금술식을 통해 그 금화를 검으로 변형시켜서 가볍게 움켜쥐었다.

"때로는 자기 힘을 쓸 줄도 알아야죠. ——자, 당신도 연금술식을 쓰시죠. 지금 이 자리에, 당신을 도와줄 사람은 아무도 없습니다. 당신이 믿어 의심치 않는 용병들도, 돈 때문에 당신을 따르던 신하들도, 돈을 뿌린 덕분에 당신 시중을 들던 시녀들도——. 아무도."

"비, 빌어먹을!!"

가르드 역시 연금술식을 사용해서 샤우드가 던져 준 금화를 검으로 바꾸었다. 공격 태세를 취했지만 그 자세는 엉성하기 짝이 없었다.

"그래요, 처음부터 그렇게 했어야 했습니다. 돈이 아니라 그 사람의 마음가짐이나 각오 같은 것에 이끌려서 목숨을 거는 바보도 있는 법. 저는 그런 자들을 알고 있고, 저 스스로도 조금은 그런 자들의 영역에 발을 들여놓았죠."

샤우의 뇌리에 멜레아의 모습이 떠올랐다.

"제가 생각해도 신기한 일입니다만."

돈의 가치는 변한다. 사람도 변한다. 샤우는 마음속으로 말들을 보태 가며, 이쪽을 향해 달려드는 가르드에게 전의를 돌렸다.

"――."

한 줄기 칼부림.

샤우가 정갈한 동작으로 휘두른 칼은 가르드가 금화로 만든 검을 두 동강 내 버리고, 그대로 그의 목을 겨냥했다.

"이 정도면 그럭저럭 잘 됐군요. 저도 제 앞가림 정도는 그럭저럭 할 수 있습니다. 엘마 양은 사사건건 투덜거리면서도 이런 검 사용법 같은 걸 가르쳐 주니까요."

샤우는 바닥에 쓰러진 가르드를 내려다보며 말을 이었다.

"아아, 그리고 하나 깜박하고 있었네요."

그 얼굴에, 요염하면서도 아름다운 미소가 번졌다.

"당신에게 준 금화, 실은 **평범한 돌**이었습니다. 당신이 만들어 낸 〈연금술식〉을 이용해서 세공했죠."

"망……할…… 놈……."

"정말이지 허술하기 짝이 없군요. 그렇게 방심해서야 가혹한 상인의 세계에서는 도저히 살아남을 수 없어요. 그러니까 순순히 〈혼의 천해〉로 돌아가시죠."

그리고 샤우는 문득 생각난 듯 말했다.

"아, 걱정 마십시오. **원저는 제가 다시 일으켜 세울 테니까.**"

샤우는 들고 있던 검을 다시 금화로 되돌려서 품속에 집어넣으며, 무미건조하게 발걸음을 돌렸다.

"샤우! 괜찮아?!"

바로 그때쯤, 귀에 익은 목소리가 들려왔다.

"네, 보시다시피."

소란을 알아채고 달려온 사람은 바로 멜레아였다.

머리칼은 하얗지만, 얼굴에는 눈물 자국이 있었다. 금색의 선이었다.

"당신이야말로 괜찮으신 겁니까?"

"그래, 나는 괜찮아. 여기에도 영령이?"

멜레아는 샤우 뒤에서 빛의 입자로 변해 가는 사람을 발견하고 긴장한 얼굴로 물었다.

"아뇨, 영령이 아니라 〈마왕〉이었습니다. 소위 〈악덕의 마왕〉에 해당하는 부류죠."

샤우는 "난감하게 말입니다."라고 쓴웃음을 지으며 말했다.

"혼자 처치한 거야?"

"그야, 처치할 수 있는 상대였으니까요. 저도 어느 정도는 싸울 수 있으니, 굳이 〈검〉 여러분의 힘을 빌릴 것도 없는 상대

정도는 제 손으로 처리하고 있습니다. 그러는 편이 더 효율적이니까요."

"하, 하긴 그야 그럴지도 모르지만."

멜레아는 약간 놀란 표정을 보이며 대답했다.

"걱정하셨습니까?"

샤우는 살짝 장난기가 들어서 멜레아에게 물었다.

그러자 멜레아는, 이번에는 약간 화난 듯 눈썹을 치켜 올렸다.

"당연하지!"

그 거침없는 대답에, 샤우는 오히려 당황했다.

몇 번 멍하니 눈을 깜박거리다가, 불현듯 웃었다.

"앗하하, 멜레아, 당신은 여전히 참 흔들림이 없네요."

"으응?"

"아, 그냥 혼잣말입니다. ──자, 늘 그렇듯 이번에도 느긋하게 이야기하고 있을 시간은 없어 보이니까, 다른 분들을 찾아보도록 하죠. 분위기를 보아하니 제법 많은 영령들이 그 〈사신〉의 술식에 의해 〈혼의 천해〉에서 내려온 모양이니까요."

"아아, 살만과 엘마가 각각 〈지식〉^{라즈라스}이나 〈지갑〉^{리스타르}의 동료들을 구하러 출동한 상태야. 이미 거의 다 구출했어."

"역시 〈에멜리〉 분들은 든든하네요. 구해낸 분들은 어디에 계시죠?"

"〈성수성〉에. 남은 건 샤우랑 몇 명뿐인데──."

그때, 별안간 성수성 족에서 폭죽이 터져 올랐다. 하늘로 올라간 폭죽의 빛 덩어리는 대성수의 꼭대기 부근까지 날아가서 커다랗게 터졌다. 빛의 꽃이 레뮤제 하늘을 물들였다.

"아, 저거 혹시 제가 교역을 통해 모은 폭죽 중에 하나——."

"신호야. 샤우 이외의 전원이 다 모이면 저걸 쏘라고 마리사한테 이야기해 뒀어. ——모두 무사하다는 거지."

그렇게 말하는 사이에 또 하나의 불꽃이 터졌다. 퍼엉 하는 나지막한 소리가 시가지에 울려 퍼졌다.

"메, 멜레아, 멜레아, 두 번째 폭죽은 무순 신호죠?"

샤우는 이마에서 식은땀을 뻘뻘 흘리며 멜레아에게 물었다.

"어……? 시, 실은 나도 잘 모르겠는데……."

"앗! 그 정신 나간 메이드!! 기다렸다는 듯 제 상품을 박살 내버리려고 드는 거 아니에요?! 앗, 그 여자, 방금 또 한 발 쐈잖아요……!! 어, 잠깐, 아니아니, 당신 그게 한 개에 얼마인지 알기나 하는 겁니까——!!"

샤우가 흥분한 얼굴로 성수성을 향해 내달렸다. 멜레아는 그런 샤우의 뒷모습을 쓴웃음 머금은 얼굴로 바라보다가, 샤우의 뒤를 따라 성 쪽으로 내달렸다.

◆ ◆ ◆

멜레아와 샤우가 성수성으로 돌아오니, 대성수의 뿌리와 이어지는 안뜰에 〈메아 네사이아〉에 소속된 마왕들이 모여 있었다. 〈에멜리〉 팀원들이 경계를 늦추지 않은 채 주위를 둘러싸고 있었다.

"예전에 비하면 진형이 제법 두터워졌네요."

멜레아와 샤우가 성수성 복도에서 안뜰로 나와 마왕들에게 걸어가고 있을 때, 마왕들의 방어 태세를 외부에서 본 샤우가 감탄 어린 목소리로 말했다.

"게다가 통솔도 잘 되고 있어요."

〈에멜리〉 멤버들이 외곽을 방어하고, 안쪽에는 〈라즈라스〉, 〈리스타르〉의 층. 그리고 그 중심부에는 〈메아 네사이아〉 지휘의 핵을 맡고 있는 〈천마〉 아이즈와, 그 호위인 〈수신〉 실라디스가 있었다.

"아이즈 양의 눈에 깃든 빛이 전보다 더 강해진 것 같은데요."

동료들의 보호를 받으며 중심부에서 〈천마의 마안〉을 발동시키고 있는 아이즈를 보며 샤우가 말했다.

"〈영령〉과의 접점이 아이즈의 힘을 촉발시켰거든. 게다가 아이즈는 술식도 사용할 수 있게 됐어."

멜레아가 기뻐하는, 그러면서도 약간의 쓸쓸함을 머금은 심란한 목소리로 대답했다.

"〈천신(天神)〉을 만났다나 봐."

"〈천신〉?"

"아이즈의 조상님이야. 대략 250년쯤 전의 조상님. 나를 키워 준 영령들 중에 한 명과 아는 사이였어."

"멜레아도 그 〈천신〉과 접촉한 건가요?"

"응. 내가 제일 먼저 아이즈 곁에 도착했으니까. 〈천신〉은 나를 보고, 내 안에 〈전신〉의 피가 섞여 있다고 했어."

사실이었다. 크기는 다를지언정, 멜레아의 몸에는 타일런트에게서 물려받은 인자가 짙게 이어져 내려오고 있는 것이다. 하지만 그걸 한눈에 알아보는 〈천신〉은 역시 보통내기가 아니었다.

"〈천신〉은 자기 자손이 이렇게 현재를 굳세게 살아가고 있다는 걸 알고, '내가 봤던 미래가 변했다'고 말했어. 그런 다음에, 걸려 있던 제약술식을 아이즈가 풀게 해서 다시 혼의 천해로 돌아갔어."

"자살한 건가요?"

"아니, 아이즈가 〈천신〉에게서 배운 술식으로 〈천신〉 본인을 보낸 거야."

그 말을 들은 샤우는 다시 아이즈를 쳐다보았다. 처음에는 아이즈가 스스로의 조상을 공격한 탓에 정신적 충격을 받은 게 아닐까 걱정했다. 하지만…….

"저 아가씨는 정말로 다부지네요. 굳센 의지까지 느껴질 정도에요."

전보다도 더 올곧은 자세로, 정신적인 동요 따위는 티끌만치도 보이지 않은 채 〈천마의 마안〉을 발동시키는 아이즈를 본 샤우는 저도 모르게 찬사를 토해냈다.

"게다가 이제는 내면만 강한 게 아니야. 방금 이야기했다시피, 아이즈는 제약술식에 의해 술식적인 능력을 봉인당한 상태였어. 아마 처음 태어났을 때 일족이 그렇게 만든 거겠지."

아이즈를 비롯한 〈천마〉 일족이 지금까지 어떻게 살아왔는지를 생각하면, 쉽게 상상이 가는 일이었다.

"그걸 해제시킨 덕분에, 아이즈는 지금 이 〈메아 네사이아〉 중에서 두 번째로 강한 술소 보유자가 됐어. 아이즈는 원래 머나먼 고대에 존재했던 〈라쿠카의 백성〉으로 불리는 일족의 피를 계승하고 있어서, 원래부터 〈천력술소(天力術素)〉에 대한 친화 능력이 있었어."

"높은 하늘에 존재한다는 자연술소 말인가요?"

"응. 〈천조(天鳥)〉가 사용한다는 이야기는 들었지만, 설마 아이즈의 일족이 그런 능력을 갖고 있을 줄은 몰랐어. 뭐, 아직 사용법이 익숙하지는 않은 것 같아서, 지금은 예전처럼 적 탐색을 맡기고 있지만."

그리고 샤우는 아이즈 옆에 있는 〈수신〉 실라디스를 쳐다보았다. 샤우는 당연히 그게 실라디스일 거라고 판단했지만,

"멜레아, 혹시나 해서 물어보는 건데, 저거, 실라디스 아가씨 맞죠?"

거기 있는 것은 연분홍색 털을 가진, 처음 보는 네 발 달린 짐승이었다. 외모는 늑대와 비슷했다. 체격은 대형견보다 한층 더 큰 정도고, 꼬리는 약간 굵었다. 그리고 가장 특징적인 것

은, 이마에 난 하나의 뿔이었다.

"환상종인가요?"

"실라디스가 할 수 있게 된 형태 변화 중에 하나래. 저것 말고
도 몇 가지 형태가 더 있고, 상황에 따라서는 그것들의 합성체
로 변할 수도 있다나 봐."

"참고로, 실라디스가 저 팔로 저한테 장난을 치면 어떻게 될
까요?"

"산산조각이 날 걸. 완력이 장난 아니니까. 실라디스 안에는
훨씬 더 많은 짐승들의 입자가 혼재돼 있어서, 짐승 형태로 변
신하면 그런 입자들이 발현돼서 신체능력이 폭발적으로 향상
돼. 실라디스는 지금까지 변신을 할 줄 몰랐지만, 이것도 선대
〈수신〉과 싸우면서 즉석으로 배웠다나 봐."

"당신들 같은 전투계 마왕의 선조들은 대체 왜들 그렇게 목
숨 건 단련을 시키는 건지 모르겠다니까요."

샤우는 넌덜머리가 난다는 듯 말했다.

"아무리 암흑전쟁시대를 겪은 사람들이라지만, 그래도 너무
험한 거 아닌가요? 사자들도 그렇게는 안 키울 것 같은데요."

"하하, 그건 나도 동감이야."

그리고 멜레아와 샤우는 그때쯤 동료들 곁에 도착했다.

"오래 기다렸지? 샤우를 데려왔어. 이제 전부 다 모였어."

"오오, 안 죽었냐?"

살만이 과장된 말투로 말하면서 샤우의 어깨를 두드렸다.

"너는 원래 죽여도 안 죽을 것 같은 녀석이기는 하지만."

"별말씀을 다. 저도 인간이니까 죽이면 죽습니다만."

"금화가 가득 든 항아리에 집어넣어 두면 금방 부활할 것 같은데."

살짝 토라진 샤우에게, 살만이 싱글싱글 웃으며 한 번 더 놀렸다.

"정말 그렇다면 편리하겠네요. 그 성질을 이용해서 장기를 팔아 돈을 긁어모으죠. 그러면 돈의 망령 본인도 아마 기뻐할 테니까요."

"잠깐, 거기 정신 나간 메이드. 본인 희망을 사실인 양 말하면 어쩌자는 겁니까."

샤우가 귀환한 걸 알아본 마리사가 순간 노골적으로 씁쓸한 표정을 지었다가, 이번에는 애써 태연한 얼굴로 말했다.

"음? 아닌가요? 명색이 돈의 망령씩이나 되시는 분이 너무 나약하시군요."

"어디부터 태클을 걸어야 하는 겁니까! 쉴 시간이라도 좀 주면 어디가 어때서……!"

"헛!"

"방금 코웃음 친 겁니까?!"

평소와 다름없는 실랑이. 마왕들은 말다툼을 벌이는 두 사람을 보고 평정심을 되찾았다. 그제야 그들은 모두가 무사히 모였다는 걸 실감한 것이다.

"아이즈."

그리고 멜레아가 중심에 있던 아이즈에게 다가가서 말을 걸었다.

"다른 이상은 없고?"

"응, 없, 어. 레뮤제 안에, 〈혼의 천해〉에서 불려 온 사람은 더 이상 없는 것 같아."

"그것까지 알 수 있어?"

생각지 못한 아이즈의 호언장담에 어리둥절한 멜레아의 눈이 휘둥그레졌다. 그러자 아이즈는 멜레아 쪽을 슬쩍 쳐다보며 미소를 지었다.

"보이, 니까. 〈혼의 천해〉에서 불려 온 사람은, 몸에서 나오는 술소 같은 게 보통 사람이랑은 달라서."

아이즈가 자신과 같은 수준의 눈을 발현시킨 게 아닐까 싶어서, 멜레아는 순간적으로 불안에 휩싸였다. 만약 정말 그렇다면, 아이즈는 자신이 〈백신의 마안〉을 사용했을 때와 동등한 부담에 시달리는 것 아닐까?

"식이 보이거나 하지는 않아?"

"식?"

아이즈가 아기 동물처럼 고개를 갸웃거렸다.

"식은, 안 보여. 말로는, 설명하기, 힘들지만, 막연하게, 차이를 알 수 있어."

"공간에 산재하는 세계식을 〈천마의 마안〉을 통해 보고, 거기에 있는 미세한 왜곡을 무의식적으로 감지하는 거겠지."

그런 말을 한 것은 멜레아가 아니었다.

"하심."

마왕들의 시선이 일제히 한 방향을 향했다. 대성수 쪽이었다.

"우리 쪽에서도 레뮤제 내의 피해 상황을 대충 확인했어. 부상자는 있었지만, 기적적으로 사망자는 안 생겼어."

거기에는 시녀 아이샤를 거느린 채 이쪽으로 걸어오는 하심의 모습이 있었다. 등에는 〈마창 클루타드〉를 걸머지고, 간소하면서도 튼튼해 보이는 경갑을 갖춰 입고 있었다. 보아하니 하심은 이곳으로부터 대성수를 사이에 두고 반대편에 있는 〈백왕성〉에서 걸어온 모양이었다.

"너희 때문이겠지만, 일부 이상한 목격 증언도 있었어."

멜레아 앞으로 다가온 하심이, 문득 서쪽 하늘을 가리켰다.

"서쪽 하늘로부터 '하얀 빛'이 날아와서 날뛰던 영들을 꿰뚫었다는 거야."

"그러고 보니 그 빛은 나도 봤어."

하심의 말에 살만이 대답했다.

"누가 한 짓인지는 모르지만."

"그건 나도 몰라. 하지만 방향을 고려해 보면——."

하심이 슬쩍 멜레아를 쳐다보았다.

멜레아는 홀로 뭔가를 확신한 듯 시선을 바닥에 떨어뜨린 채 굳어 있었다.

"뭐, 됐어. 멜레아, 너한테 이걸 주마."

그리고 하심이 아이샤에게 지시를 내려서, 작은 주머니에서 책 한 권을 꺼내어 멜레아에게 건네도록 했다.

"이건······."

"소동 전에 네가 〈백왕성〉 장서실에서 찾은 〈팔라디온의 광서〉야. 이제 너에게는 필요 없을지도 모르지만, 앞으로 또 정신없이 바쁘게 움직여야 하잖아. 읽을 시간이 있을 때 읽어 두는 편이 좋을 거야."

"······."

멜레아는 그 책을 받아 들고, 천천히 첫 페이지를 넘겼다.

"읽을 수는 있어. 하지만 읽으려고 하면 정신이 빨려 나갈 것 같은 느낌이 들어."

"조용한 곳에서 읽는 게 좋을 거야. 성으로 돌아가는 게 어때?"

하심의 제안을 받은 엘레아는 동료들의 얼굴을 스윽 둘러보았다. 멜레아의 시선을 받은 그들은, 저마다 고개를 끄덕이는 식으로 대답했다.

"알았어. 아마 그렇게 오래 걸리지는 않을 거야. 일단 〈성수성〉에 돌아가서 읽도록 하지."

그렇게 마왕들은 다시 안뜰에서 성으로 돌아갔다.

◆ ◆ ◆

멜레아는 동료들이 지켜보는 가운데 팔라디온의 광서를 훑어보기 시작했다. 장소는 옥좌의 방. 멜레아에게 이상이 생기면 바로 대처할 수 있도록, 〈의왕〉을 비롯한 마왕들이 근처에서 대기하고 있었다.

팔라디온의 광서를 넘기는 동안, 멜레아는 시종일관 침묵을 지켰다. 마치 혼까지 통째로 책 속에 빨려 들어간 것 같은 느낌까지 들었다. 멜레아의 눈에서는 금색 눈물이 흐르고, 눈동자 안의 술식문양 역시 금색으로 반짝이고 있었다.

얼마 후, 멜레아가 드디어 입을 열었다.

"──세계의 식이야."

우두커니, 멜레아가 말했다.

"이 팔라디온이라는 남자는 세계의 식을 풀려고 했어. 그리고 자신의 연구 성과를 이 책에 기록했어. 다만, 적는 방식이 끔찍하게 불친절해. 일반적인 언어와 술식언어가 마구 뒤섞여 있어. 아마 인간으로서 무언가를 설명할 만한 이성이 남아 있지 않았던 거겠지."

하지만 멜레아는 정신 나간 언어 형태로 적힌 팔라디온의 문장을 읽을 수 있었다.

"자기가 본 세계식을 직접 적어 넣은 부분도 나는 이해할 수 있어. 나는 요 몇 시간 사이에 상당히 많은 세계식을 봤으니까.

더불어——."

멜레아는 잠시 눈을 감고 눈꺼풀에 손을 가져갔다.

"이 눈 덕분이겠지. 술식으로 문자를 압축해 놓은 부분이 여기저기 있었는데, 이 눈이 있으면 그 압축된 부분도 정확하게 볼 수 있어. 팔라디온도 참 재미있는 술식을 썼단 말이지."

술사들은 저마다 독특한 감각을 갖고 있다. 모진 수련 끝에 얻은 감각이다. 이해나 분석 과정을 건너뛰고 직감적으로 알 수 있는 것. 아마 〈술신〉 플런더 크로우는 인간들이 만들어 낸 술식의 태반에 대해서, 그것이 어떤 효과를 갖고 있는지를 직감적으로 이해할 수 있었을 것이다. 멜레아 역시, 그런 플런더의 감각과는 약간 다르지만 비슷한 감각이 있었다.

"영령들의 훈련 덕분에 길러진 내 이상한 술식감각이, 팔라디온의 방식과 합치되는 부분이 많아. 직감만으로 반전술식에 도전했을 때와 비슷한 감각이야. 자동적으로 문자가 들어와서 의미를 이루는 식이지."

하지만 그것을 말로 설명하는 건 여간 어려운 일이 아니었다. 게다가 적혀 있는 내용이 세계식에 대한 것이었기에 더더욱 그랬다.

"이건 공간식. 이건 산테할리스 지방 하늘의 세계식. 굉장한 고공(高空)의 세계식이야. 천력술소의 존재를 증명하는 내용이기도 하고. 그리고 이건——."

멜레아는 책장을 휘리릭 넘겨 나갔다. 마치 좋아하는 책의 좋아하는 페이지를 소개하는 어린애 같은 태도였다.

"팔라디온은 천재야. 그러면서도 정말 겁이라는 걸 모르는 사람이야. 인간의 식에 대한 내용까지 정리해 뒀어."

호기심의 짐승. 그 짐승에게 압도적인 재능을 준 결과가 어떤 건지, 멜레아의 손에 든 책에 나타나 있었다.

"이건 해당 부분의 세계식이 어떤 건지를 실제로 본 자, 아니면 어떤 현상이나 사물에 대해 더할 나위 없는 친화성을 가진 자만 이해할 수 있도록 되어 있어. 나는 실제로 세계식을 본 적이 있어서 대충 알아볼 수 있지만, 그런 경험이 없다면 도저히 이해할 수 없을 거야."

"레이라스가 반쯤 읽을 수 있었던 건 〈백제의 마안〉으로 세계식을 봤던 덕분이었나 보군."

하심이 고개를 끄덕이면 말했다.

"맞아. 그리고 플런더는 인간이 만들어 낸 술식에 대해 폭넓게 통달하고 있었던 덕분에 해당 부분을 읽을 수 있었던 거지."

"그래 봤자 몇 페이지뿐이었어."

"세계의 식에 있어서, 인간이 만들어 낸 식이 차지하는 비중은 기껏해야 그 정도라는 거지."

멜레아의 표현을 들은 주위 마왕들은 꿀꺽 침을 삼켰다.

"하지만 이건 별로 좋지 못한 책이야. 레이라스가 그렇게 이야기한 것도 이해가 가. 팔라디온은 세계의 식을 너무 많이 본 나머지 절망하고 말았어. 아마 세계식을 통해 인간의 종말을 예상하고 절망한 모양이야."

몰라도 좋을 걸 알고 말았다. 광서 여기저기에는 그런 절망들이 욕지거리처럼 적혀 있었다.

"기분은 이해가 가. 이걸 보고도 절망을 품지 않은 레이라스의 정신력이 오히려 비정상적으로 강한 거라고 해야겠지."

멜레아는 레이라스의 굳은 의지를 새삼 실감했다.

"멜레아, 네 눈에는 우리의 종말이 보이는 거냐?"

문득 하심이 말했다.

"──아니, 안 보여."

멜레아는 말했다.

"미래는 원래 안 보이는 거야. 〈시제〉처럼 몇 초 정도 뒤의 미래는 볼 수 있을지도 모르지. 그때 그때의 상황과, 공간에 떠도는 몇 개의 세계식, 그리고 그 자리에 있는 인간의 식, 그런 것들을 종합적으로 해석하면, 단 몇 초 후에 일어날지도 모르는 일 정도는 알 수 있을지도 몰라."

하지만, 하고 멜레아는 말을 이었다.

"먼 미래는 나도 알 길이 없어. 나는 머리도 별로 안 좋고, 세계의 정세에 대해서도 잘 몰라. 레이라스나 팔라디온처럼 일반적인 지식과 사회정세 양쪽 모두에 해박한 사람이라면, 어쩌면 이런 세계식에 대한 지식과 앞날에 대한 상상력을 동원해서 특정한 미래를 단정할 수 있을지도 모르지. 하지만 내 생각에는 그래 봤자 하나의 가능성에 불과하다고 느껴져."

"그렇군."

멜레아의 대답을 듣고, 하심은 아주 잠깐 동안 무언가에 대한 생각에 잠겼다.

"그럼, 레이라스가 그 책을 보고 예언 같은 걸 남겼다고 해도——."

"필요 없어."

멜레아는 주저 없이 대답했다. 시선은 하심의 눈을 똑바로 꿰뚫고 있었다.

"내가 그 예언에 대해 아는 게 나에게 좋은 영향을 끼친다면, 레이라스는 나한테 그런 전언을 남겼겠지."

"그래. ——그럴지도 모르겠군."

"내가 할 소리는 아닌지도 모르지만, 영령들은 내 일에 대해서라면 사족을 못 썼어. 그러니까 그 영령들이 아무 말도 안 했다면, 그건 내가 알 필요도 없는 일이라는 뜻이야."

멜레아는 확신이 있었다. 눈 속의 빛은 조금의 흔들림도 없이, 강렬한 의지의 빛을 내뿜고 있었다.

"그럼 더 이상은 아무 말도 안 하마. 나도 미래란 결국 가능성일 뿐이라고 믿도록 하지."

"하심."

그러자 이번에는 반대로 멜레아가 하심에게 말했다.

"네가 알고 있는 게 뭔지는 나도 몰라. 하지만 그걸 맹신하지는 마. 애초에 너는 그런 걸 맹신할 성격도 아니고, 오히려 그걸 이용하려고 들겠지. 그래도 불안하다면 내가 말해 주지."

멜레아는 빨간 눈동자로 하심의 연청색 눈동자를 정면으로 응시했다. 그런 멜레아의 눈에는 더할 나위 없이 강렬한, 타오르는 듯한 의지의 빛이 깃들어 있었고, 자칫하면 그 빛에 잡아먹힐 것 같은 느낌까지 들었다.

"세계식은 흔들리는 거야. 제행은 무상하고, 모든 것은 바뀌기 마련이지. 레이라스가 봤을 때의 세계식과 지금의 세계식은 달라. 나는 내 눈으로 그 사실을 확인했어. 그러니까 만약 레이라스가 너에게 뭔가 예언 같은 걸 남겼다 해도, 그걸 무겁게 받아들이지는 마. 그리고——."

멜레아는 옥좌에서 일어나서, 팔라디온의 광서를 하심에게 던져서 되돌려 주었다.

"혹시 돼먹지 못한 미래가 보였다면, 내가 바꿔 주지."

멜레아의 몸에서 금식 술사가 일렁일렁 타오르기 시작하고, 공기가 찌릿찌릿한 긴장감에 뒤흔들렸다.

"나는 나 자신이 이 세계에게 있어서 이질적인 요소라는 걸 자각하고 있어. 〈이계초〉는 세계의 외부로부터 인자를 구해서 세계식을 왜곡시키는 거야. 레이라스도 그걸 알면서 나를 불러온 거겠지. 그러니까 내가 태어난 그 순간부터, 레이라스가 봤던 세계는 이미 달라져 있었던 셈이야. ——이미 미래는 바뀌었다는 이야기지."

하심은 그 사실을 알고 있었다. 미래가 이미 변했다는 걸 알고 있었다.

"그렇겠지. 안 그랬다면 지금 내가 여기에 있을 수도 없었을 테니까."

하심은 레이라스가 남긴 그 비문에 대해 알고 있었다. 그 비문에 적혀 있는 내용은 하심에게 있어서는 비극 그 자체였다. 하지만 그 내용은 이미 첫머리부터 부정되었다. 그 비문에 의하면——.

"나는 무제그와의 첫 번째 조우전에서 죽었어야 했어."

"……."

멜레아는 하심의 대답을 듣고도 동요하지 않았다. 아마 그럴 거라는 예상을 처음부터 하고 있었던 것이다.

"그러니까, 네 말대로 미래는 바뀌는 게 맞겠지."

"그럼 포기하지 마. 나는 단정된 미래 같은 건 인정 안 해. 가능성을 믿어."

"알았어. 네 말에 내 꿈을 싣도록 하지."

하심은 그렇게 말하고 고개를 끄덕였다. 옆에 있던 아이샤는 남몰래 눈물을 참고 있었다.

"그럼 멜레아, 너는 이걸 어떻게 할 거지?"

그리고 이야기는 본론으로 들어갔다. 현재 상황을 바탕으로 한, 앞날에 대해.

"나는 각지에 출현한 영령들을 모두 진압하고 올 거야. 에테르, 지금 쓸 수 있는 〈공제문〉은 얼마나 되지?"

멜레아는 별안간 〈공제〉에테르 쪽을 쳐다보고 물었다.

〈메아 네사이아〉에 가입하고 나서 비로소 멜레아의 압도적인 존재감을 목격하게 된 에테르는, 안절부절못하면서 대답했다.

"여, 여섯 군데 정도, 예요. 일단 각 대륙에 하나씩은 있긴 해요. 그리고――."

에테르는 꿀꺽 마른침을 삼키고 말했다.

"〈린드홀름 영산〉에도."

에테르의 대답을 들은 멜레아는 지그시 눈을 감았다. 기다란 속눈썹이 멜레아의 표정을 아름답게 물들였다.

"그럼 영산으로 가는 〈공제문〉을 쓰게 해 줘. 그 뒷일은 다 방법이 있으니까 걱정 마. 〈공제문〉이 없어도 각지로 쉽게 이동할 수 있어."

그 자리에 있던 모든 이들은 그런 수단이 뭐가 있느냐고 생각했지만, 멜레아의 확신에 찬 말투에 좀처럼 의문을 제기할 수 없었다.

"하, 하지만, 제 〈공제문〉은 불완전한 수준이라, 통과할 때 몸에 대미지를 입게 될지도 몰라요……."

아니, 아마 이 남자라면 그 정도 대미지쯤은 눈 하나 깜짝하지 않겠지. 에테르는 그렇게 생각하면서도, 가능성 중 하나를 정직하게 멜레아에게 이야기했다.

"그 대미지라는 건 외상을 말하는 거야?"

"대부분은요."

"그럼 괜찮아."

조금의 주저도 없이 괜찮다고 대답하는 자신감. 같은 차원 속을 살아가는 인간이라고는 도무지 믿기 힘들었다.

"나는 한 번 왕복하고 쓰러졌었는데 말이지."

옆에 있던 하심이 자조 섞인 웃음을 지으며 말했다.

"네가 한 번 왕복할 수 있는 정도라면, 더더욱 문제 될 것 없겠지."

"아마 그렇겠지. 너는 황당해서 웃음이 다 날 정도로 튼튼하니까."

하심은 기가 막힌다는 듯 어깨를 으쓱했다.

"그리고 부상을 입는 이유는 어렴풋이 짐작이 가. 문에서 나올 때 공간식을 좀 만지면 부상을 입을 일 자체가 없을지도 몰라."

"그건—— 그럴지도 몰라요. 〈공제문〉은 세계식의 일부인 공간의 식에 우격다짐으로 새로운 식을 쑤셔 넣는 술식이에요. 세계식과의 적절한 조화를 유지하기만 하면 부조화 자체가 안 생겨날지도 모르지만……."

그건 상식적으로 불가능한 일이다. 애초에 이 술식을 구축하는 본인에게 불가능하니, 다른 사람이 하는 건 더더욱 불가능할 것이다. 파격적인 효과를 가진 이 〈공제문〉이라는 술식은, 당연히 외부에 알려지지 않은 비술로 전승되어 왔다.

"나중에 한번 보여 줘. 나머지는 대충 맞출게."

"아, 네."

반론을 용납지 않는 멜레아의 목소리에, 에테르는 반쯤 뒤집히다시피 한 목소리로 대답했다.

그리고 멜레아는 다시 다른 마왕들에게로 시선을 옮겼다.

"샤우, 살만, 릴리움. 이제부터 내가 없는 동안에 어떻게 움직여야 할지에 대해 의논할게."

멜레아는 세 사람을 차례로 쳐다보며 그렇게 말했다.

"잠깐, 설마 너 혼자서 각지의 영령들을 다 진압하겠다는 거야?"

마지막으로 멜레아의 시선을 받은 릴리움이 항의하듯이 말했다.

"그래."

"혹시나 해서 물어보는 건데, 내가 말린다면 그만둘 거야?"

릴리움은 대답을 알고 있었다. 그래도 물어보았다.

"안 그만둬, 릴리움. 나는 이게 〈메아 네사이아〉에 있어서 가장 좋은 방법이라고 믿으니까."

그럴 줄 알았어, 하고 릴리움은 내심 생각했다. 이런 눈빛을 보일 때의 멜레아는 어지간해서는 자기 생각을 굽히지 않는다. 그리고 릴리움 스스로도, 멜레아의 방식이 〈메아 네사이아〉에게 있어서 상당히 유효한 수단이라는 것을 어렴풋이 이해하고 있었다.

"나 이외의 동료들은 린드홀름 영산으로 가는 〈공제문〉을 통과할 수 없잖아. 통과한다고 해도 대미지를 입게 될 테고. 그런 상태에서 사이살리스까지 가는 건 불가능에 가까워."

사이살리스. 멜레아의 입에서 나온 단어를 듣고, 다른 마왕들은 자신들이 어떤 임무를 맡게 될지를 확신했다.

"네가 영산에 올라가고, 거기부터 각지의 영령들을 진압하는 동안, 우리는 사이살리스 교국으로 가서 무제그와의 전쟁에 대비하라는 거지?"

릴리움이 모든 걸 알아챈 듯 말했다.

"맞아. 지금 사이살리스를 무제그에게 빼앗기는 사태는 피하고 싶어. 레뮤제 입장에서도 그럴 테고, 무엇보다 우리 〈메아 네사이아〉 입장에서 사이살리스를 무제그에 넘기는 건 반갑지 않은 전개야. ──아마 그 나라에는 많은 〈마왕〉들이 있을 테니까."

바질리아에서 레뮤제로 데려온 〈매마〉 줄리아나와 〈광마〉 자라스가 가만히 고개를 끄덕였다. 확실한 정보는 없지만, 그녀들도 자신들과 같은 처지에 놓인 마왕이 지금도 사이살리스 교국에 있을 거라 예측하고 있었다.

"만약에 정말로 거기에 마왕들이 있을 경우, 그 마왕들이 어떤 선택을 할지는 각자의 자유야. 그래도 우리가 내민 손이 그 마왕들에게 있어서 또 하나의 선택지가 될 가능성이 있는 한, 나는 손을 내밀 생각이야."

그렇게 다짐했다.

멜레아는 여기에 있는 마왕들에게, 그리고 하늘로 승천한 영령들에게 맹세한 자신의 결의를 꺾지 않았다. 가능성이 있는 한, 거기에 모든 것을 내던질 것이다.

"나는 〈메아 네사이아〉의 우두머리, 멜레아 메아니까."

훗날 〈백마의 주인〉으로 불리게 될 남자는, 이 이후로 한층 더 높이 비약하게 된다.

〈사이살리스 전역〉으로 불리는 이 세계 최대 규모의 싸움은, 이미 눈앞에 닥쳐와 있었다.

제7막 【언젠가 찾아올 재회를 위해】

"그럼, 사이살리스 쪽은 너희들만 믿을게."

멜레아와 동료들이 사이살리스 원정에 대한 협의를 마친 것은 소동이 있던 날 늦은 밤이었다.

둥근 달이 하늘에 떠 있었다.

보름달의 빛이 성수성 성문에서 로브를 걸치고 있던 멜레아의 하얀 머리칼을 아름답게 비추었다.

"벌써 가려는 거야?"

"응, 아무래도 시간이 얼마 없을 것 같아서."

조금 전, 아무렇게나 쏜 것 같은 하얀 빛의 포격이 서쪽에서 레뮤제를 향해 쏟아졌다. 조준이 엉망진창이라 하얀 빛은 영내의 경계선 부근에 떨어졌지만, 그 충격은 어마어마해서 시가지 전체를 크게 뒤흔들었다.

"그건 아마 '그 사람'의 술식일 거야. 이제 슬슬 〈사신〉의 네크로 판타즘에 저항하기가 힘들어진 거겠지."

"동대륙 각지에서 정체불명의 영체 출현 보고가 쏟아진 모양이야. 아마 간이로 〈혼의 천해〉에서 강령시킨 영령들이 아닐까 싶어."

릴리움이 붉은 불새, 그리고 또 한 마리의 투명한 물새를 어깨에 얹은 채 말했다.

"그렇구나……. 그나저나, 릴리움의 어깨에 있는 그 투명한 새는——."

"세리아스에게 죽은 마왕의 술식이야. 〈수제〉 미르 뮤르. 아까 그 소동 때 내 앞에 나타났었어. 내가 구해 주지 못한 마왕."

릴리움은 자조 섞인 웃음과 함께 말했다. 그 얼굴에는 쓸쓸함이 깃들어 있었다.

"원래는 너를 만나고 싶었던 모양이지만, 혈통이 가까운 탓에 내 쪽으로 왔어. 자기 대신 너를 지켜달라고 그랬어. 어쩌면 영산에서 만날 수 있을지도 모르니까, 만나게 되면 안부 전해 줘. 혈연으로 다지면 내 여동생에 가까운 것 같으니까."

"그랬구나."

멜레아는 릴리움을 격려하듯 다정하게 어깨를 쓰다듬었다.

"나도 그 애 이름을 기억해 둘게. 내가 구해 주지 못한 마왕이기도 하니까."

멜레아의 마음속에도 후회가 차올랐다.

"그런데 릴리움한테 온 건 그 애 하나였어?"

"아니, 초대 〈염제〉도 왔어. 초대 〈염제〉와 〈수제〉는 원래 남매지간이었는데, 둘 다 명력술소를 사용하는 술식을 개발했어. 나는 초대 〈염제〉와 〈수제〉에게서는 〈진홍의 명염〉 사용법을 배우고, 미르한테서는 그 애가 가까스로 세리아스에게 빼앗기지 않고 빼낸 명력술소를 받았어. 지금 나는 〈진홍의 명염〉과 〈유리의 명수〉를 쓸 수 있어. 최종적으로는 둘을 합쳐서 어떤 생물을 소환했는데——."

거기까지 말했다가, 릴리움은 "아니, 방금 그 이야기는 그만하자."면서 중간에 이야기를 끊었다.

"하여튼, 우리 쪽은 걱정 마. 우리도 싸울 수 있어. 너보다는 못하겠지만, 우리도 다른 마왕들을 위해 싸우고 싶어. 그 마음만은 모두 마찬가지야."

"응."

멜레아가 고개를 끄덕였다.

"사이살리스 교국 〈교황〉과의 대화는 제가 담당하도록 하죠."

그리고 그때, 릴리움 뒤에 있던 샤우가 입을 열었다.

"여러모로 인연이 있는 상대이기도 하니까요."

"샤우의 원래 목표가 바로 그 교황이기도 하지?"

멜레아가 웃으며 태연하게 말하자, 샤우는 놀란 듯 눈을 깜박거리며 말했다.

"알고 계셨습니까?"

"아니, 확신은 없었는데 한번 떠 보려고 한 말이야."

"……이거 한 방 먹었군요."

"동시에 너무 많은 걸 생각하느라 감이 좀 무뎌졌나 보네, 샤우."

그답지 않게 멜레아에게 당한 샤우의 눈은 한층 더 휘둥그레졌다.

반면에 멜레아는 즐겁게 웃고 있었다.

"애초에 샤우는 이런 상황에서 끝까지 숨길 성격이 아니니까. 그래서 걸려든 거야."

그렇지 않았다면 아무리 감이 둔해져 있는 상태라도 털어놓지 않았으리라. 샤우의 힘을 믿고 있는 만큼, 멜레아는 그렇게 생각했다.

"시저한테도 안부 전해 줘."

"네. 말씀하시는 걸 보니, 우리 셋이 어떤 관계인지도 아시는 겁니까?"

샤우의 물음에 멜레아는 고개를 가로저었다.

"그건 몰라. 아무리 내가 〈백신의 마안〉을 갖고 있다고 해도, 다른 사람의 과거를 전부 다 밝혀낼 수 있는 건 아니야. 샤우의 생각도 자세한 것까지는 알 수 없고, 나는 남의 마음을 마음대로 읽어내는 힘 같은 건 없어. 그러니까 걱정 마."

"당신이 남의 마음을 읽을 수 있다고 해서 그걸 악용할 것 같지는 않지만, 읽히는 입장에서는 마음이 불편할 수도 있겠죠. 나 참…… 〈교황〉도 당신을 좀 본받아 줬으면 좋겠네요."

샤우가 연극적인 몸짓으로 말하며 한숨을 지었다.

"그거면 충분해, 샤우. 자세한 건 같이 가게 될 살만이나 동료들한테 가르쳐 주도록 해. 샤우가 교황과 어떤 사이인지, 샤우는 교황과 만나서 뭘 하려는 건지. 만약에 샤우가 이런 상황을 겪고도 〈메아 네사이아〉의 일원으로 활동할 생각이 있다면, 이제 슬슬 동료들한테도 이야기해 주는 게 좋을지도 몰라. 목숨이 걸린 일이니까."

"하긴…… 그럴지도 모르겠네요. 처음부터 설명하자면 이야기가 길어질 것 같으니까, 먼저 어느 정도 생각을 정리해야겠지만, 제 과거에 대해서는 이제 슬슬 이야기할 생각입니다. 오히려 지금까지 캐묻지 않은 동료 분들의 태도가 감탄스러울 지경입니다만."

"그건 모두 〈마왕〉이라서 그런 거야. 모두 평범하지 않은 무언가를 짊어지고 있으니까."

이야기하면서, 멜레아가 성문 밖으로 걸어가기 시작했다. 멜레아가 걸어가는 방향에서는 〈공제〉 에테르가 술식 전개 준비를 하면서 기다리고 있었다.

"그럼, 나는 이제 슬슬 가 볼게."

그렇게 말하면서 또 한 발짝을 내디뎠을 때, 별안간 성 안에서 수많은 그림자들이 뛰쳐나왔다.

"멜레아!"

"멜레아 님!"

다른 마왕들이었다.

선두에는 엘마와 마리사가 있었다.

다른 마왕들은 릴리움과 샤우 뒤에서 멈춰 섰지만, 그 둘은 그대로 멜레아 곁까지 다가왔다.

"뭐야, 다들 왔잖아. 걱정 끼치기 싫어서 몰래 가려고 했는데."

멜레아는 쑥스러운 듯 쓴웃음을 지으며 엘마와 마리사를 맞이했다.

"네 생각쯤은 훤히 꿰뚫고 있어."

"그렇습니다. 당신은 싸움 이외의 면에서는 기본적으로 어벙하니까요."

마리사의 표정이 전에 없이 쌀쌀맞았다. 살짝 화났나 싶어 멜레아는 내심 짙은 쓴웃음을 머금었다.

"그래도 말리지는 않는구나."

"말린다고 그만두신다면 이미 그렇게 했을 겁니다. 하지만 그럴 일이 없다는 걸 알고 있으니까 굳이 말하지 않는 것입니다."

마리사가 멜레아의 손을 잡았다. 힘이 담겨 있었다. 그 손에 담긴 열기가 마음에 위안을 주는 것 같은 느낌도 들었다.

"꼭 무사히 돌아오셔야 합니다. 꼭입니다."

"걱정 마. 금방 돌아올 테니까."

"네가 하는 괜찮다는 소리는 믿을 수가 없어. 목적을 달성하리라는 건 의심 안 하지만, 네가 괜찮다고 할 때는 대개 너 자신이 무모한 짓을 하지."

엘마가 멜레아의 팔뚝을 붙잡았다. 마치 절대로 놓치지 않겠다는 듯이. 엘마의 속내가 그 행동에 드러나 있었다.

"하지만, 내가 이렇게 네 팔을 꽉 붙잡아도 너는 떠나가겠지."

"──응. 항상 걱정만 끼쳐서 미안해. 그래도 나는 가야 해. ──아니."

멜레아는 마리사의 손을 꽉 움켜쥐고, 다른 쪽 손으로 엘마의 어깨를 다정하게 어루만지며 말했다.

"나는 가고 싶어. 그러니까, 너희한테는 미안하지만, 다녀올게."

그렇게 말하고, 멜레아는 두 사람 쪽을 향한 채로 한 발짝 물러섰다. 동시에 마리사의 손에 잡혀 있던 손가락을 스르륵 빼면서, 엘마의 손을 부드럽게 뿌리쳤다.

엘마와 마리사는 한 발짝 물러서는 멜레아의 움직임에 맞추어 한 발짝 앞으로 나아가려 했다.

그러나 두 사람의 발은 앞으로 나아가지 않았다.

이성과 충동.

배웅하는 자로서의── 아니, 배웅하는 여자로서의 긍지가 두 사람의 발을 묶은 것이다.

"무탈하시길."

마리사는 연신 그 말을 거듭했다.

"나는 기다리고 있겠다. 언제까지고."

엘마가 힘차게, 한편으로는 약간 쓸쓸한 목소리로 말했다.

"꼭 돌아올 거야. 동료들 곁으로."

그리고 멜레아는 발걸음을 돌렸다.

에테르가 연 〈공제문〉이 멜레아의 몸을 집어삼키는 그 순간까지, 모든 마왕들은 멜레아의 뒷모습을 지켜보고 있었다.

언제까지고, 어디까지고, 커다란 주인의 뒷모습을 눈에 새기기 위해.

막간【영산 하늘에 일렁이는 마음】

"이제 슬슬 오겠네, 우리의 자식이."

"그래."

눈 쌓인 하얀 산 정상에 두 개의 그림자가 있었다.

하나는 회색 머리칼을 뒤에서 한 갈래로 묶고 있는 남자. 중성적인 미모와 부드러운 미소가 아주 잘 어울렸다. 키는 작은 편이 아니지만 몸의 선이 호리호리해서, 더없이 부드러운 인상을 주는 자태였다. 그러나 남자의 눈동자에 깃들어 있는 붉은 빛은, 그런 부드러운 인상과는 한참 동떨어진 날카롭고 형형한 빛을 내뿜고 있었다.

"너, 아까 그 애를 만나고 왔지?"

"……."

다른 한 사람은 머리에 하얀 베일을 쓴 여자였다. 훤칠하게 긴 팔다리에 그냥 밀기만 해도 쓰러질 듯 가녀린 몸집이었다. 하지만 그 자세는 늠름하면서도 아름다웠고, 베일 틈으로 쏟아지는 백발이 지면에 반사된 빛에 은빛으로 반짝반짝 빛나고 있었다.

"나는……."

여자는 하얀 베일을 천천히 걷어냈다.

그 속에서 나타난 얼굴은, 아마 이 세상에서 가장 아름답다는 형용사가 붙을 법한 미모가 깃들어 있었다.

"나는 너와는 달리, 성장한 멜레아를 본 적이 없었어……!"

지금까지 초연한 분위기를 풍기던 여자가, 갑자기 격앙된 듯 목소리에 힘을 주었다. 회색 머리의 남자를 바라보는 커다란 눈동자에 눈물이 고이고, 뺨은 열기에 홍조를 띠고 있었다.

"내, 아들이란 말이야……! 내 아들……!"

금색 눈동자가 눈물에 젖고, 그대로 흘러내린 눈물은 새하얀 살갗을 쓰다듬었다.

"그랬지. 네가 그 누구보다도 원했던, 네 아들이야. 네가 〈이계초〉를 쓰자고 우리를 설득하지 않았더라면, 그 애는 태어날 수 없었으니까."

"우우……."

여자는 양손으로 얼굴을 덮고 오열을 터뜨렸다. 그 모습은 마치 흐느끼는 작은 소녀 같았다. 초연하던 분위기는 이미 어디론가 날아가 버리고 말았다.

"다들 알고 있어. 네가 그 누구보다 그 애를 사랑했다는 걸."

"하지만 나는 이제 멜레아를 만날 수 없어. 가까이 가면 멜레아를 공격하고 말 테니까."

여자는 쉴 새 없이 흐르는 눈물을 연신 손으로 훔치고, 그러면서도 계속 울고 있었다.

"그건 싫어. 나는 죽어도 멜레아에게는 해를 끼치고 싶지 않아. 그러느니 차라리 나 자신을 죽이는 게 나아."

남자는 여자의 굳은 의지를 피부로 느꼈다. 소녀처럼 보이지만 어지간한 영령들은 한 수 접고 들어가는 그녀의 굳은 의지는 의심의 여지가 없었다.

"하지만——."

여자가 문득 말했다. 오열이 한층 더 커졌다.

"한 번이라도 좋으니까, 안아 볼 수만 있게 해 줘……!"

"……."

그것이 그녀의 소원. 본의 아니게 되살아난 그녀의 소원.

원래는 그것마저 포기하고 있었건만, 실제로 눈으로 보고 나니 그 마음을 멈출 수가 없었다.

"딱 한 번이면 돼……."

"알았어, 〈레이라스〉."

회색 머리의 남자—— 플런더 크로우 무제그는 다정한 목소리로 그녀에게 말했다.

"내가 시간을 만들어 줄게. 그러니까 그때까지 의식을 꽉 붙들어 매고 기다려 줘."

"플런더……."

백발의 여자—— 레이라스 리프 레뮤제는 눈물범벅이 된 얼굴로 남편을 쳐다보았다.

"나는 이미 그 애와 충분히 이야기했어. 그러니까 이번에는 널 위해서 내 시간을 모조리 바치도록 하지."

플런더는 하늘을 우러러보았다.

"너한테도 부탁하마. 보고 있지? 내 친구여. 그날 나누었던 약속을 지금 지켜 줘."

사람의 것이 아닌 목소리가 하늘에 울려 퍼진 것 같은 느낌이 들었다.

제8막 【<마신>과 <술신>】

린드홀름 영산은 지난날 그랬던 것처럼 그 자리에 당당히 서 있었다.

인간이 아닌 것의 기적. 띄엄띄엄 피어 있는 고지대의 꽃. 산에 쌓인 눈은 위로 올라갈수록 두꺼워졌다.

──저건 내가 예전에 훈련하다 도망쳐서 숨었던 동굴이잖아.

중턱에 이르렀을 때쯤, 멜레아의 시야에 낯익은 광경이 들어오기 시작했다.

──저기는 반과 셀레스타가 싸웠을 때, 그 여파로 무너진 바위산.

추억을 하나하나 되짚어 가며, 멜레아는 산을 올랐다.

──아, 저기에 〈미래석〉이 있었지.

이제는 그리운 기억이다. 모든 것이 아득히 멀게만 느껴졌다.

그리 오랜 시간이 지난 것도 아니건만, 아주 머나먼 길을 달려온 것 같은 기분이었다.

──저기 있는 건, 플런더.

그리고 얼마 후.

멜레아는 정상으로 향하는 낯익은 길로 들어섰고, 드디어 하늘과 가장 가까운 산 정상에 다다랐다.

"——."

시야 가득 펼쳐지는 세계. 가깝게 느껴지는 구름.

구름 사이로 쏟아지는 수많은 별빛들은 달빛과 함께 정상을 반짝반짝 비추었다.

구름이 걷히고 보름달의 빛이 비추었다.

그 빛은 모든 것들을 드러냈다.

동료들과 함께 만든, 백 개에 달하는 영령들의 무덤.

모든 일이 시작된 그날, 무제그의 연계술식에 의해 매끄럽게 깎여나간 절벽.

약간 먼 곳에, 어린 시절을 보냈던 석조 오두막이 있었다.

——아아.

그리고 멜레아는 그 정상의 중심에서, 자신이 영산을 내려갔을 때와 같은 복장으로, 같은 광채를 내뿜는 빨간 눈동자로, 지난날 수도 없이 보았던 그 다정한 미소를 머금은 채 자신을 기다리는 남자를 보았다.

——맞아.

영산을 내려갔을 때 입고 있던 옷은 그의 옷이었다.

팔에 찬 팔찌며 벨트에 달린 장신구, 자신이 몸에 지니고 있는 것들은 모두 그들이 생전에 지니고 있던 것들이었다.

그러니까, 그가 그때의 자신과 같은 차림으로 여기에 있는 건 당연한 일이다.

"여어, 멜레아. 오랜만이네."

플런더 크로우 무제그.

〈술신〉이라 일컬어졌던 왕년의 영웅이, 다시 〈마신〉 멜레아 메아 앞에 모습을 드러냈다.

──좀 젊어진 건가.

자신이 마지막으로 보았던 때의 플런더에 비하면, 나이가 약간 내려간 것 같은 느낌이 들었다.

아마 〈네크로 판타즘〉에 의해 전성기 상태로 소환됐기 때문이리라.

움직임의 편의성을 중시해서, 회색의 긴 머리칼은 한 가닥으로 묶어 두고 있었다.

"그래, 플런더. 엄청 오랜만에 만나는 것 같네."

멜레아는 하얀 머리칼을 설산의 바람에 나부끼며 플런더를 향해 웃어 보였다.

"아직 해도 바뀌지 않았는데, 벌써 몇 년은 지난 것 같은 느낌이야."

"나도 같은 기분이야. 네 얼굴이 워낙 많이 달라져 있어서. 생김새가 달라진 게 아니라, 뭐랄까, 참 많은 경험을 했구나 하는 생각이 드는 얼굴이라고나 할까."

"응, 참 많은 일들이 있었어. 무제그와 대치하기도 했고, 무제그의 지금 왕자와 만나기도 했지."

"그렇군. 그럼 이제 나에 대해서도 알고 있겠구나."

"——응."

플런더가 미안한 듯 약간 자조 섞인 웃음을 지었다.

"무제그의 지금 왕자를 만나니 어땠지?"

"이런저런 생각이 들었어. 결국 적대하는 형태가 되긴 했지만, 그 녀석 역시 이 시대의 희생자 가운데 하나일지 모른다는 생각도 좀 들었어."

멜레아의 뇌리에 세리아스의 모습이 떠올랐다. 플런더와 같은 회색 머리칼을 가진, 자기 또래의 청년.

"넌 정말 착하구나. 그 녀석은 〈마왕〉을 사냥하고 있을 텐데."

"맞아. 모국을 위해 마왕을 사냥하고 있어. 그 녀석 안에는 다양한 마음들이 있었어. 왕자로서 모국을 지키려 하는 마음. 영웅으로서 백성들을 지키려 하는 마음. 옛 영웅을 동경하는 소년 같은 마음과, 플런더에 대한 복잡한 마음. 뭐, 아무리 그래도 난 그 녀석의 방식에 대해서는 절대 동의할 수 없어서 검을 주고받긴 했지만."

"아마 나한테도 책임이 있겠지. 나는 왕자로서는 실격이었으니까."

플런더가 쓴웃음을 지었다.

"나는 힘을 가진 자의 책임으로부터 도망쳤어. 그게 올바른 거라는 생각이 도저히 안 든다는 이유로 나라를 버렸지. 하지만, 어쩌면 다른 방법이 있었을지도 몰라."

"플런더는 틀리지 않았어. 어떤 게 옳은 건지를 정할 수 있는 사람은 아마 아무도 없을 거야."

그런데도 인간은 무언가에 가치를 붙인다.

올바른지, 올바르지 않은지.

혹은, 자신은 틀렸다고 생각하고 있더라도, 주위 사람들 중 대다수가 자신과는 다른 의견을 표한다면 자기 의견을 굽힐지도 모른다. 그것은 자신이 살아남기 위한 선택일지도 모르고, 거대한 흐름에 대한 두려움 때문에 택한 것일지도 모른다.

어찌 됐건, 모든 인간은 선택의 갈림길에 놓일 때가 있다. 그런 때 어떤 선택을 하는지는 그때까지의 행실이나 지금까지 쌓아 온 공적들, 그리고 스스로가 가진 의지의 강약에 의해 결정된다.

"나라라는 게 무엇인지, 나는 수도 없이 생각했어. 사람은 혼자서는 살아갈 수 없어. 그래서 사람들은 동료를 모으고, 협력하고, 나아가 집단을 만들지. 집단이 커지면 사람의 의지는 확산되기 쉬워져서, 막상 움직이고 싶을 때 발이 안 맞는 경우가 생겨. 혼자서는 살아갈 수 없는 인간에게 있어서, 그럴 때 일어나는 혼란은 치명적이지. 그래서 나라를 만들고, 법을 만들고, 스스로를 옭아매는 형태로 확실한 평온을 얻으려 하는 거야."

플런더가 손짓 몸짓을 더해 가면서 이야기했다.

"하지만 나라에도 여러 종류가 있어. 의견의 차이나 신앙의 차이 때문에 전혀 다른 종류의 나라가 만들어지는 경우도 있지. 그리고 서로와 서로의 의견이 부딪치고, 때로는 싸움으로 발전되기까지 해. 어쩌면 처음에는 선의에서 비롯된 충돌이었을지도 몰라. 더 좋은 삶의 방식이 있다면서 다른 의견을 중시하는 자들에게 설명하고, 상대가 납득하지 않으면 결국 힘으로 자기 의견을 관철시키려고 하지. 거기까지 가면 선의는 이미 악의로 변하는 셈이야."

"그렇겠지."

강요된 선의는 악의와 다름없다.

"서로를 존중할 수 있다면 그게 제일 좋은 일이야. 하지만 인간에게는 힘이 있었어. 그리고 인간에게는 욕구가 있었지. 타인에게 인정받고 싶은 욕구. 안전을 유지하고 싶은 욕구. 어딘가에 소속되고 싶은 욕구. 생리적인 욕구가 충족되고 나면 사회적인 욕구가 싹을 틔우지. 그런 욕구를 이루기 위해, 인간은 때로 타고난 힘에 호소하려 들곤 해. 편리하고 손쉬운 도구가 코앞에 떨어져 있으면, 그걸 쓰고 싶어지는 게 인간의 본성이야."

"하지만 인간에게는 그걸 억누를 수 있는 이성이 있어."

"그래. 그래도 인간은 이성을 통해 문제를 해결해야만 해. 힘에만 의존하면 처참한 싸움이 일어나게 돼. 목숨을 위협받는 싸움. 그 싸움은 인간의 생존 본능을 자극해서, 인간을 더더욱 격렬한 싸움으로 내몰아. 그러니까, 누군가가 막아야만 해. 하지만."

플런더는 말을 이었다.

"일단 한 번 시작된 싸움을 막으려면 어마어마한 노력이 필요해. 그래서 자연스러운 흐름에 맡기고 사태를 방관하는 자도 있는가 하면, 지금의 세상을 버리고 새로운 가치관 속에서 살아가려 하는 자도 있지. 어쩌면 나는 그 양쪽 모두에 해당하는지도 몰라."

플런더의 말에, 멜레아는 고개를 가로저었다.

"그래도 플런더는 나를 불렀어. 그리고 내게 희망을 맡겼어. 모든 걸 다 포기했다면 그런 행동을 하지는 않았을 거야."

"너는 정말 말주변이 좋구나."

플런더가 쑥스러운 듯 머리를 긁적였다.

"하여튼, 그런 사회적인 싸움 끝에 태어난 게 바로 지금 시대의 〈마왕〉이야. 그리고 처음으로 나타난 〈마왕〉이 인간의 생존 본능을 직접적으로 뒤흔드는 위협이었기에, 그 단어는 뿌리 깊은 악감정의 근원이 됐어. 〈마왕〉이라는 단어에는 인간의 악감정을 사는 모든 성질이 집약돼 있지. 승인 욕구, 자신의 존엄을 확보하고자 희생양을 만들어내려 하는 성질, 안전을 위해 다수파에 속하고자 하는 소속 욕구. 모든 방면으로부터의 위협에 대항하기 위해, 인간은 〈마왕〉을 제물로 삼았어. 어쩌면 희생을 전제로 한 시스템으로서는 뛰어난 시스템일지도 몰라. 적은 희생으로 많은 사람들의 마음을 구할 수 있으니까. 하지만 그건, 그런 인간의 부정적인 감정에 스스로 저항하고자 하는 근본적인 의지를 포기한 해답이야."

인간은, 인간 스스로가 만들어 낸 악에 맞서는 걸 포기해서는 안 된다.

"맞서는 건 괴롭지. 하지만 그걸 만들어 낸 책임은 인간에게 있으니, 내팽개쳐 버리는 건 잘못된 거라 생각해. 자연스러운 흐름에 맞춰 살아가는 게 최선이라는 생각도 들지만, 그게 곧 자기 책임을 내팽개쳐도 된다는 뜻은 아니야. 스스로 의식해서 자연스럽게 흐름에 녹아드는 것과, 체념하고 흐름에 몸을 맡기는 건 의미가 많이 달라. 나는 네가 후자를 선택하는 건 원치 않아."

플런더는 "주제넘은 소리지만 말이지."라고 덧붙였다.

"뭐, 굳이 내가 이런 말 안 해도, 너는 지금 이렇게 맞서 싸우고 있지만."

살포시, 플런더가 부드러운 미소를 지었다.

멜레아는 그 말에 가만히 고개를 가로저었다.

"나도 모든 것에 다 맞서고 있는 건 아니야. 이 세계의 가치관에 몸을 맡기고 있는 부분도 적지 않게 있어. 나는 이미 이 손으로 사람의 목숨을 빼앗은 적이 있으니까."

멜레아는 자손의 양손을 펼쳐서 바라보았다.

"나도, 동료를 지키기 위해 인간의 목숨을 빼앗았어."

"그 점을 자각하고 있다면 넌 아직 괜찮은 거야. 너에게는 잔

혹한 소리인지도 모르지만, 이 세계는 이미 결백하게만 살아
갈 수는 없는 세상이 됐어. ——그러니까."

플런더는 문득 웃음을 지웠다.

빨간 눈동자에 날카로운 빛을 깃들이고, 멜레아를 응시했다.

"나는 지금, 너에게 잔혹한 부탁을 하려고 한다."

플런더가 양손에 각각 다른 술식을 전개했다.

"너는, 모순 속을 살아가거라."

오른손에 하얀 불꽃.

왼손에 검은 불꽃.

"나는 내 나름대로 찾아낸 해답에 따라, 너에게 '시체의 길'
을 제시하마."

플런더가 한 발짝 앞으로 나섰다.

"결백하게만 살아서는 살아남을 수 없는 법. 나는 전란의 시
대를 살았었지. 그렇기에 그 점을 알고 있다. 그래도 나는 다음
〈전환기〉 끝에는 희생 없이도 건실하게 성립되는 세계가 찾아
오기를 꿈꾸고 있어."

그것은 모순의 끝. 이루어질지 이루어지지 않을지, 그 여부
조차 알 수 없는 꿈의 끝.

"그리고 그 전환을 위해서는 누군가가 시체의 길을 걸어야만
해. ——**책임을 지거라**, 멜레아 메아. 이름 모를 수많은 사람
들의 뒤치다꺼리를, 네가 맡는 거야."

두 발짝. 끼기긱 하고, 플런더의 팔이 의도치 않은 움직임을

참듯이 부자연스러운 거동을 보였다.

"걱정 마. 그 길이 옳다는 건 내가 보증할 테니. 인간은 누군가의 바람을 짊어지게 돼 있어. 인간은 스스로의 마음만 가지고 살아가는 게 아니야. 인간의 계보는 서로에게 맡기고, 짊어지면서 이어지는 거지. 그리고 너는 지금 어리석은 〈마왕〉 한 명의 소원을 맡았어."

플런더가 오른손을 앞으로 들어서 멜레아를 똑바로 가리켰다.

"너는 이미 스스로의 손을 피로 물들여 가면서 여기까지 왔으니 이제 돌아갈 길은 없어. 그러니 이렇게 단언하지. 너는 이 세계에 있어서의 〈마왕〉이 돼라. 시체의 길을 넘어서, 그 다음 세대로—— 희망을 남기는 거다."

그리고 플런더는 크게 숨을 들이쉬었다.

"그러기 위해, 먼저 과거의 시체를 밟고 가라. ——대결이다, 멜레아."

다음 순간, 멜레아의 눈앞에 총 18개의 술식이 순식간에 전개되었다.

〈술신〉 플런더 크로우.

한때 세계 최강의 술사라 불리던 남자가, 〈마신〉 앞을 막아섰다.

──플런더는 다정하구나.

눈앞에 전개된 술식을 보며, 멜레아는 내심 그런 말을 떠올렸다.

──나를 위해서 일부러 그런 말을 한 거겠지.

길을 잃고 헤맬 때, 어찌 해 볼 수 없는 모순에 견디는 게 한계에 다다랐을 때, 그러면서도 앞으로 나아가고자 할 때를 위해서, 일부러 소원을 맡긴 것이다.

아마 플런더 이외에는 그 누구도 할 수 없을 역할. 세계가 아무리 올바르더라도, 자신이 아무리 그르더라도, 그래도 플런더만은 믿어 주겠다고 그렇게 말해 준 것이다.

──그럼, 나도 그 마음에 부응해야지.

그것이 플런더가 부모로서 지고자 한 책임이라면, 자신도 자식으로서의 책임을 다해야 하리라.

"나는 당신을 넘어서겠어."

생각해 보면, 자신은 줄곧 플런더를 동경해 왔었다. 그 마음에서는 세리아스에게도 뒤처지지 않을 것이다.

그런데 지금, 그 동경의 대상이 자신에게 대등한 대결을 요구했다.

이제 동경만 품은 채로 머물 수는 없는 것이다.

같은 지점에 서 있다.

그를 넘어서지 못하면 앞날은 없다.

그러니 택할 수 있는 길은 하나뿐이다.

"대결이다, 플런더."

그리고 멜레아는 플런더가 전개한 18개의 술식에 맞서서, 똑같은 수의 〈반전술식〉을 순식간에 전개했다.

18대 18. 총 36개의 술식이 일제히 충돌하는 소리는 폭발음을 방불케 하는 수준이었다.

수많은 번개가 터지는 것 같은 소리에 이어서, 갖가지 사물과 현상들이 잔향처럼 그 자리에 감돌면서 시야를 가득 메웠다.

뭉게뭉게 피어오르는 연기와 증기가 걷힐 틈도 없이, 그 연기와 증기 너머에서 날아드는 거대한 번개의 창이 멜레아의 눈에 들어왔다.

"윽."

몸을 뒤로 젖혀서, 바로 코앞에 스치다시피 번개의 창을 피했다. 손을 짚고, 뒤로 쓰러지는 기세를 이용해서 그대로 몸을 회전시킨 후 착지. 뒤이어 시계가 탁한 지점을 벗어나기 위해 옆으로 내달렸다.

"〈셀레스타 바르카의 하얀 번개〉."

박수를 한 번. 몸에 흰 번개를 장전해서 순식간에 가속했다.

"〈수신(水神)의 고운 칼〉."
세우라 아우니스

물로 이루어진 푸른 칼 두 자루를 양손에 소환하고, 플런더의 회색 머리칼을 시야에 포착하자마자 자세를 낮추어 맹렬하게 돌진했다.

"반전술식——〈셀레스타 바르카의 검은 번개〉, 〈검왕의 백검〉."

배후로부터 접근해서 그 목을 향해 푸른 칼날을 휘두른 순간, 플런더의 움직임이 가속되었다.

"윽!"

플런더의 몸에서 검은 번개가 폭발했다.

예상치 못한 속도로 돌아서는 플런더의 몸.

그 양손에는 지난번에 미하이 란젤리크가 사용하던 것과 비슷한 **하얀** 술식검.

멜레아가 휘두른 칼날은 플런더가 휘두른 두 자루의 백검에 막히고, 동시에 흩어졌다.

"술소절단인가……!"

칼날에 담겨 있던 술소가 절단되는 바람에 술식이 흩어진 것이다.

—— '근접전은 별로 자신이 없다' 더니!

놀랄 틈도 없이, 플런더가 다음 움직임을 보였다.

"——〈백광포(白光砲)〉."

멜레아의 눈앞에 손을 펼쳤다. 막대한 양의 술식이 눈 깜짝할 사이에 생성되고, 멜레아의 눈앞에 하얀 빛이 번뜩였다.

——빨라도 너무 빨라.

〈반전술식〉을 생성할 틈이 없었다. 멜레아는 순간적인 선택에 따라 얼굴을 팔로 가렸다.

플런더의 손바닥에서 무시무시한 폭음과 함께 사출된 하얀 빛의 포격에 의해, 멜레아의 몸은 나가떨어졌다.

"큭……!"

팔이 그을렸다.

──떨어졌으면 죽었을 거야.

멜레아는 〈백광포〉에 얻어맞고 나가떨어지면서, 중간에 재빨리 〈클리어 릴리스의 세 꼬리〉를 전개, 세 개의 꼬리를 산 정상에 박아서 몸을 지탱했다. 곧이어 〈시스티 루스의 쌍둥이 방패〉를 2중으로 전개, 총 네 개의 방패를 백광포와 자기 몸 사이에 끼워 넣어서, 플런더의 일격을 버텨냈다.

절벽까지 아슬아슬했다. 만약 전개가 늦었다면 이대로 멀리까지 날려가 버렸으리라.

"지금은 무제그의 술식병들 사이에서 연계술식으로 이 술식을 사용하고 있다는 모양이지만, 원래는 나 혼자서 쓰려고 만들어 낸 술식이었어."

발생 속도나 위력이나 차원이 달랐다. 멜레아는 예전에 맞은 적이 있었던 무제그 술식병들의 〈백광포〉를 떠올리고, 그 격차에 아연실색했다.

"네가 오기 전, 〈네크로 판타즘〉 때문에 내 이성이 몇 번인가 날아가 버렸을 때 레뮤제 쪽으로 날아갔던 게 바로 이거였지."

"역시 그랬군."

"뭐, 그 전에 출현한 〈마왕〉들을 붙잡은 것도 이거였지만."

이 영산 정상에서, 플런더는 각지에 출현한 마왕들 중 몇몇을 정확하게 잠재웠다. 무시무시할 정도의 정확도와 위력. 이 정도면 그 혼자서도 국가 단위의 전력에 필적하는 게 아닐까 하는 생각까지 들었다.

"고맙다는 인사도 들었지만, 원한 섞인 말도 꽤 많이 들었어. '좀 더 얌전하게 잠재워 줄 수는 없었던 거냐.' 라고. 그런 배부른 소리를 하고 있을 상황이 아니었는데 말이지."

플런더가 쓴웃음을 지었다. 하지만 멜레아는 덩달아서 웃을 여유가 없었다.

"멜레아, 방심하면 안 돼. 지금의 나는 옛 전성기 때보다 더 강해. 함께 단련하면서 보낸 나날이 성장시켜 준 건 너뿐만이 아니니까."

말도 안 되는 소리. 그 말에, 멜레아의 표정도 굳어졌다.

"다른 영령들의 대술식 가운데 몇 개를 반전시키는 데 성공했어. 그와 더불어서, 비슷한 계통이라면 다른 영령들의 술식도 몇 번쯤 보면 반전시킬 수 있게 됐지."

아까 플런더가 휘감았던 검은 번개와 하얀 술식검. 멜레아도 그걸 본 순간부터 확신에 가까운 예상을 품고 있긴 했지만, 이렇게 새삼 본인의 입으로 듣고 나니 당연히 식은땀이 쏟아져 나왔다.

"그 상태로 되겠어, 멜레아? 이번에는 단련할 때처럼 봐 주

면서 싸우지 않아."

플런더는 양손을 펼치고 위압하듯 앞으로 나서며 말했다.

그때는 멜레아도 이미 다음 수단을 취하기 위한 기동언어를 읊고 있었다.

"〈폭신(暴神)의 분노〉——〈사문봉해(四門封解)〉."
^{크루저 카타스트로프}

멜레아의 머리칼이 검게 물들었다.

온몸에서 막대한 양의 술소가 쏟아져 나와서, 멜레아가 온 힘을 다하고 있음을 알 수 있었다.

"말 안 해도 그럴 거야."

"그래, 잘 생각했어. 지금까지 네가 걸어 온 길의 성과를 이 자리에서 확인해 보지."

〈술신〉은 밝게 웃었다.

◆ ◆ ◆

"이것 참, 양쪽 모두 무시무시한 전투력이네요."

"너는 안 끼는 거냐?"

"아하하, 그런 무모한 짓은 안 해요. 저 자신에게는 이렇다 할 전투력이 없으니까요."

멜레아가 이용하던 돌 오두막 뒤에서 〈마신〉과 〈술신〉의 싸움을 지켜보는 자가 있었다.

"네 목적은 뭐지? 왜 〈혼의 천해〉에서 우리를 강령시켜서,

현재를 살아가는 자들과 싸움을 붙인 거냐. 네 행동은 죽은 이에 대한 모독일 뿐만 아니라, 세계 그 자체를 혼란시킬 텐데."

"굳이 말하자면 그게 목적이죠."

네크로아 벨제루트. 길게 늘어진 앞머리 틈으로 짙은 보라색 눈동자를 번뜩이는 자는 이번 사태의 주동자인 〈사신〉 본인이었다.

"세상의 혼란이 네 소원이냐?"

"정확히 말하자면 혼돈입니다. 저는 질서라는 걸 싫어해서 말이죠. 특히 평화를 위해 만들어진 질서를."

"인간으로서 썩어 빠진 놈이군."

그리고 다른 한 사람은 멜레아와 같이 눈처럼 흰 머리칼을 지닌 여자, 〈백제(白帝)〉 레이라스 리프 레뮤제였다.

"좋을 대로 생각하시죠. 여러분은 인간의 본질을 모르고 계십니다. 저는 인간의 발전에 기여하고 있는 거예요. 인간은 혼돈 속에서만 발전할 수 있습니다. 인간이란 혼돈 속에서 질서를 찾아 가는 과정 속에서만 앞으로 나아가는 한 발짝을 내디딜 수 있는 법. 하지만 그렇다고 실제로 질서를 손에 넣으면 곤란하죠. 거기서 발전이 멈추고 마니까요."

네크로아는 격화되는 멜레아와 플런더 간의 싸움을 황홀한 표정을 바라보며 말했다.

"발전이라고 하면 듣기엔 좋지만, 네가 하는 말은 어째 얄팍하게 들리는군."

"들켰나요? 뭐, 그런 건 어디까지나 구실이니까요. ——단순히 혼란에 빠져 있는 편이 재미있어서 그러는 겁니다."

레이라스는 날카로운 시선으로 네크로아를 쏘아보았다.

"아, 무서워라, 무서워. 질서에 가장 가까웠던 당신의 눈은, 제게 있어서는 여러 가지 의미로 독이란 말입니다."

네크로아는 레이라스를 흘겨보고 큭큭거리며 웃었다.

"그만두라고 해 봤자 어차피 너는 그만둘 생각 따위 없겠지."

"제가 남의 명령을 듣고 그만둘 성격이었다면, 벌써 한참 전에 자살했겠죠."

네크로아의 대꾸에, 레이라스는 그 남자의 까다로운 본질을 이해했다.

"자기가 인류에게 있어서 악질적인 존재라는 걸 이해하고 있는 모양이군."

"세계의 일반적인 가치관으로 따지면 그럴 거라는 건 인식하고 있습니다."

"그런데도 자기 욕망에만 충실하게 살겠다는 거냐?"

"당연한 말씀. 저는 〈악덕의 마왕〉이니까요."

레이라스는 별안간 옷 속에 손을 집어넣더니, 거기서 한 자루 단도를 뽑았다.

그 모습을 본 네크로아는 다시 신나게 웃었다.

"그만두는 게 좋을 걸요. 보아하니 당신은 그 〈백제의 마안〉과 거기 딸린 세계식——정확히 표현하자면 인체식——에 간섭해서 가까스로 제 〈네크로 판타즘〉에 의한 속박을 완화하고 있는 것 같은데, 저기 있는 〈술신〉의 방식과는 달리 상당히 무리한 방법이잖아요? 더 이상 무리하게 자기 인체식을 건드렸다가는, 존재 그 자체가 흩어져 버릴지도 몰라요."

네크로아는 능글맞게 레이라스의 몸을 훑어 보았다.

레이라스의 팔은 멀리 있는 풍경을 투과하고 있었다. 옅어져 있는 것이다.

"당신도 인간이 만들어 낸 식에 대해 강했더라면 좋았을 텐데. 그랬더라면 저기 있는 〈술신〉처럼 제 술식에 저항할 수 있었을지도 모르니까요. ──뭐, 저 〈술신〉도 이미 저항의 한계에 다다른 것 같지만요."

"그래도──."

"의외로 말귀를 잘 못 알아들으시네요. 더 이상 귀찮은 일을 벌이면 지금 당장에라도 당신을 〈혼의 천해〉로 돌려보내겠다는 겁니다. 만나고 싶잖아요? 저자를."

"윽."

네크로아는 섬뜩한 미소를 머금고 레이라스에게 말했다.

"그럼 얌전히 계십시오. 저는 저들의 싸움을 조금 더 지켜보고 싶으니까요. 저 둘은 술사라는 분야에 있어서 인간의 종착점에 있습니다. 이 혼돈스러운 시대가 낳은 발전의 완성형 가운데 하나. 참으로 아름답지 않습니까."

"멜레아를 어떻게 할 작정이냐?"

레이라스는 단검을 힘껏 움켜쥔 채 네크로아의 얼굴을 쏘아보았다.

"아무 것도 안 합니다. 지금은요."

네크로아는 어깨를 으쓱했다.

"여기서 〈술신〉에게 패해서 죽는다면 거기서 끝이지만, 여기서 살아남는다면 앞날을 더 기대해 볼 만합니다. 혼돈의 열쇠인 저자가 이런 곳에서 죽는 건 너무 아까운 일이죠."

"혼돈의 열쇠……?"

"네. 현재 흑국의 왕자인 세리아스 블러드 무제그와 함께, 저자는 세계에 커다란 싸움을 불러일으킬 열쇠입니다. 이미 암암리에 언급되고 있기도 합니다만, 언젠가 세리아스 블러드 무제그는 〈흑신(黑神)〉으로 불리게 돼서, **이 시대 영웅**의 필두가 될 겁니다. 반면에 저기 있는 멜레아 메아는 〈백신〉으로 불리며 무제그에 대항하는 〈마왕〉의 상징이 됩니다. 싸움은 혼돈의 좋은 친구. 그들은 혼돈의 모체가 되겠죠."

네크로아는 자기 몸을 양팔로 끌어안고 신이 나서 말했다.

"〈백신〉과 〈흑신〉. 이 둘의 충돌이야말로 앞으로 찾아올 세계에 있어서의 가장 큰 혼돈 구조. 그들을 위한 자리를 더 잘 갖춰 줘야겠죠."

그러자, 그 이야기를 듣고 있던 레이라스가 별안간 단도를 떨어뜨리고——.

"아하하."

웃음을 터뜨렸다.

"뭐가 우스우신 거죠?"

"너, 의외로 안목이 형편없군."

레이라스는 방금 전까지와는 판판으로, 진심으로 우스운 듯 배꼽을 잡고 웃었다.

그러던 레이라스가 별안간 고개를 들었을 때, 그 금색 눈동자는 형형히 빛나고 있었다.

"너무 많은 걸 놓치고 있어. 이 세계는 네가 생각하는 것처럼 단순하지 않아. 이 눈을 가진 내가 하는 말이니, 무슨 뜻인지는 이해하겠지?"

〈백제의 마안〉. 세계의 구성술식을 가장 많이 본 그 금색 눈에 네크로아의 얼굴이 반사되었다.

"장담하지. 네 생각처럼 되지는 않을 거다. 절대로."

레이라스는 네크로아를 삿대질하며 득의양양하게 말했다.

"불쾌하군요."

"피차일반이야. 그래도 마음이 놓였어. 네 안목이 고작 그 정도라면, 멜레아의 적수가 못 돼."

레이라스는 발치에 떨어진 단검을 굳이 줍지도 않았다. 필요도 없다는 듯이.

한편 네크로아는 갑작스레 바뀐 레이라스의 태도에 얼굴을 찌푸렸다.

"어디 한번 자기 욕망을 위해 매진해 봐. 언젠가 너는 자기의 빈약한 상상력에 절망하고 파멸할 테니까."

레이라스는 더 이상 네크로아를 쳐다보지도 않았다. 그 시선은 산 정상에서 싸움을 계속하고 있는 멜레아와 플런더를 향하고 있었다.

"그 눈은 역시 있어서는 안 되는 거였어."

네크로아가 별안간 레이라스의 눈으로 손을 뻗었다.

"세계의 질서를 보는 눈 따위는 필요 없다."

마치 레이라스의 눈을 파내기라도 하려는 듯, 손가락이 천천히 뻗어 왔고——.

"그 여자를 건드리지 마."

두 개의 목소리가 네크로아의 귀를 꿰뚫은 직후, 그 복부에 한 자루의 푸른 칼날과 백검 한 자루가 박혔다.

"윽."

네크로아는 자신의 등 뒤에서 복부까지를 관통한 두 자루 칼날의 칼끝을 보고, 곧바로 뒤를 돌아보았다.

"장관이군요. 두 쌍이나 되는 〈플런더 크로우의 마안〉이 이렇게 노려보고 있다니."

수많은 술식과 반전술식의 격전을 벌이면서, 그 와중에 네크로아를 노려보는 멜레아와 플런더가 있었다.

"그렇게 공방을 벌이는 와중에, 둘이서 동시에 저에게 술식을 날리신 겁니까?"

"내 아들과 남편을 얕보면 곤란하지."

레이라스는 이런 상황에서도 전혀 동요하지 않은 채, 팔짱을 끼고 두 사람을 가만히 응시했다.

"〈술신〉은 〈네크로 판타즘〉으로 제대로 옭아매지도 못했군요."

"네 긴장이 풀린 사이에 〈반전술식〉으로 주도권을 되찾은 거겠지."

"나 참, 놀랍도록 정밀한 기술이군요. 방심할 틈도 없네요."

별안간 네크로아의 몸이 빛으로 변해 사라지기 시작했다.

"흥, 역시 그것도 분신체였군."

"분신과는 좀 다르지만, 뭐, 대충 비슷한 겁니다. 저는 죽음을 다스리는 술사. 사람의 시체에 자기 혼을 뿌려 놓는 것쯤은 식은 죽 먹기죠."

"곱게 죽긴 글러 먹은 놈이군."

네크로아의 몸은 눈 깜짝할 사이에 상반신만 남았고, 레이라스는 그때쯤이 되어서야 네크로아를 쳐다보았다.

"너는 그리 멀지 않은 시간 내에 파멸할 거다."

"제 손에 당신 목숨이 붙잡혀 있는 마당에 잘도 그렇게 거만하게 나오시는군요."

"죽이고 싶으면 죽여. 나는 이제 네 뜻대로 움직이지 않을 거다. 나는 저기 있는 〈술신〉의 아내이자 〈백신〉의 어머니이기도 해. 저 두 사람이 저렇게 자신의 원래 소원까지 참아 가며 미래에 가능성을 남기려 애쓰고 있는데, 나 혼자만 자신의 소원에 매달려 있을 수는 없지."

레이라스 리프 레뮤제의 의지는 투철했다. 이 여자가 없었더라면 영령들은 하나로 모일 수 없었을 것이고, 멜레아는 태어나지 못했을 것이다. 어떤 의미에서 보면 레이라스야말로 모든 것의 어머니인 셈이었다.

때로는 아이처럼 쾌활하게, 때로는 타오르는 불길처럼 맹렬하게, 더불어 결코 뒤로 물러서지 않는 강철 같은 의지를 지닌 〈백제〉 레이라스 리프 레뮤제. 그 긍지는 틀림없이 멜레아에게 계승되고 있었다.

"마음에 안 드는군요."

"혼돈을 원한다고 했잖아? 내가 네 마음대로 움직인다면, 그건 네가 만든 질서에 합치된다는 뜻이 되기도 해. 그건 너 스스로가 원치 않는 일이어야 하는 거 아니냐?"

"어린애 말장난 같은 소리네요."

"네 수준에 맞춰 준 것뿐이야."

네크로아의 몸은 어느덧 목만 남은 지경이 되었다. 레이라스는 이미 네크로아에게 눈길도 주지 않았다.

"뭐, 마음대로 하시죠. 김이 샜으니, 저는 저쪽으로 가 보겠습니다."

"마음대로 해. 너 따위는 이제 안중에도 없으니까."

그리고 네크로아는 완전히 그 자리에서 사라졌다. 레이라스는 하늘로 승천하는, 네크로아의 것이 아닌 혼에 대해 마음속으로 기도를 올리고, 다시 멜레아와 플런더의 싸움을 지켜보았다.

가까이 다가가니, 하늘에서 눈이 내리기 시작했다.

"──〈아풍어뢰〉."

멜레아는 바람으로 이루어진 여섯 장의 날개를 펄럭이며, 번개가 섞인 폭풍을 플런더에게로 퍼부었다.

"발상은 나쁘지 않군."

플런더는 그 폭풍을 정면으로 받아냈다.

"하지만, 아직 조잡해."

플런더는 자신의 몸에 덮쳐드는 뇌풍(雷風)만을 〈반전술식〉으로 계속 중화하면서, 놀랍게도 멜레아를 향해 걸어가기 시작했다.

"〈여도시우(麗刀時雨)〉."

멜레아는 즉시 하늘을 가리켜서, 수없이 많은 〈세우라 아우나스의 고운 칼〉을 전개했다.

쏟아지는 칼날들.

헤아릴 수 없이 많은 칼날들이 플런더를 향해 맹렬한 기세로 덮쳐들었다.

"삼식(三式), 〈백광벽(白光壁)〉."

플런더는 칼날들이 도달하기 전에 가볍게 발바닥으로 땅바닥을 때렸다. 그 자리에서 하얀 빛의 벽이 나타났다. 그 빛의 벽은 플런더에게 날아든 칼날을 모조리 받아내고, 불살라 버렸다.

"비술이라는 건 강력하지. 독자적인 술식이론은 말 그대로 그 일족의 집대성이기도 해. ——하지만, 그렇다고 해서 다른 술식이 열등한 건 아니야. 현존하는 일반적인 술식이론도, 많은 연구를 거듭하면 충분한 위력을 발휘하지."

"〈백광포〉의 술식을 모순 없이 5중으로 겹치고, 게다가 벽 형태로 전개하기까지 하다니, 그런 재주를 부릴 수 있는 건 플런더밖에 없을걸."

멜레아는 약간 거칠게 숨을 몰아쉬며, 〈아풍어뢰〉와 〈여도시우〉를 막아낸 플런더를 쳐다보았다.

"그럼, 언젠가는 할 수 있도록 익히도록 할게."

"배려는 해 주지."

플런더가 다시 발바닥으로 땅바닥을 후려쳤다.

술식이 멜레아의 발치에 전개되는가 싶더니, 눈 깜짝할 사이에 실체화되어 멜레아에게 덮쳐들었다.

"큭."

땅바닥에서 흙으로 된 창 같은 것이 튀어나왔다.

멜레아는 옆으로 몸을 날려서 그 창을 피했지만,

"약식(略式), 〈천왕(天王)의 강퇴(剛槌)〉."

회피한 그 자리에 나타난 대기의 망치가 멜레아의 몸을 인정사정없이 후려쳤다.

"컥."

"쌍식(雙式), 〈지왕(地王)의 강퇴〉."

나가떨어진 그곳에 두 개의 검은 덩어리가 나타나서 멜레아를 짓이겼다.

"네 몸은 진짜 튼튼하구나. 〈폭신〉이나 〈명왕(命王)〉에게 감사하거라."

반쯤 땅바닥에 박힐 정도로 내팽개쳐졌음에도 불구하고, 멜레아는 벌써 몸을 일으키려 하고 있었다.

"그럼, 이건 어떨까?"

그런 멜레아를 보며, 플런더는 인정사정 없이 술식을 전개했다.

"반전술식―― 〈성 베르세우스의 백룡(白龍)〉."

그것은 바로 〈풍신〉의 일격.

플런더의 머리 위에, 신화에도 존재하지 않을 법한 하얀 용이 출현했다.

"아직, 안 끝났어……!"

이에 맞선 멜레아도 몸을 일으켜서, 하늘을 향해 손을 치켜들었다.

"〈성 베르세우스의 흑룡〉!!"

검은 바람의 용과 하얀 바람의 용이, 각각 서로의 목에 이빨을 꽂아 넣었다.

"……"

"살아 있어?"

"……숨은 붙어 있어."

술식 대결의 승부는, 두 마리의 용이 서로를 잡아먹은 뒤에 판가름 났다.

"그것도 속임수였던 거야?"

"백룡은 네 의식을 정면으로 끌어들이기 위한 포석이었어. 진짜 노림수는 발밑에 전개한 석창이었지."

멜레아는 땅바닥에서 돋아난 조형물 같은 석창에 심장을 뚫려 있었다. 입가에서 피가 뚝뚝 떨어져서 눈으로 뒤덮인 대지를 빨갛게 물들였다.

"그래도 참 많이 강해졌구나, 멜레아."

"비꼬는 소리로밖에 안 들려, 플런더. 〈사왕(死王)〉의 심장을 물려받지 않았더라면 벌써 죽었을 거야."

격렬한 기침과 함께 피를 토해내면서, 멜레아가 쓴웃음을 지었다.

"이래 봬도 나는 〈술신〉이니까. 명색이 술식 대결인데 내가 질 수는 없지."

플런더는 멜레아에게 다가가서, 그 뺨을 어루만지며 말했다.

"너도 나에게 승리를 넘겨준 거잖아?"

"……."

반쯤은 사실이었고, 반쯤은 사실이 아니었다.

"나는 술식 대결에서도 이길 작정으로 플런더와 싸운 거야."

"그래, 좋은 마음가짐이야. 그러면 언젠가 이 호도 너에게 넘어가게 되겠군."

그날이 올 때까지는 아직 내가 〈술신〉이겠지——. 플런더는 쑥스러워하며 말했다.

"하지만, 이번에는 그만 됐어, 멜레아."

플런더의 손에서 술식이 전개되고, 한 자루의 화염 검이 나타났다.

"나에게는 더 이상 이 〈네크로 판타즘〉에 저항할 힘이 없어. 그러니까 더 이상은 필요 없어. 나는 이미 충분히 만족했으니까. 네 성장을 느낄 수 있었고, 나 스스로도 온 힘을 다해 싸울 수 있어서 즐거웠어. 그러고 보면 나도 실은 전투광이었는지도 모르겠는데. 타일런트한테 뭐라고 할 수도 없겠어."

플런더는 다시 멋쩍게 웃었다.

"그럼, 뒷일은 네게 맡기마, 멜레아."

"응."

"레이라스가 기다리고 있어."

"응."

"그러고 보니 저 오두막에 레이라스가 있다는 건 처음부터 알고 있었던 거야?"

"알고 있었어."

"그랬군. 역시 넌 좀 허술해 보이면서도 중요한 부분에 대해서는 꼼꼼하다니까."

"플런더가 너무 허술한 거야."

"그럴지도 모르겠네. 어쨌거나, 그런 부분은 레이라스를 닮았구나. 레이라스도 평소에는 어린애 같고 허술한 구석이 많지만, 중요한 상황에서는 나보다 훨씬 믿음직하니까."

"그렇구나."

"그래. 내 자랑스러운 아내지."

"그럼, 내 자랑스러운 어머니이기도 하겠네."

"응. ──응석 부릴 수 있는 시간은 얼마 안 되지만, 레이라스와 함께할 수 있는 시간은 내가 확실하게 만들어 주고 갈게."

"……."

"네가 가진 그 힘은 지금 시대의 동료들을 위해 쓰거라."

"알았어……."

"그럼, 또 보자, 멜레아."

"응. ──또 봐, 플런더."

그리고 플런더가 쥐고 있던 화염 검이, 플런더의 의지와는 무관하게 멜레아의 목으로 날아들었다.

"〈마신의 신위〉."

하지만 화염 검은 멜레아의 목을 베지 못하고, 멜레아의 몸에서 방출된 **금색 술소**에 닿는 순간, 마치 안개처럼 사라져 버렸다.

"그래, 그 힘이 바로 너의 집대성. 네 노력이 낳은, 세계를 바꾸는 힘."

플런더는 자신의 의지와는 무관하게 또 다시 수많은 의식을 전개하면서, 애정 가득한 눈으로 멜레아를 쳐다보았다.

"레이라스의 눈도 그 정도까지는 안 됐어. 네가 피나는 노력 끝에 그만큼의 술식 처리 능력과 독특한 술식감각을 습득하지 못했더라면, **세계식을 건드리는** 건 절대 불가능했을 거야."

"모두들 덕분이야."

멜레아는 손도 쓰지 않고 반전술식을 전개해서 플런더가 전개한 술식들을 모조리 해제했다.

"너의 그 눈에는 뭐가 보이지?"

"미래의 가능성."

물러서려 하던 플런더의 몸을, 멜레아가 의지의 힘만 가지고 곁으로 끌어당겼다. 그 눈동자에는 금색 술식문양이 떠올라 있었다.

"그럼, 그 가능성에 모든 걸 걸도록 하지."

"반드시 붙잡고 말 거야. 희망으로 이어지는 내일을."

"힘내, 멜레아."

멜레아의 심장을 꿰뚫고 있던 석창도 어느새 사라지고, 멜레아의 몸에 났던 부상도 사라져 있었다.

멜레아는 가까이 끌어당긴 플런더의 몸을 끌어안고, 그 등에 손을 갖다 댔다.

그리고 중얼거렸다.

"잘 가, 플런더."

그리고 멜레아는 신의 위업이라는 이름까지 붙은 힘을 발휘했다.

플런더를 구성하는 모든 식에 접촉해서, 그중 불순물── 〈네크로 판타즘〉의 영향을 받은 부분을 모두 원래대로 되돌렸다.

플런더의 몸이 빛에 휩싸이고── 그대로 하늘로 승천하기 시작했다.

쏟아지는 하얀 눈 속에서 플런더의 빛이 승천하는 광경을, 멜레아는 줄곧 바라보고 있었다.

그의 혼이 편히 천해로 승천할 때까지.

계속.

언제까지나.

플런더를 배웅한 멜레아는, 작은 한숨을 내쉬고 오두막 쪽을 돌아보았다.

거기에는 자신과 같이 눈처럼 하얀 머리칼을 가진 여자가 있었다.

이번에는 하얀 베일도 없었다.

문득, 여자가 멜레아 쪽으로 걸어왔다.

멜레아는 갑자기 쑥스러워져서, 시선을 바닥에 떨어뜨린 채 가만히 서 있었다.

뭐라고 말을 걸어야 할지 알 수 없었다.

"플런더 녀석, 마지막으로 나에게 〈네크로 판타즘〉을 중화 시키는 반전술식을 걸어 주고 떠났군."

늠름한 목소리가 들려왔다. 아름다운 목소리라고 생각했다.

"마지막 순간까지 오지랖 넓은 녀석이라니까. 이 정도는 내 힘으로도 해결할 수 있는데."

약간 기가 드세어 보이는 말투. 하지만 불쾌한 기분은 들지 않았다. 아마 그 말투 속에도 상대에 대한 애정이 묻어났기 때문이리라.

"어이, 왜 땅바닥을 쳐다보고 있는 거냐."

부드럽게 눈을 밟는 발소리가 들려왔다.

눈앞이었다.

"아, 아니, 저기——."

쑥스러워서 아무 말도 할 수 없었다. 멜레아는 말문이 막혔다.

"나를 만나고 싶지 않았나?"

"그건 아니——."

그녀의 말에, 멜레아는 반사적으로 고개를 들었다.

그 순간.

"만나고 싶었다, 멜레아."

멜레아는 레이라스 리프 레뮤제에게 안겼다.

"아——."

멜레아의 몸에서 군더더기 힘이 모조리 빠져나갔다.

그저 그녀에게 안긴 것만으로도, 굳어져 있던 마음이 녹아 버렸다.

"음, 의외로 크군. 아니, 그 곰 같은 남자의 인자를 물려받은 것치고는 작은가……?"

레이라스의 손이 멜레아의 머리를 쓰다듬고, 몸을 쓰다듬고, 마음을 쓰다듬었다.

마치 멜레아가 그곳에 존재하는 것을 확인하는 것 같은 그 손놀림에, 멜레아는 마음을 맡겼다.

"뭐, 하여튼 잘 살아남았구나, 멜레아."

"——응."

멜레아는 목소리의 떨림을 최대한 억누르며 짤막하게 대답했다.

"저기, 감기 같은 건 안 걸렸고?"

"하하, 〈역신(疫神)〉의 항체를 물려받았고 〈약왕(藥王)〉의 피도 있으니까 감기에 걸릴 일은 없어."

"음, 하긴 그렇겠군……."

멜레아는 레이라스도 자신과 같은 상태라는 걸 깨달았다.

두 사람 모두 심장의 고동이 빨랐다. 그러면서도 마음은 차분했다.

쑥스러우면서도 편안했다.

마음이 놓였다.

"요즘 어떻게 지내지? 친구는 생겼고?"

"생겼어. 재미있는 친구들이 잔뜩 있어. 왕자였던 사람도 있고, 예전에 아이오스에서 엄청 우등생이었던 여자애도 있고, 완벽한 메이드가 되는 걸 사명으로 삼는 여자애도 있고, 전직 용병이었던 무지 늠름한 여자애도 있고, 몸은 약하지만 동료를 아끼는 마음만은 누구보다도 강한 여자애도 있고──."

"자, 잠깐, 어째 여자가 너무 많은 거 같은데?!"

"아, 잘 생각해 보니까 그런 것 같기도 하네."

"너, 플런더보다 더 악질적인 거 아니야?! 그 바보도 주위에 들이대는 여자들이 많긴 했지만, 그래도 너만큼은 아니었던 것 같은데!"

"아니아니, 그밖에 돈의 망령 같은 남자도 있고 하니까 걱정 마."

"그걸 괜찮다고 할 수 있는 거냐……? 하, 하여튼, 그래도 설마 여자들 모두와 연애 관계가 되었다거나 하는 건 아니겠지? 혹시 그렇다면 내가 엄마로서 너한테 여러모로 따끔하게 충고

해 줘야 할 것들이——."

레이라스는 아직 멜레아를 놓지 않았다. 힘껏 끌어안은 채로 놓으려 하지 않는다.

"걱정 마, 레이라스. 그런 관계가 된 사람은 아무도 없으니까."

"그건 그것대로 문제인 것 같은데. 너 남자로서 그래도 괜찮은 거냐? 모처럼 잘 생긴 얼굴로 낳아 줬으니까 가진 재산은 활용을 해야지."

"의외로 적극적으로 충고해 주는구나, 레이라스……."

"그건 당연한 거다. 아들이 인기 많은 걸 싫어할 엄마는 없으니까!"

레이라스는 점점 말이 많아져 갔다. 쑥스러움이 빠지기 시작한 것이리라.

그럼에도 여전히 멜레아의 얼굴을 정면에서 똑바로 쳐다보지는 못했다.

"음, 뭐, 하여튼…… 할 때는 해야 한다는 거다, 멜레아. 어떤 일이나 과감하게 하는 게 중요하다는 거지."

"으, 응."

"그래도 무계획적인 건 안 돼. 어떤 일이나 계획적으로 해야 해."

"어느 쪽인데?"

"어, 어쨌거나 잘 하라는 거다! 손자가 태어나거든 다시 불러! 보러 와 줄 테니까!"

"갑자기 뚱딴지같은 소리를……."

그때, 레이라스가 드디어 움직임을 보였다.

천천히 멜레아의 어깨에 손을 대고…….

"우……."

몸을 떼려던 레이라스의 손길이 중간에 멈추었다.

레이라스의 손은 떨리고 있었다.

멜레아는 그 사실을 깨닫고, 살짝 웃음을 머금었다.

"긴장했어?"

"빌어먹을, 내가 긴장을 하다니, 한심하게."

"그나저나, 레뮤제에서 만났을 때보다 지금의 레이라스가 어쩐지 더 귀여운걸."

"윽!"

"모르고 있을 줄 알았어?"

"이 자식, 아들인 주제에……."

"뭐, 나이 자체는 비슷하니까."

멜레아는 레이라스를 놀리듯이 말했다.

그제야 레이라스의 손에 힘이 돌아왔다.

그리고, 드디어 레이라스는 멜레아의 몸에서 떨어져서, 멜레아의 얼굴을 정면으로 쳐다보았다.

"──."

순간, 레이라스의 시간이 멈추었다.

눈 한 번 깜짝하지 않고, 레이라스는 눈을 커다랗게 부릅뜬 채 멜레아의 얼굴을 바라보았다.

그런 끝에——.

"아아……."

그녀의 눈에서 눈물이 흘렀다.

"미안하다, 멜레아. 너한테 가혹한 운명을 짊어지게 해서."

"미안해할 것 없어, 레이라스."

레이라스의 손이 멜레아의 뺨을 다정하게 어루만졌다.

멜레아는 그 손에 자신의 손을 얹었다.

"자유롭게, 한없이 자유롭게 살아가게 해 주고 싶었어. 하지만 우리가 얽힌 이상, 네 인생은 처음부터 가혹해질 수밖에 없을 거라는 것도 알고 있었어. 그리고 나 자신도, 입으로는 자유롭게 살아가라고 해 놓고, 너에게 희망을 걸고 있었어."

"그게 뭐가 나쁘다는 거지? 나는 레이라스나 플런더, 다른 영령들의 희망을 짊어질 수 있다는 게 오히려 기쁜데. 처음에는 그걸 스스로의 존재의의로 여길 정도였어. 그만큼 나는 영령들에게 감사하고 있어. 레이라스는 모를지도 모르지만, 나는 전생에 인생다운 인생을 살아 보지도 못했으니까."

멜레아는 전생의 삶을 떠올렸다. 그리고 일부러 그 삶을 레이라스에게 이야기했다.

"그랬군……."

"그러니까 그 점 때문에 미안함 같은 건 느끼지 마. 나는 고맙게 생각하고 있어. 정말로, 더할 나위 없을 만큼 감사하게 여기고 있어."

"고맙다……."

레이라스는 다시 멜레아를 끌어안았다.

멜레아 역시 그녀를 끌어안았다.

레이라스의 몸은 생각보다 호리호리하고 가녀렸다.

"이제 어디로 갈 거지, 멜레아?"

"동료들. 그리고 구원의 손길을 기다리는 〈마왕〉들 곁에."

멜레아는 눈을 감았다. 미래를 마음속에 그렸다.

"〈마왕〉들의 〈영웅〉이 되려는 거냐?"

"응. 그러면서 내가 생각하는 최선의 길을 찾아 나갈 거야."

"그렇구나."

갑자기 레이라스의 몸이 빛 입자로 변하기 시작했다.

"그럼, 내가 너에게 축복을 주마."

레이라스가 멜레아의 몸을 가만히 떼어놓았다.

다시 멜레아의 얼굴을 응시하다가, 이윽고 그 뺨에—— 입맞춤을 했다.

멜레아는 순간 어안이 벙벙했지만, 이내 해맑게 웃었다.

천진난만한 어린아이처럼.

"건강하게 지내거라, 아가야."

레이라스는 마지막으로 멜레아의 머리를 다정하게 쓰다듬고, 천천히 하늘로 승천하기 시작했다.

"잊지 마라. 나는 언제나, 어떤 순간에도, 항상 너를 사랑하고 있다는 걸. 네가 어떤 길을 걸어가더라도, 나만은 항상 너를 사랑하고 있다는 걸."

눈이 그쳤다.

그 대신, 멜레아의 눈에서 눈물이 흘러내렸다.

그리고 레이라스의 몸은 빛이 되어 달빛 속에 사라졌다.

멜레아는 하늘을 올려다보며 떨리는 목소리로 말했다.

"안녕히 가세요—— 엄마."

그날, 〈백제〉의 소원이 〈영령의 아이〉에게 축복을 걸었다.

결코 빛이 바래지 않는, 대가 없는 사랑을.

날이 밝았다.

영산에 마지막 손님이 찾아온 것은 새벽 햇살이 산 정상을 비추려 했을 때쯤이었다.

귀에 익은 목소리가 멜레아의 귀를 어루만졌다.

커다란 날개가 대기를 후려치는 소리였다.

"오랜만이네, 크루티스타."

멜레아가 말했다.

"그래, 오랜만이군, 멜레아."

하얀 테이시아, 〈크루티스타〉.

지난 날, 떠나는 영령들의 모습을 지켜보았던 세계의 관찰자가 다시 린드홀름 영산에 내려와 있었다.

"무슨 일 있었어?"

"아무 일도. 그리고 모든 일이."

"크루티스타의 말은 여전히 알아듣기 힘들구나."

멜레아가 고개를 돌려 보니, 거기에는 그날과 다름없는 그의 모습이 있었다. 아름다운 흰색 몸. 커다란 두 장의 날개. 어쩐지 인간미가 느껴지는 표정은, 역시 예전에 보았던 그 모습 그대로였다.

멜레아는 크루티스타에게 다가가서, 크루티스타가 가만히 내민 꼬리를 어루만졌다. 인사 같은 것이었다. 멜레아는 크루티스타를 만날 때면 늘 이렇게 하곤 했었다.

"멜레아, 무제그가 테이시아를 손에 넣었다."

"무제그가?"

"그래. 테이시아라고 해서 다 똑같은 건 아니야. 특히 검은 비늘의 테이시아는 원래부터 아래 세상에 관심이 많았었지."

테이시아의 세계에 대한 이야기를 몇 번인가 들은 적이 있었다. 몸의 색깔이 혈통의 계통을 나타낸다는 것. 각기 다른 일족에 속해 있어서, 모든 테이시아가 다 같은 생각으로 움직이고 있는 건 아니라는 것. 크루티스타가 속해 있는 백룡의 일족은, 더 엄밀하게 세계의 관찰자로서 지내고자 한다는 것.

"이제 와서 그 무제그 왕자의 꼬드김에 넘어갔어."

"그럼 사이살리스에도 올까?"

"가겠지. 아직까지는 한 마리뿐이지만, 차후 하계의 동향에
따라서는 더 늘어날지도 몰라."

"크루티스타는 그걸 알려 주려고 온 거야?"

"그것도 있지."

크루티스타의 말은 의미심장했다.

"그럼 그것 이외에는?"

"멜레아, 너는 내 친구다."

뜬금없이 크루티스타가 그런 말을 했다.

"아마 너는 나에게 있어 플런더보다도 더 친한 친구에 해당
할 거다. 플런더와도 오래 알고 지낸 사이지만, 생전의 그 녀석
과는 그리 오래 이야기해 본 적이 없었어. 녀석이 〈마왕〉의 이
름에 얽힌 속박에 오랜 시간 얽매여 있었던 탓도 있지만, 녀석
자신이 나에 대한 경외감을 강하게 품고 있었던 게 근본적인
요인이었지."

크루티스타는 날개를 접고 몸을 꿈틀거렸다.

"하지만 너는 좋은 의미에서나 나쁜 의미에서나 나에 대한
경외가 없어. 아주 없지는 않을지도 모르지만, 적어도 강하지
는 않아."

크루티스타는 약간 야유 섞인 말투로 멜레아에게 말했다.

"너는 나를 대등한 상대로 대했다. 〈테이시아〉로서가 아닌,
일개의 존재로서."

멜레아에게는 테이시아에 대한 선입관이 별로 없었다. 용이

라는 가공의 존재에 대해 품고 있던 동경은 있었지만, 그것은 이 세계의 보통 사람들이 가진 경외와는 다른 것이었다.

"그래서 나도 너를 대등한 존재로 여겼다."

"그랬구나."

멜레아는 기쁜 듯 살짝 웃었다.

"그렇기에, 나는 나와 대등한 유일한 벗인 너에게 한 가지 제안을 하겠다."

그리고 하얀 테이시아는 말했다.

"나와 함께 싸우자, 멜레아. 나는 나의 긍지를 걸고, 그 나라의 편을 든 테이시아를 상대해야 한다. 그것이 내가 테이시아로서 지닌 긍지이자──."

크루티스타는 멜레아를 똑바로 응시하며 말했다.

"네 벗으로서의 긍지이기도 하다."

멜레아는 크루티스타의 시선을 받으며 잠시 침묵에 잠겼다가, 이윽고 고개를 끄덕였다.

"알았어. 그럼 나도 크루티스타의 벗으로서, 그 목적을 성취할 수 있도록 도울게."

다시 크루티스타가 꼬리 끝부분을 멜레아 앞으로 움직여서, 악수를 청하듯 내렸다.

멜레아는 그 꼬리로 손을 뻗어서 부드럽게 어루만졌다.

"그럼 가자. 유유자적하게 여유 부릴 시간이 없어. 자세한 이야기는 하늘에서 하지."

크루티스타는 멜레아에게 고갯짓해서 자기 등에 타도록 재촉했다.

멜레아는 날렵한 동작으로 그 등에 올라탔다.

그리고 테이시아가 날개를 펼쳤다.

거구가 하늘로 떠오르고, 구름을 뚫고 올라갔다.

높은 하늘의 바람이 멜레아의 뺨을 때렸다.

크루티스타가 진로를 남쪽으로 잡았다.

"있잖아, 크루티스타."

공중을 나는 중에, 멜레아가 불쑥 크루티스타에게 말했다.

"레이라스를 만났어."

"그랬군……."

"나를 사랑한다고 말해 줬어."

"그랬군……."

"나는 참 행복한 놈인 것 같아."

멜레아는 크루티스타의 등에 드러누웠다.

구름 없는 하늘은 지금껏 한 번도 본 적이 없을 만큼 투명하게 보였다.

"해 볼게. 나는, 내 길을 끝까지 걸어가고 말 거야."

멜레아가 중얼거린 목소리가 하늘로 올라갔다.

그곳에 있는 모든 영령들에게 전하려는 듯이.

에필로그 【역사의 전환점에서】

"전하, 네크로아의 소재지를 찾아냈습니다."

"호오."

"사이살리스 교국입니다. 영산에 있던 네크로아도 분신이었습니다."

드높은 하늘에 흑국의 왕자가 있었다.

"참으로 용의주도한 놈이군. 녀석은 사이살리스에서 일어날 전란으로 자신이 원하는 혼돈이 생겨날 거라 짐작하고 있는 거겠지."

빠르게 흘러가는 풍경.

구름을 가르고, 때로는 대기를 후려치며 날아가는 것은, 검은 비늘을 지닌 〈테이시아〉였다.

"바라미츠, 좀 더 속도를 올려."

그 등에 올라타 있는 검은 로브 차림의 남자——〈세리아스 블러드 무제그〉가 말했다.

"〈사신〉이 암약하고 있건 말건, 어쨌거나 이 싸움은 역사의 전환점이 될 거다. 일단 싸움이 시작되기만 하면 전 대륙이 말려드는 싸움이 벌어지겠지."

세리아스는 머나먼 지평선으로 시선을 돌렸다.

"헤아릴 수 없이 많은 사람들의 소망이 교차될 거야. 그 자리에서 누군가의 꿈이 사라지고, 다른 누군가의 꿈은 성취되겠지. 그리고 꿈을 성취시키는 건 승자다. 지금 이 시대에 꿈의 초석이 될 수 있는 건, 오직 힘뿐이야."

인간이 그런 시대를 만들었다.

전란의 시대를 만든 것은 다른 누구도 아닌, 이 세계를 살아가는 사람들인 것이다.

"자기는 태평하게 구경만 하고 있을 거라 생각했던 자들 중어떤 자들은 한탄하고, 어떤 자들은 욕지거리를 퍼붓겠지. 하지만 녀석들이 틀린 거야. 모든 인간에게는 그 시대를 만들어낸 책임이 있어. 움직인 자도, 움직이지 않은 자도, 모두 평등하게."

그러니까, 한탄도 욕지거리도 다 잘못된 것이다.

"자각해라. 너희들도 이 세계의 주민이라는 걸."

세리아스는 지평선 너머를 향해 말을 토해냈다.

"――그리고 미하이. 혹시 영산에서 온 보고서에 녀석들에 대한 내용이 있었나?"

불쑥, 세리아스가 옆에 서 있던 남자에게 물었다.

검은 비늘 테이시아의 등에 올라타고 있는 인물이 한 명 더 있었다.

"……."

세리아스의 심복, 〈검왕〉 미하이 란젤리크였다.

"네, 있었습니다."

미하이는 세리아스의 질문에 잠시 울적한 표정을 보였지만, 이내 체념한 듯 무거운 목소리로 대답했다.

"〈술신〉의 영체는 〈마신〉 멜레아 메아에 의해 소멸되었다고 합니다."

"그랬군……."

그 보고를 받은 세리아스는 미소를 지었다.

"──**역시 그래야지.**"

어린아이처럼 천진난만한 미소.

세리아스는 로브의 후드를 벗어서 회색 머리칼을 바람에 나부꼈다.

"플런더를 물리쳤단 말이지, 멜레아? 그래, 그래야지. 이 새로운 시대에 과거의 유물은 더 이상 필요 없어. 나와 너 사이에 과거 따위는 필요 없다. 〈술신〉도, 〈백제〉도, 〈사신〉도, 모조리 제거한 상태에서──."

세리아스는 양팔을 활짝 펼쳐서, 마치 시대의 흐름을 한 몸에 받기라도 하듯이 온몸으로 하늘의 바람을 받아냈다.

"다시 만나는 거다!"

세리아스는 저 멀리에, 하지만 분명히 거기에 있을 숙적을 향해 말을 던졌다.

"네가 말했었지, 멜레아. 시대를 만드는 건 사람이라고."

세리아스는 그 숙적이 다시 자기 앞에 나타날 것을 믿어 의심치 않았다.

"그렇다면 우리 둘이서 시대를 만들자. 나와 너, 혹은──쿠드, 너까지 끼어서."

세리아스는 다시 웃었다.

그 파란 시선 너머로 옛 친구가, 그리고 그가 원한 숙적의 모습을 그렸다.

세리아스 블러드 무제그는 흑국의 왕자이다.

백성들에게 있어서 그는 〈영웅〉이었다.

그리고 다른 누군가에게 있어서는──〈마왕〉이기도 했다.

"거의 다 도착했다, 멜레아."

"나도 알아."

해가 중천에 떠올라 있었다.

"준비는 다 됐겠지?"

"물론."

사이살리스 교국 영공을 코앞에 둔 위치에, 한 남자와 하얀 테이시아 한 마리가 있었다.

"샤우가 보내준 전서에 따르면, 남동부에 해상 전력이 밀집

해 있다나 봐."

동대륙의 하늘은 레뮤제에서 본 하늘과 같이, 언제나 변치 않는 파란 빛으로 물들어 있었다.

"해적도시의 깃발과 북대륙 도시국가의 깃발이 바닷바람에 펄럭이고 있대."

"응전 상대는?"

"사이살리스의 전력. 샤우가 자기 임무를 완수한 모양이네."

두 사람은 앞쪽, 지평선 너머를 바라보고 있었다.

"북동쪽에서는 무제그의 기병대. 아마 첨병이겠지."

"혹은 강습 부대일 수도 있겠지."

"하지만 그쪽에는 즈리아 왕국의 〈감벽창단(紺碧槍團)〉이 있는 것 같아. 크샤나 왕국의 술식대포도 몇 대 있고."

"그렇군⋯⋯. 그렇다면 〈마왕〉들은──."

크루티스타가 등에 올라탄 멜레아의 기색을 살피듯이 살짝 고개를 들었다.

"북쪽이야. 하심의 예측이 맞았어."

멜레아는 손에 들고 있던 양피지를 다시 말아서 품속에 집어넣었다.

"우회 따위 하지 않고 무제그에서 곧바로 달려온 대규모 본대가── 주공이야."

멜레아는 확신했다.

사이살리스 남동쪽을 통해 접근한 해상 전력의 강습.

동쪽으로부터 우회해 들어온 기동력 좋은 기병대.

그것들은 모두 주공격을 하기 위해 깔아 놓은 포석.

"가자, 크루티스타."

"그러지."

둘은 고공에서 단숨에 직진해 나갔다.

하늘의 바람이 둘의 뺨을 어루만졌다.

멜레아가 사이살리스 교국 상공에 도착했을 때, 거기에는 샤우가 보낸 전서에 묘사된 것과 같은 광경이 펼쳐져 있었다.

멜레아와 크루티스타는 아무 말도 없이, 격전이 펼쳐지고 있는 교국 북부 지구로 향했다.

공중에서 강하하는 도중에, 멜레아는 북쪽 하늘에 있는 검은 테이시아의 모습을 발견했다.

——세리아스.

멜레아는 마음속으로 중얼거렸다.

——거기 있는 거 맞지?

멜레아는 회색 머리칼을 가진 남자의 모습을 떠올렸다.

——그럼, 여기서 끝내도록 하지.

결의가 깃들었다.

"네 혼도 구원을 원하고 있는 거냐?"

크루티스타에 올라타고 사이살리스까지 오는 동안, 멜레아는 줄곧 고민해 온 것이 있었다.

그리고 그 고민 끝에 든 생각이 있었다.

"무제그 왕. 거기 있다면, 나는 너에게 검을 꽂아 주겠어."

멀리서 속속들이 나타나는 검은 갑옷 군단의 중심에, 유난히 커다란 무제그 군기가 보였다.

"모든 일이 다 네 뜻대로 풀릴 줄 알았다면 엄청난 오산일 줄 알아."

불현듯 멜레아의 머리칼이 검게 물들었다.

"그리고 네크로아. 네가 저지른 구제 불능의 중죄에 대한 대가는 이 자리에서 치르게 해 주지."

멜레아의 빨간 눈동자 속에 금색의 술식문양이 나타났다.

"핍박받는 〈마왕〉의 의지를 똑똑히 봐 둬."

온몸에서 쏟아져 나오는 금색 술소에 의해 반짝반짝 빛나는 선을 공중에 그려 가면서, 〈백신〉이 지금 그 땅에 내려섰다.

밑에 있던 〈마왕〉들이 하늘을 올려다보았다.

누군가가 그를 가리켰다.

환호성과 함성이 겹쳐져서 세상을 뒤흔들었다.

그날, 세계는 변혁의 한 발짝을 내디뎠다.

훗날 〈백마의 주인〉으로 불리게 될 남자가──강림한다.

이 시대는 세 명의 강렬한 개성에 의해 형성되었다.

〈흑신〉 세리아스 블러드 무제그.

〈백신〉 멜레아 메아.

그리고 훗날 **어떤 호**를 받게 되는 백국의 왕—— 하심 쿠드
레뮤제.

세 사람의 이야기는 교차하고, 수많은 변천을 거쳐서, 하나
의 결론으로 응축된다.

하지만 아직 누구도 그 결말을 알지 못했다.

알지 못하기에, 그들은 각자 정신없이 자신의 길을 걷는 데
여념이 없었다.

결론은 언젠가 나올 것이다.

그때가 찾아왔을 때 후회가 남지 않도록.

흐트러짐 없이——

똑바로.

제?막 【가능성의 비석】

"있잖아, 저 탑은 언제부터 저기 있는 거야?"

"아버지는 '아주 오래전부터' 라고 했었지만, 아마 아버지도 저 탑이 언제부터 저기 있던 건지는 모르는 것 같았어."

"저것 말입니까?"

하얀 머리칼의 소년과 회색 머리칼의 소년. 그리고 두 사람을 따르는 한 명의 시녀가 있었다.

"역사적 건조물? ──그런 거라서 부수고 싶어서 함부로 부순댔어."

"그리고 아주 오래전부터, 아버지의 아버지의 아버지 때부터, 저건 엄청 소중한 거니까 부수면 안 된다는 말이 전해져 왔대. 벽에 석판 여러 개가 박혀 있고, 거기에 문장이 적혀 있댔어."

"그렇답니다. 이른바 비문이라는 거죠."

흰 머리의 소년이 내달려서, 광장 중앙에 서 있는 탑으로 다가갔다.

"아, 거기 서. 치사하게 먼저 가기야?"

"먼저니 나중이니 하는 걸 따져서 뭐 하자는 거지? 넌 엉뚱한

구석에서 지기를 싫어하더라."

회색 머리 소년도 흰 머리 소년보다 한 발 늦게 내달렸다.

"탑은 도망가지 않으니까 두 분 모두 그렇게 서두르실 것 없어요."

시녀가 종종걸음으로 두 소년을 쫓아갔다.

"임금님인 아버지도 모르다니, 뭔가 신기하네."

흰 머리 소년이 말했다.

"그렇지요. 그 말씀대로, 저 탑에 대해서는 밝혀지지 않은 부분이 많다고 하더군요."

"석판에는 뭐라고 적혀 있는데?"

흰 머리 소년이 잇따라 묻자, 시녀는 가만히 턱에 손을 짚고 고민에 잠긴 듯 끙끙댔다.

"두 분께서 이해하시기에는 좀 어려운 내용일지도 모릅니다. 그래도 들으시겠습니까?"

불현듯, 시녀가 짓궂은 미소를 지으며 두 사람에게 말했다.

"아, 지금 나 무시하는 거야? 나는 안 읽어 줘도 다 알고 있다고!"

회색 머리 소년이 발끈해서 소리쳤다.

"궁금하니까 이야기해 줘!"

흰 머리 소년은 호기심에 초롱초롱 빛나는 눈으로 폴짝폴짝 뛰었다.

"그렇게 할까요? 그럼, 복습도 겸해서 읽어 보도록 하죠."

시녀가 탑 벽면에 박혀 있는 석비를 어루만지며, 거기 적혀 있는 문자를 읽기 시작했다.

"우선 제일 앞에 있는 문장부터. —— '천력(天歷) 1022년, 백국 최후의 혈통은 자이나스의 땅에서 흑국의 왕자와 대치하여, 그 칼날에 쓰러지다.'"

"처음부터 어렵잖아……. 백국이라는 게 어떤 나라야?"

흰 머리 소년이 고개를 갸웃거리며 물었다.

"옛날의 이 나라를 가리키는 말이에요. 지금은 명칭이 바뀌었지만, 아주 오랜 옛날에는 이 부근에 있던 나라를 백국이라고 불렀답니다."

"흐—응."

"나는 알고 있었다고!"

옆에 있던 회색 머리 소년이 득의양양하게 말했다.

"하긴 넌 범생이니까."

흰 머리 소년이 회색 머리 소년을 흘겨보며 말했다.

"범생이라고 하지 마! 난 운동도 잘 해!"

"네, 네, 두 분 모두 싸움은 나중에 하도록 하세요."

시녀가 두 소년 사이로 손을 뻗어서 둘을 말렸다.

"참고로 두 분은 이 석비의 내용 중에 틀린 부분이 있는 걸 알아채셨나요?"

"틀렸다고?"

"너는 그런 것도 모르는 거냐?!"

회색 머리 소년이 기세등등하게 흰 머리 소년에게 말했다.

"〈자이나스 전역〉 이야기잖아. 그렇게 유명한 것도 몰라? 흑국이라는 엄청 강한 나라랑, 백국이라는 멸망 직전의 나라가 싸운 전쟁이었다고."

"뭐야, 그게. 강한 나라랑 약한 나라가 싸우면 당연히 강한 나라가 이기는 거잖아."

"아니야. 자이나스 전역에서는 〈마왕〉이라고 불리는 사람들이 백국 측에 가세해서, 백국이 이겼다고."

"어? 그럼 그 백국 최후의 혈통?이라는 사람은 안 죽은 거야?"

"그래."

"흐─응."

흰 머리 소년은 비석에 새겨진 문자를 멍하니 쳐다보았다.

"그럼 다음 내용으로 넘어갈게요. ── '같은 해, 흑국은 동대륙을 병합하고, 그 땅에 짧은 평온을 이룩한다.'"

"있잖아, 그럼 이것도 틀린 거야?"

"그래!"

흰 머리 소년의 물음에, 회색 머리 소년은 시원시원하게 대답했다.

시녀는 그런 두 소년의 모습을 흐뭇한 눈길로 바라보며, 다시 비문을 읽어 나갔다.

'천력 1024년, 흑국의 지배력은 전 대륙에 뻗어 나가, 〈마왕〉의 이

름은 세계에서 사라진다.'

'같은 해, 흑국의 왕이 퇴위를 발표하고, 흑국 제1왕자가 왕위에 오른다.'

'강압적인 정치에 의해 세계는 급속도로 흑국의 색으로 물들었다.'

'천력 1025년, 다시 〈마왕〉의 이름이 부활한다. 강압적인 정치에 의해 급격한 세력 확대를 도모한 흑국의 통치는 백성들의 반발을 샀다. 흑국의 왕이 된 〈흑신〉은 다시 〈마왕〉으로 불리게 되어, 반역의 대상이 된다.'

'천력 1026년, 흑국 내부에서 발생한 쿠데타에 의해 〈흑신〉이 죽는다. 전 세계를 공포로 내몰았던 사상 최악의 마왕 〈세리아스 블러드 무제그〉는, 〈마왕〉이라는 단어에 쌓인 모든 악감정들과 함께 〈혼의 천해〉로 승천한다. 같은 해 다음 달, 일시적으로 퇴위의 뜻을 표명했던 전 흑국왕 〈샤이르 그라 무제그〉가 다시 왕으로 군림. 이로부터 흑국의 진정한 독재정권이 시작된다.'

"으에엑, 귀 따가운 단어들만 잔뜩 나오잖아."

"너, 공부도 좀 하고 살아!"

회색 머리 소년이 지적하자, 흰 머리 소년이 넌덜머리가 난다는 듯 고개를 가로저었다.

"하지만, 이 내용들도 전부 다 틀렸다는 거지?"

"그렇습니다. 첫 번째 비문부터 틀린 만큼, 그 뒤로 이어지는 내용들도 전부 본래 역사와는 다릅니다."

"흐─응. 그럼 누군가가 망상을 적어 놓은 건가 보네."

"글쎄요, 그럴까요?"

시녀가 다정하게 웃었다.

"그치만 난 다 알아. 이 뒤쪽에 있는 비석에 적혀 있는 게 진짜 역사 맞지?"

문득, 흰 머리 소년이 지금까지 읽고 있던 비석 뒤쪽에 있는 비석을 가리켰다.

"넌 진짜 제일 중요한 것만 딱 골라서 기억하는군."

"시끄러워. 나는 너처럼 뭐든지 다 잘하는 건 아니라고!"

흰 머리 소년이 울컥해서 말했다.

"있잖아, 이쪽도 읽어 줘."

"그렇게 하죠."

흰 머리 소년이 탑 뒷면으로 이동하면서 시녀를 손짓해 불렀다.

"이쪽 비문은 천력 1023년부터 시작되네요."

"어떤 내용인데?"

"'**천력 1023년, 〈백왕〉으로 불리던 백국 최후의 혈통은, 사이살리스에서 흑국의 왕자와 다시 대치한다**' ──."

그렇게 시녀가 비문을 읽기 시작했을 때, 갑자기 멀리서 어떤 목소리가 들려왔다.

"아, 아버지 목소리다!"

흰 머리 소년이 들뜬 기색으로 내달렸다.

"아! 어디 가는 거야! 아직 다 안 읽었잖아!"

"나중에 다시 읽어 달라고 부탁하면 돼! 그보다 아버지랑 사람들이 돌아왔잖아! 빨리 가자!"

"왜 저렇게 방정맞나 몰라……. 읽어 달라고 자기가 부탁해 놓고."

"마음 쓰실 것 없습니다. 자, 우리도 어서 가죠."

시녀가 그렇게 말하자, 그때까지 퉁명스러운 표정이던 회색 머리 소년도, 실은 더 이상 기쁨을 참지 못하겠다는 듯 종종걸음으로 그 자리를 떠났다.

시녀는 그런 두 사람의 뒷모습을 지켜보았다.

그런데 얼마 후, 흰 머리 소년이 다시 종종걸음으로 돌아와서, 시녀에게 이런 질문을 했다.

"있잖아, 아까 그 석판에 적혀 있던 글에 잔뜩 나왔던 〈마왕〉은, 마지막에는 어떻게 됐어?"

시녀는 흰 머리 소년의 말에 약간 놀란 듯 눈이 휘둥그레졌다가, 이윽고 다정한 미소를 지으며 대답했다.

"〈마왕〉은 말이죠——."

―――――.

――.

―.

작가 후기

이 책을 구입해 주셔서 감사합니다. 작가인 아오이 야마토라고 합니다.

『백마의 주인』 제6권입니다. 그리고 실은, 이 6권이 서적판 『백마의 주인』 마지막 권입니다.

지금까지 간행되었던 모든 권들에 대해서도 각각 특별한 감회가 있지만, 이 6권은 그 중에서도 유독 더 감회 깊은 권이었습니다. Web 연재판을 동시에 읽고 계신 분들은 아실지도 모르지만, 아무래도 이 6권은 거의 전부가 새로 쓴 내용입니다. 정말이지, 죽는 줄 알았지 뭡니까. ……아뇨, 꼭 글쓰기가 힘들어서 그랬다는 건 아니에요. 물론 감회가 있습니다. 감회도 있고말고요.

하여튼, 현재 공개되어 있는 인터넷 연재판 『백마의 주인』에는 없던 전개였고, 그러면서도 최종권으로서 제 나름대로 납득할 수 있는 내용이었다고 생각합니다. 신기하게도 완전히 새로 쓰는 것인데도 슥슥 써내려갈 수 있었던 것 같습니다. 이야기가 최종적으로 어떤 방향에 향하게 될지, 아마 이 6권을 통해 어느 정도는 예측하실 수 있겠지요.

……지금 중요한 말을 했네요. 그렇습니다. 『백마의 주인』은 처음 쓰기 시작했을 당시부터 명확한 종착점이 정해져 있지 않은 이야기였습니다. 글쟁이들 중에는 다양한 스타일의 글쟁이가 있는데, 사람에 따라서는 최종점까지의 플롯을 꼼꼼하게 짜 놓고 쓰시는 분들도 계실 테고, 창작욕이 이끄는 대로, 캐릭터가 움직이는 대로, 일단 이야기를 전개하고 보는 분들도 계시겠지요. 참고로 저는 이야기의 질에 따라 창작 방식이 달라지지만, 기본적으로는 '아마 대충 이런 식이겠지' 라는 식의 막연한 종착점을 머릿속에 담아 둔 채 쓰는 타입입니다.

그렇다면 『백마의 주인』의 종착점은 왜 명확하지 않은 것인가 하면, 원래 이 이야기는 '멜레아', '하심', '세리아스' 라는 세 명의 주인공을 중심으로 한 군상극을 염두에 두고 쓴 작품이기 때문입니다. 서적판 1권의 작가 후기에서도 그런 내용을 언급했던 기억이 나는군요. 서적판은 멜레아를 중심으로 한 〈마왕〉들에게 초점이 맞춰지도록 어느 정도 퇴고를 거쳤지만, 출발점은 세 주인공에 의한 군상극이었습니다. 요컨대, 누가 소원을 이루는가 하는 것에 따라, 이야기의 결말이 달라질 가능성이 있었던 것입니다.

저는 이야기가 해피 엔딩인가 배드 엔딩인가 하는 것에는 그다지 연연하지 않습니다. 최대한 등장인물이 자유롭게 움직이도록 하고, 그 움직임에 따른 자연스러운 결말을 쓸 생각입니다.

『백마의 주인』은, 이른 단계에서 등장인물들이 멋대로 움직여 대기 시작한 작품이었습니다(멜레아 제외). 그렇기에, 저도 모르는 사이에 자연스럽게 흘러갔다는 느낌도 듭니다. 그럼에도, 이 세계 속에서 멜레아와 하심과 세리아스라는 세 사람의 의지가 교차한 끝에 어떤 결말에 도달할지는, 제 머릿속에서도 안개가 낀 것처럼 어렴풋한 상태였습니다. 그렇기에 저도 독자 여러분과 마찬가지로, 앞으로의 이야기가 어떻게 될지, 그 추이를 지켜보는 식이었던 것 같습니다.

　참고로 멋대로 움직이기 시작한 게 가장 늦었던 건 멜레아였습니다만, 그 점에 대해서는 제 나름대로 여러모로 분석해서, 어느 정도 납득할 수 있었습니다. 이야기하자면 너무 길어질 것 같으니 생략하겠지만, 아무래도 외부 세계에서 왔다는 건 상당히 특수한 처지니까요. 예전에, 멜레아에 대한 내용을 쓰기가 제일 힘들다고 담당 편집자님께 말씀드린 적이 있는데, 그 이야기를 듣고 오히려 놀라시더군요.

　하여튼, 각 등장인물에 대해 일일이 이야기하자면 작가 후기가 너무 장황해질 것 같아서 자제하겠습니다만, 다음에 기회가 있으면, 어딘가 다시 이야기할 기화기 있으면 좋겠군요. 그리고 인터넷 연재판의 연재는 앞으로도 계속되니, 언젠가 활동 보고 등에서 적어 보는 것도 괜찮을 것 같습니다. (앗싸~ 진지한 이야기했다~)

그럼, 끝으로 감사 말씀을.

이렇게 『백마의 주인』을 서적화할 기회를 제공해 주신 담당 편집자님. 당신이 안 계셨다면 이 이야기는 책으로 나올 수 없었을 것입니다. 그 점에서는, 아마 편집자님이 이 이야기의 두 번째 부모라 할 수 있겠지요. 제가 느끼는 감사의 정도를 표현하자면 페이지를 엄청나게 갉아먹게 될 테니, 일단 다음에 제가 식사 한번 대접하겠습니다. 그리고 1권부터 6권까지 계속 일러스트를 담당해 주신 마로 님. 당신이 『백마의 주인』 일러스트를 그려 주셔서 정말 영광이었습니다. 더 드릴 말씀이 없군요. 참고로 제가 느끼는 감사의 정도를 표현하자면 페이지를(이하 생략) 식사 한번 대접하겠습니다.

그밖에 이 작품에 연관된 모든 분들께 감사의 말씀을 드립니다. 이 이야기가 책으로 나오기까지 얼마나 많은 분들의 도움이 있었는지, 무지한 저로서는 도저히 파악할 수가 없을 지경입니다만, 실제로 이렇게 '책'이라는 매체를 작업해 보니, 제가 처음에 예상했던 것보다 훨씬 많은 분들이 얽혀 있다는 것을 잘 알 수 있었습니다. 진심으로 감사드립니다.

그리고 마지막으로, 독자 여러분. 이 작품을 읽어 주셔서 감사합니다. 저에게 이야기란, 독자 여러분이 읽어 주셨을 때에야 비로소 제 안에서 찬란하게 빛나는 것이었습니다. 이야기를 쓰고, 독자 분들께 전하고, 어쩌면 감정을 움직이고, 감동을 드린다는 건, 굳이 거창한 표현을 쓰지 않더라도 제 삶의 중요한 의의 가운데 하나입니다. 저는 지금껏 여러모로 고민한 끝에, 인간이란 감동하기 위해 사는 거라는 결론을 얻었습니다. 그렇기에 스스로가 감동하기 위해서도 이야기를 써 나갈 생각이지만, 그 과정에서 다른 누군가가 감동해 준다면 더할 나위 없는 기쁨일 것입니다.

　이야기가 길어졌습니다만, 이렇게 마지막 권까지 제 작품을 읽어 주신 분들께 진심으로 감사드립니다. 서적판이나 인터넷 연재판만이 아니라 다른 어딘가에서라도 저를 보시거든, 다시 한번 잘 부탁드리겠습니다.

　그럼, 이만 글을 줄이겠습니다.

9월의 달빛이 아름다운 중추절 밤에
아오이 야마토

백마의 주인 6

2023년 10월 20일 제1판 인쇄
2023년 10월 25일 제1판 발행

지음 아오이 야마토
일러스트 마로

발행 영상출판미디어(주)
등록번호 제 2002-000003호
주소 07551 서울특별시 강서구 양천로 570 NH서울타워 19층
대표전화 02-2013-5665

ISBN 979-11-380-3450-0
ISBN 979-11-319-4391-5 (세트)

HYAKUMA NO ARUJI Vol.6
ⓒYamato Aoi, maro 2016
First published in Japan in 2016 by KADOKAWA CORPORATION, Tokyo.
Korean translation rights arranged with KADOKAWA CORPORATION, Tokyo.

구매 시 파손된 도서는 구매처에서 교환하실 수 있습니다.
기타 불편사항, 문의사항이 있으신 독자님께서는 노블엔진 홈페이지
[http://novelengine.com] 에서 Q&A 게시판을 이용해 주시기 바랍니다.

아픈 건 싫으니까
방어력에 올인하려고 합니다
1~11

게임 지식이 부족해서 스테이터스 포인트를 모조리 VIT(방어력)에 투자한 메이플.
움직임도 굼뜨고, 마법도 못 쓰고, 급기야 토끼한테도 희롱당하는 지경.
어라? 근데 하나도 안 아프네……. 그 이전에, 대미지 제로?
스테이터스를 방어력에 올인한 탓에 입수한 스킬 【절대방어】.
추가로 일격필살의 카운터 스킬까지 터득하는데——?!
온갖 공격을 무효화하고, 치사급 맹독 스킬로 적을 유린해 나가는 『이동형 요새』 뉴비가
자신이 얼마나 이상한지도 모르고 나갑니다!

유우미칸 지음 / 코인 일러스트

영상출판
미디어㈜

비극의 원흉이 되는 최강악역
최종보스 여왕은 국민을 위해 헌신합니다
1~6

"이런 최악의 쓰레기 악역인 최종보스로 환생하다니!!"
평화롭게 고등학교 3학년 방학을 즐기던 나.
그러던 어느 날 교통사고로 정신을 잃은 내 앞에 펼쳐진 것은 좋아하던 게임 시리즈
'너와 한줄기 빛을' 속 세계! 그런데 하필이면 나라를 파멸로 이끌 비극의 원흉으로 전생했다?!
남은 시간은 10년. 그 안에 내 치트인 예지 능력과 지력, 권력을 이용해 그 미래에서 벗어나겠어!
──라며 고군분투하는 사이, 어느새 주위 사람들에게 사랑받고 있습니다(?)

텐이치 지음 / 스즈노스케 일러스트